FANTASY

Autorin

Patricia A. McKillip war Konzertpianistin, bevor sie sich ganz aufs Schreiben verlegte. Ihre »Erdzauber«-Trilogie gehört zu den wenigen Klassikern der modernen Fantasy und war weltweit ein Bestseller. Patricia McKillip wurde mit dem World Fantasy Award ausgezeichnet und zählt heute zu den profiliertesten Autorinnen des Genres. Patricia McKillip lebt in San Francisco.

Die »Erdzauber«-Trilogie
im Goldmann Verlag

Erdzauber 1:
Die Schule der Rätselmeister (24727)
Erdzauber 2:
Die Erbin von Wasser und Feuer (24728)
Erdzauber 3:
Harfner im Wind (24726)

FANTASY

Patricia McKillip

Erdzauber

2

Die Erbin von Wasser und Feuer

DER FANTASY-KLASSIKER

Aus dem Amerikanischen
von Mechtild Sandberg

GOLDMANN

Die amerikanische Originalausgabe erschien 1977
unter dem Titel »Heir of Sea and Fire«

Umwelthinweis:
Alle bedruckten Materialien dieses Taschenbuches
sind chlorfrei und umweltschonend.
Das Papier enthält Recycling-Anteile.

Der Goldmann Verlag
ist ein Unternehmen der Verlagsgruppe Bertelsmann

Neuausgabe 6/97

Umschlaggestaltung: Design Team München
Umschlagillustration: Firuz Askin
Satz: Mohndruck, Gütersloh
Druck: Elsnerdruck, Berlin
Verlagsnummer: 24728
Redaktion: Harry Vogeler
Herstellung: Peter Papenbrok
Made in Germany
ISBN 3-442-24728-4

1 3 5 7 9 10 8 6 4 2

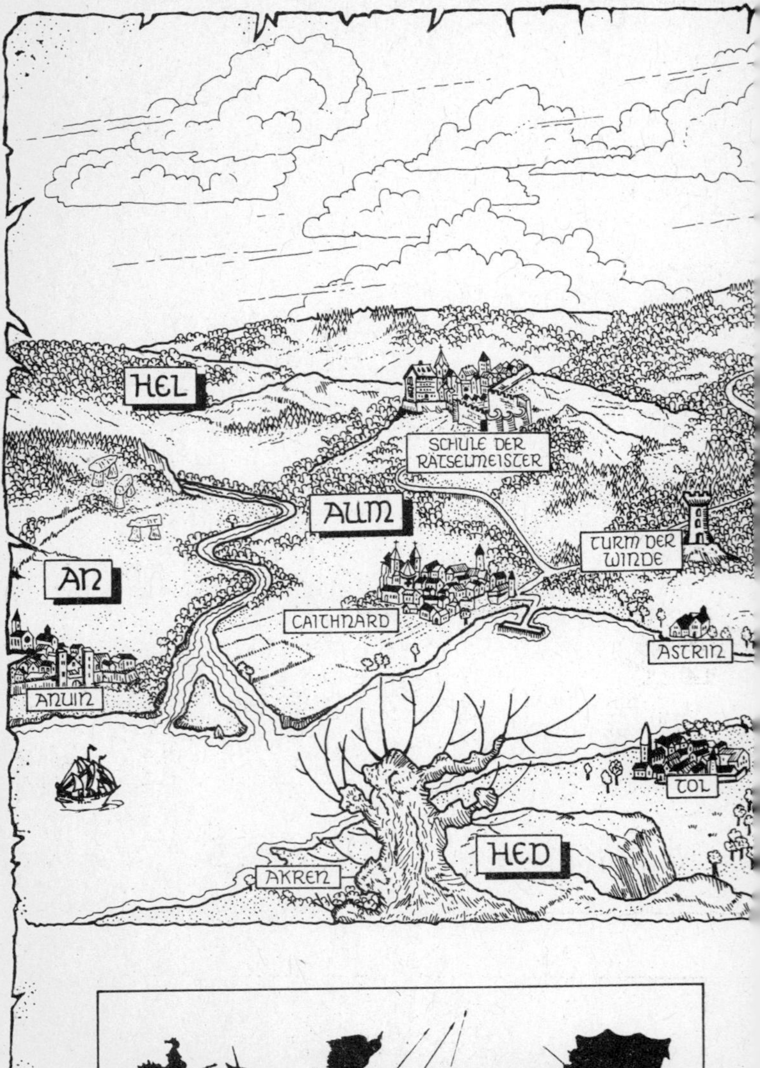
HEL
SCHULE DER
RÄTSELMEISTER
AUM
TURM DER
WINDE
AN
CAITHNARD
ASTRIN
ANUIN
TOL
HED
AKREN

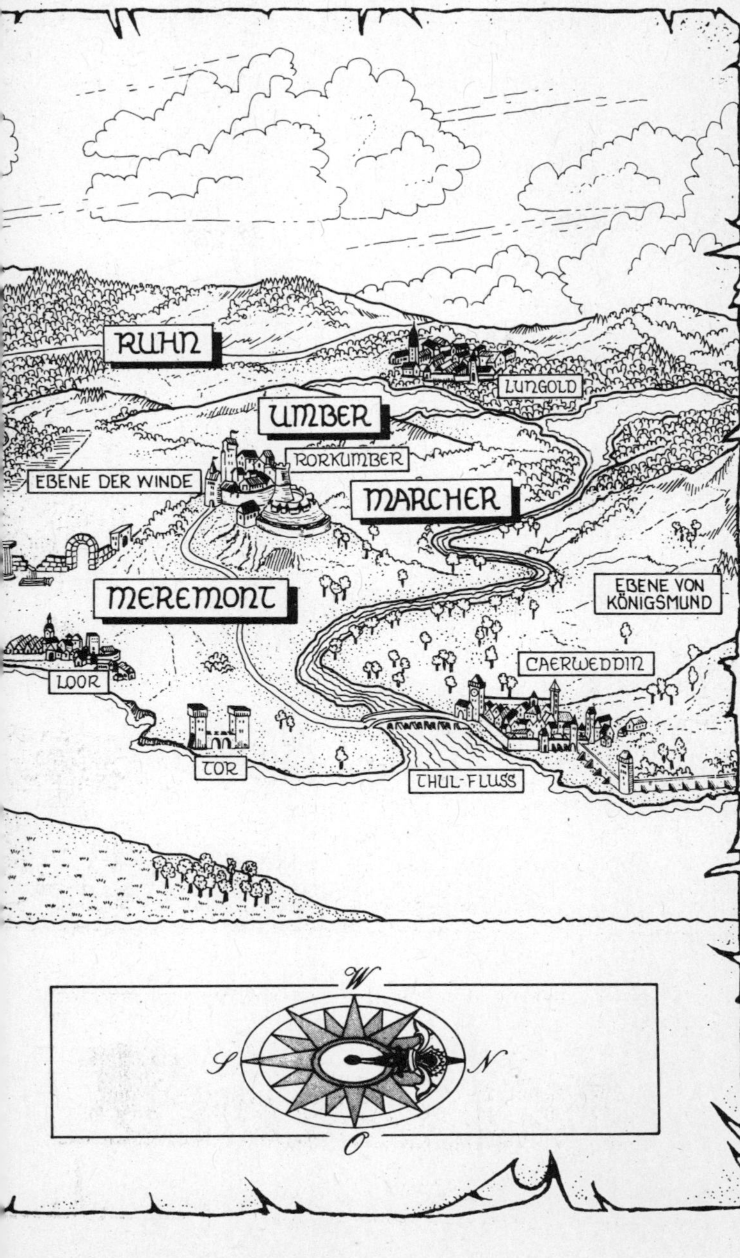
RUHN
LUNGOLD
UMBER
RORKUMBER
EBENE DER WINDE
MARCHER
MEREMONT
EBENE VON KÖNIGSMUND
CAERWEDDIN
LOOR
TOR
THUL-FLUSS
W
S
N
O

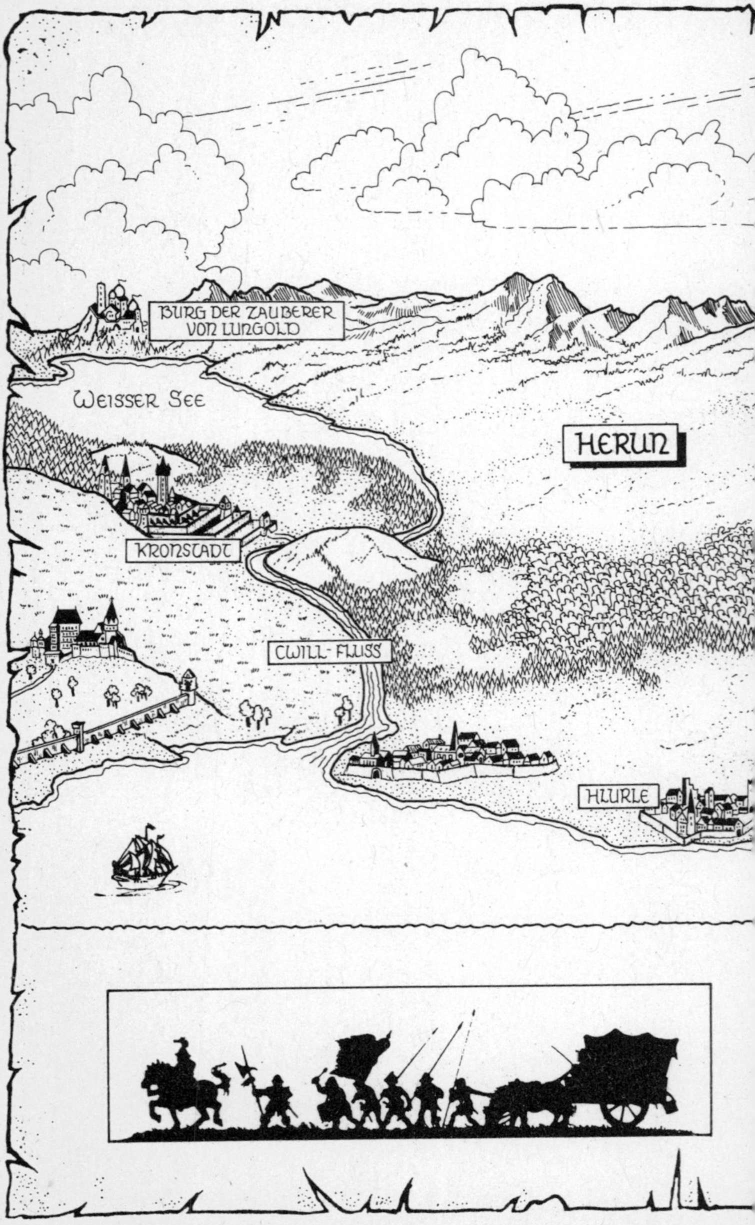
BURG DER ZAUBERER
VON LUNGOLD
WEISSER SEE
HERUN
KRONSTADT
CWILL-FLUSS
HLURLE

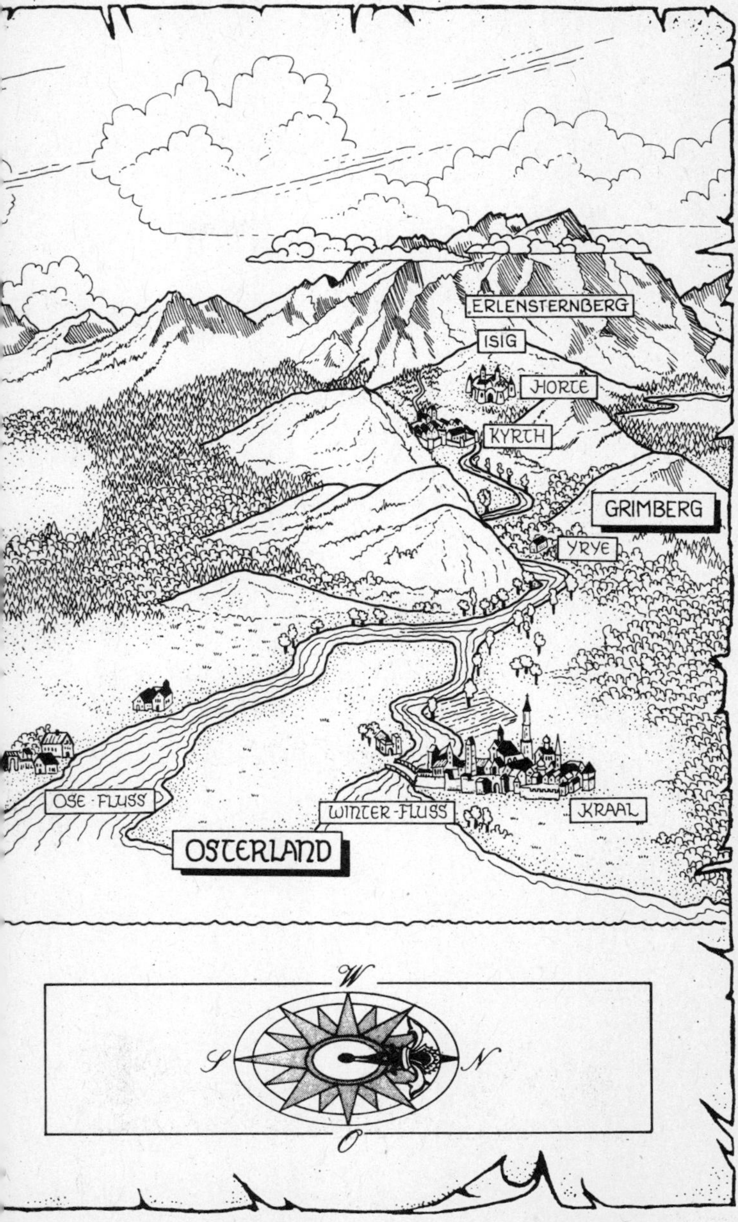
ERLENSTERNBERG
ISIG
HORTE
KYRTH
GRIMBERG
YRYE
OSE-FLUSS
WINTER-FLUSS
KRAAL
OSTERLAND
W
S
N
O

Was sich bisher ereignete:

Morgon war, nachdem man ihn in Caithnard zum Rätselmeister ausgebildet hatte, auf seine kleine Insel Hed zurückgekehrt und hatte dort von seinem Vater die Landherrschaft übernommen. Auf rätselhafte Weise waren Morgons Eltern auf dem Meer umgekommen; auf rätselhafte Weise hatte Morgon Peven von Aum in seinem Turm bei einem Rätselspiel besiegt und dessen Krone gewonnen. Wie Morgon beim Besuch seines Freundes Rood in der Schule der Rätselmeister von Caithnard feststellte, ist ihm durch den Sieg über Peven auch Rendel, Tochter des Königs von An, zur Frau bestimmt.
Doch das Sternenmal, das er auf seiner Stirn entdeckte, und die Sternenharfe, die Thod, der Harfner des Erhabenen, ihm zuspielte, lassen ihn kein beschauliches Leben mehr führen. Mit Thod zusammen wanderte er nun immer weiter nach Norden zum Erlenstern-Berg, wo der Erhabene seinen Sitz hat. Viele Auseinandersetzungen, vor allem mit den Gestaltwandlern aus dem Meer, müssen beide bestehen, ehe sie in Osterland ankommen. Morgon hat inzwischen selbst einen Teil der magischen Kraft erlernt, die das Gestaltwandeln erlaubt. Auf dem Grund des Berges Isig erhält er von den versteinerten Kindern der Erdherren ein magisches Schwert, das wiederum die Sterne trägt, und trifft so auf den Erhabenen – der sich als Rätselmeister von Caithnard und Gründer der Zaubererschule von Lungold erweist, also gar nicht der Erhabene ist.
Dieser bleibt weiterhin verborgen; Morgon ist von Thod verraten worden. Der Erhabene scheint sich aus dem Reich zurückgezogen zu haben und seinen Geschöpfen nicht mehr beizustehen. Die Erlösung der Welt soll und kann nur durch den Sternenträger kommen – und Morgon sieht sich durch die bösen Kräfte im Erlenstern-Berg bereits am Ende seiner Suche und seines Lebens.

1

Im Frühjahr geschahen im Haus des Königs von An unabänderlich drei Dinge: Die erste Weinlieferung aus Herun traf ein; die Edelleute der Drei Teile von An fanden sich zur Ratsversammlung zusammen; und es gab einen Streit. Im Frühling des Jahres, das dem geheimnisvollen Verschwinden des Fürsten von Hed folgte, dessen Spur sich, begleitet vom Harfner des Erhabenen, am Isig-Paß verloren hatte wie eine Nebelwolke, erwachte das große Haus mit den sieben Toren und den sieben weißen Türmen wie ein knospender Baum aus einem langen, bitteren Winter der Stummheit und des Schmerzes. Der einziehende Lenz stäubte die Gärten mit zartem Grün, malte warme Lichtmuster auf die kalten Steinböden und weckte tief im Herzen von An eine drängende Rastlosigkeit, die emporquoll wie der Saft junger Bäume. Rendel von An, die in Cyones Garten stand, den seit ihrem Tod vor sechs Monaten keiner mehr betreten hatte, meinte, selbst die Toten von An, deren Gebeine sich mit den Wurzeln der Gräser verflochten hatten, müßten in den Gräbern vor Ungeduld mit den Fingern trommeln.

Eine ganze Weile stand sie nachdenklich im Garten, dann ließ sie die Wildnis von Unkräutern und verdorrten Pflanzen, die den Winter nicht überlebt hatten, hinter sich und kehrte in den Königssaal zurück, dessen Türen dem Sonnenschein weit geöffnet waren. Unter dem wachsamen Auge von Mathoms Haushofmeister schüttelten drinnen Diener die Falten aus den Bannern der Edelleute und hängten sie an den hohen Deckenbalken auf. Jeden Tag konnten die Ritter eintreffen, und im ganzen Haus war man mit den Vorbereitungen für ihren Empfang beschäftigt. Schon waren ihr die Geschenke der Herren überbracht worden: ein milchweißer Falke, der auf den wilden Höhen von Osterland seine Kreise gezogen hatte, vom Herrn von Hel; eine Brosche aus feinstem Gold von Map Hwillion, der eigentlich zu arm war, solche Kostbarkeiten zu verschenken; eine Flöte aus edlem Holz, mit Silber eingelegt, von einem Unbekannten, der seinen Namen nicht genannt hatte; das machte Rendel Kopfzerbrechen, da der Geber offensichtlich genau gewußt hatte, was ihr gefallen würde.

Sie sah zu, wie das Banner von Hel entrollt wurde: der mächtige Kopf eines Keilers, dessen Hauer wie schwarze Monde leuchteten, auf eichengrünem Fell; schwankend glitt der Keiler aufwärts, um aus seinen kleinen feurigen Augen den weißen Saal zu überblicken. Mit verschränkten Armen sah sie zu ihm auf, dann drehte sie sich plötzlich um und machte sich auf die Suche nach ihrem Vater.

Sie fand ihn mit dem Landerben in seinen Gemächern. Die Stimmen der beiden Männer waren leise, und sie verstummten, als Rendel eintrat, doch sie sah die Röte in Duacs Wangen und wußte, daß sie gestritten hatten. Die blassen Striche seiner Brauen und die meerfarbenen Augen waren das Erbe von Ylons wildem Blut, doch die Langmut, die er Mathom zeigte, wenn allen anderen längst der Geduldsfaden gerissen war, war schon sprichwörtlich. Sie fragte sich, was Mathom wohl gesagt hatte, um ihn aus der Ruhe zu bringen.

Der König richtete das finstere Auge einer Krähe auf sie; höflich, denn morgens war seine Stimmung unberechenbar, sagte sie: »Ich würde gern für zwei Wochen Mara Croeg in Aum besuchen, wenn du es gestattest. Ich könnte heut noch packen und morgen abreisen. Ich war den ganzen Winter in Anuin und ich hab' das Gefühl – ich muß einfach weg.«

Keine Regung flackerte in seinen Augen. Er sagte einfach: »Nein«, und drehte sich um, um seinen Weinbecher zu nehmen.

Zornig starrte sie auf seinen Rücken und warf alle Höflichkeit über Bord.

»Ich werde jedenfalls nicht hierbleiben und zusehen, wie um mich gefeilscht wird, als wäre ich eine preisgekrönte Kuh aus Aum. Weißt du, wer mir ein Geschenk gesandt hat? Map Hwillion. Gestern hat er mich noch ausgelacht, weil ich vom Birnbaum gefallen bin, und jetzt, wo ihm die ersten Bartstoppeln sprießen und er ein achthundert Jahre altes Haus mit einem Birkendach hat, bildet er sich ein, mich heiraten zu wollen. Du warst es doch, der mich dem Fürsten von Hed versprochen hat; kannst du denn diesem ganzen Getue nicht ein Ende machen? Lieber höre ich mir das Grunzen und Brüllen der Schweineherden von Hel bei einem Gewitter an, als das Gezeter der Herren deines Rats darüber, was du mit mir anfangen sollst.«

»Ja, ich auch«, murmelte Duac.

Mathom musterte sie beide stumm. Sein Haar war scheinbar über Nacht eisengrau geworden; der Schmerz über Cyones Tod hatte sein Gesicht gezeichnet, doch sein Wesen war weder abgeklärt noch verbittert geworden.

»Was soll ich ihnen anderes sagen«, fragte er, »als das, was ich ihnen seit neunzehn Jahren predige? Ich habe ein Gelöbnis getan, dich mit dem Mann zu verheiraten, der den Kampf gegen Peven gewinnt. Wenn du fortlaufen und mit Map Hwillon unter seinem lecken Dach leben willst, kann ich dich daran nicht hindern – das wissen sie.«

»Ich will Map Hwillion nicht heiraten«, gab sie gereizt zurück. »Ich möchte den Fürsten von Hed heiraten. Nur weiß ich nicht mehr, wer er ist, und keiner weiß, wo er ist. Ich bin des Wartens müde; ich bin dieses Hauses müde; ich bin es müde, mir vom Herrn von Hel sagen zu lassen, daß die Mißachtung, die der Fürst von Hed mir zeigt, kränkend und beleidigend ist. Ich möchte Mara Croeg in Aum besuchen und ich verstehe nicht, warum du mir eine so einfache und vernünftige Bitte abschlagen mußt.«

Einen Augenblick trat Stille ein. Mathom starrte in seinen Weinbecher. Ein unverständlicher Ausdruck spiegelte sich auf seinem Gesicht. Schließlich stellte er den Becher auf den Tisch und sagte: »Wenn du möchtest, kannst du nach

Caithnard reisen.«

Ihr Mund öffnete sich überrascht.

»Wirklich? Rood besuchen? Läuft denn ein Schiff –«

Da schlug Duac mit der flachen Hand so hart auf den Tisch, daß die Becher klirrten. »Nein!«

Verblüfft starrte sie ihn an, und er schloß die Hand zur Faust. Seine Augen verengten sich ein wenig, als er den Blick auf Mathom richtete. »Er hat mich gebeten hinzufahren, aber ich habe mich bereits geweigert. Er möchte, daß Rood nach Hause kommt.«

»Rood? Das verstehe ich nicht.«

Mit einer gereizten Bewegung, bei der der weite Ärmel seines Gewandes heftig flatterte, trat Mathom plötzlich vom Fenster weg.

»Das ist ja schlimmer hier, als wenn der gesamte Rat zu gleicher Zeit auf mich einredet. Ich möchte, daß Rood seine Studien unterbricht und für gewisse Zeit nach Anuin zurückkommt; er wird die Nachricht am besten von dir oder von Duac aufnehmen.«

»Sag's ihm selbst«, versetzte Duac unbeugsam. Unter dem scharfen Blick des Königs gab er nach, setzte sich und umklammerte die Armlehne seines Sessels, als könnte er so seine Geduld festhalten. »Würdest du mir dann wenigstens eine Erklärung geben, die ich verstehen kann? Rood hat sich gerade das Rote Gewand erworben; wenn er bleibt, wird man ihm bald das Schwarz des Großmeisters anlegen. Er hat glänzend gearbeitet; er verdient die Chance zu bleiben.«

»Es gibt mehr Rätsel auf der Welt als jene in den verschlossenen Büchern hinter den Mauern der Schule in Caithnard.«

»Richtig. Ich habe zwar die Rätselkunst nie studiert, aber ich denke, man kann sie nicht alle auf einmal lösen. Er tut sein Bestes. Was willst du von ihm? Daß er am Erlenstern-Berg verlorengeht wie der Fürst von Hed?«

»Nein. Ich möchte ihn hier haben.«

»Wozu denn, in Hels Namen? Hast du etwa vor zu sterben?«

»Duac!« hauchte Rendel, doch er wartete starrköpfig auf eine Antwort des Königs.

Unter dem Zorn und dem Starrsinn der beiden spürte sie die Bindung zwischen ihnen, die allen Erklärungsversuchen trotzte, wie etwas Lebendiges.

Als Mathom weiterhin schwieg, stand Duac auf. Ehe er die Tür so heftig hinter sich zuschlug, daß die Steine zu klirren schienen, rief er wütend: »Bei Madirs Gebeinen, ich wollte, ich könnte in diesen Morast hineinschauen, der dein Geist ist!«

Rendel seufzte. Sie starrte Mathom an, der trotz seines prächtigen Gewandes finster und unerbittlich schien wie der Fluch eines Zauberers im Sonnenlicht.

»Es wird langsam so, daß ich den Frühling hasse. Ich will ja gar nicht, daß du mir den Lauf der Welt erklärst, nur sag mir, warum ich nicht Mara Croeg besuchen kann, während Cyn Croeg hier in der Ratsversammlung ist.«

»Wer war Thanet Ross und warum spielte er auf einer Harfe ohne Saiten?«

Sie blieb noch einen Moment stehen und suchte die Antwort in der Erinnerung an endlose, halbvergessene Stunden des Rätselspiels. Dann wandte sie sich ab; noch einmal, kurz bevor sie die Tür hinter sich zuschlug, hörte sie seine Stimme: »Und wage dich nicht nach Hel!«

Sie entdeckte Duac in der Bibliothek, wo er am Fenster stand und hinausstarrte. Sie stellte sich neben ihn und blickte hinunter auf die Stadt, die sich, vom Haus des Königs sanft abfallend, um den Hafen ausbreitete. Handelsschiffe, deren bunte Segel im leichten Wind wie seufzend zusammenfielen, trieben auf der morgendlichen Flut herein. Sie sah das Weiß und Grün der Schiffe von Danan Isig, die die kunstvoll gefertigten Erzeugnisse der Handwerker vom Berg Isig brachten; eine Hoffnung regte sich in ihr, daß das nördliche Königreich vielleicht Nachricht mitbrachte, die kostbarer war als all die prächtigen Güter.

Duac erwachte allmählich aus seiner Starrheit; die friedliche Stille in der alten Bibliothek, wo es nach gegerbten Häuten, Wachs und dem Eisen alter Schilder roch, beschwichtigte den Tumult in seinem Inneren.

»Er ist der eigensinnigste, willkürlichste und aufreizendste

Mensch in den Drei Teilen von An«, sagte er leise.

»Ich weiß.«

»Irgend etwas geht in seinem Kopf vor; da brodelte etwas wie ein böser Zauber . . . Es macht mir Sorge. Denn wenn ich wählen sollte, entweder mit ihm zusammen einen Sprung in bodenlose Tiefen zu wagen oder mit den Rittern von An einen Spaziergang durch die Apfelpflanzungen zu machen, so würde ich die Augen schließen und springen. Aber was geht in ihm vor?«

»Ich weiß es nicht.« Sie senkte ihr Kinn in ihre Handflächen. »Ich weiß nicht, warum er uns gerade jetzt alle zu Hause haben möchte. Ich begreife ihn nicht. Ich fragte ihn, warum ich nicht reisen könnte, und er fragte mich darauf, warum Thanet Ross auf einer Harfe ohne Saiten spielte.«

»Wer?« Duac sah sie an. »Wie konnte – weshalb spielte er auf einer Harfe ohne Saiten?«

»Aus dem gleichen Grund, aus dem er rückwärts ging und sich statt seines Bartes das Kopfhaar schor. Aus keinem anderen Grund, als daß es keinen Grund dafür gab. Er war ein trauriger Mann und starb rückwärts.«

»Oh.«

»Ohne allen Grund ging er rückwärts und stürzte in einen Fluß. Keiner hat ihn je wiedergesehen, aber man nahm an, er wäre umgekommen, da es keinen Grund dafür gab –«

»Schon gut«, protestierte Duac müde. »Daraus könnte man eine endlose Mär spinnen.«

Sie lächelte. »Da siehst du, was für eine Ausbildung dir entgangen ist, da du nicht bestimmt warst, einen Rätselmeister zu heiraten.« Dann erlosch ihr Lächeln; sie senkte den Kopf und zeichnete mit einem Finger einen Riß in der alten Mauer nach. »Es kommt mir vor, als wartete ich darauf, daß aus dem Norden ein Märchen zu mir kommt, das sich mit dem Schmelzwasser des Frühlings aus dem Winter Bahn gebrochen hat . . . Dann sehe ich den Bauernsohn vor mir, der mir so oft Muscheln ans Ohr gedrückt hat, damit ich das Rauschen des Meeres hören konnte, und dann, Duac, dann packt mich die Angst um ihn. Er ist so lange schon fort; seit einem Jahr ist keine Nachricht von ihm gekommen, und keiner im Reich hat auch nur einen Harfenton vom Harfner des Erhabenen gehört. So lange würde der Erhabene Morgon doch gewiß nicht von seinem Land fernhalten. Ich glaube, daß ihnen am Isig-Paß etwas zugestoßen sein muß.«

»Soweit bekannt ist, ist die Landherrschaft nicht von Morgon an seinen Bruder übergegangen«, meinte Duac tröstend, doch sie schüttelte nur ungeduldig den Kopf.

»Wo ist er dann? Seinem eigenen Land wenigstens könnte er eine Botschaft schicken. Die Händler erzählen, jedesmal wenn sie in Tol anlegen, stehen Tristan und Eliard am Pier und hoffen auf Nachricht. Selbst als er in Isig war, hat er, nach allem, was ihm widerfahren war, doch geschrieben. Es heißt, auf seinen Händen hätte er Narben, die wie die Hörner der Vestas geformt sind, und er kann die Gestalt von Bäumen annehmen . . .«

Duac blickte auf seine eigenen Hände nieder, als erwartete er, in ihnen die verblichenen Halbmonde weißer Hörner zu sehen.

»Ich weiß . . . Das Einfachste wäre es, zum Erlenstern-Berg zu reisen und den Erhabenen zu fragen, wo er ist. Es ist Frühling; der Paß müßte eigentlich frei sein. Vielleicht wird Eliard es tun.«

»Hed verlassen? Er ist Morgons Landerbe; niemals würden sie ihn ziehen lassen.«

»Vielleicht. Aber es heißt doch, daß die Leute von Hed einen Eigensinn im Blut haben, der so unbezähmbar ist, wie ein wildes Tier. Vielleicht tut er es doch.« Er lehnte sich plötzlich über das Sims, spähte einer fernen, doppelreihigen Kette von Reitern entgegen, die über die Wiesen dem Haus des Königs zustrebten. »Da kommen sie. In voller Pracht.«

»Wer ist es?«

»Ich kann es nicht . . . Blau! Blau und schwarz ist das Gefolge; das muß Cyn Croeg sein. Er scheint mit irgendwelchen Grünen zusammengetroffen zu sein.«

»Hel!«

»Nein. Grün und blaßgelb; sehr kleines Gefolge.«

Sie seufzte. »Map Hwillion.«

Duac eilte davon, um Mathom Bescheid zu geben. Sie

blieb am Fenster stehen, sah, wie die Reiter einen Bogen um die Nußpflanzungen schlugen. Nur ab und zu blitzten ihre Farben im Netzwerk schwarzer, kahler Äste auf. An einer Ecke der alten Stadtmauer tauchten sie wieder auf und nahmen die Hauptstraße durch die Stadt, die sich in Windungen zum Marktplatz zog, vorbei an alten hohen Häusern und Läden, an deren Fenstern, aufgerissen wie neugierige Augen, sich die Gaffer drängten. Als die Reiter schließlich unter den Stadttoren verschwanden, wußte Rendel, was sie tun würde.

Drei Tage später saß sie neben der Schweinehirtin des Herrn von Hel unter einer Eiche und flocht Grashalme zu einem Netz. Rundum erzitterte der beschauliche Nachmittag vom Grunzen und Quietschen der riesigen Schweineherden von Hel, die im Schatten der Eichen durch das Unterholz stöberten. Die Schweinehirtin, der nie jemand einen Namen gegeben hatte, hockte da und rauchte nachdenklich eine Pfeife. Sie war eine große, knochige kräftige Frau mit langem, zerzaustem grauem Haar und dunkelgrauen Augen; sie hütete die Schweine seit undenklichen Zeiten. Sie und Rendel waren über die Zauberin Madir miteinander verwandt; in welcher Verwandtschaftsbeziehung sie zueinander standen, das versuchten sie jetzt herauszufinden.

Unter ihren Schweinen fühlte die Hirtin sich wohl; Menschen gegenüber war sie scheu und brüsk, doch die schöne und feurige Cyone hatte Madirs Interesse an Schweinen geerbt und sich mit der schweigsamen Schweinehirtin angefreundet. Nicht einmal Cyone jedoch hatte das entdeckt, was Rendel wußte: daß die Schweinehirtin von Madir einen großen Wissensschatz geerbt hatte.

Rendel pflückte noch einen kräftigen Grashalm ab und zog ihn in flinkem Auf und Ab durch das kleine viereckige Geflecht.

»Mache ich das so richtig?«

Die Schweinehirtin befühlte das engmaschige Flechtwerk und nickte.

»Darin könntest du Wasser tragen«, sagte sie mit ihrer rauhen Stimme. »Also, ich glaube, König Oen hatte einen Schafhirten, den Madir recht gern hatte.«

»Ich dachte, sie hätte vielleicht Oen gern gehabt.«

Die Schweinehirtin machte ein überraschtes Gesicht.

»Nachdem er den Turm gebaut hatte, um sie gefangenzusetzen? Das hast du mir doch erzählt. Außerdem hatte er eine Frau.« Sogleich fegte sie die Worte und den Rauch aus ihrer Pfeife mit einer Handbewegung fort. »Ich habe nicht überlegt.«

»Ich habe nie gehört, daß einer der Könige Madir heiratete«, bemerkte Rendel mit leichter Ironie. »Und doch gelangte ihr Blut irgendwie in die königlichen Adern. Also: sie lebte beinahe zweihundert Jahre. In dieser Zeit gab es sieben Könige. Fenel, glaube ich, können wir vergessen. Der hatte Mühe, einen Landerben zu zeugen, geschweige denn einen Bastard. Ich weiß nicht einmal, ob er Schweine hielt. Es ist möglich«, fügte sie, von einem plötzlichen Gedankenblitz getroffen, hinzu, »daß du ein Nachkömmling eines Kindes von Madir und einem der Könige bist.«

Die Schweinehirtin, die selten lachte, kicherte.

»Das bezweifle ich. Ich mit meinen nackten Füßen. Madir mochte Schweinehirten so gern wie Könige.«

»Das ist wahr.« Rendel schob die Grashalme ihres Flechtwerks eng zusammen und blickte mit gerunzelter Stirn geistesabwesend darauf nieder. »Es ist auch möglich, daß Oen Madir liebte, nachdem er sah, daß sie nicht seine Feindin war; aber ein wenig empörend wäre das schon. Schließlich kam durch ihn Ylons Blut in den königlichen Stamm. Und darüber war Oen zornig genug.«

»Ylon?«

»Du kennst doch die Geschichte.«

Die Schweinehirtin schüttelte den Kopf.

»Ich kenne den Namen, aber niemand hat mir je die Geschichte erzählt.«

»Hm.« Sie lehnte sich an den Baum, und die Sonne spiegelte sich schimmernd in ihren Augen. Auch sie hatte die Schuhe ausgezogen; das Haar floß ihr offen auf die Schultern; eine kleine Spinne hatte sich in einer ihrer Haarsträhnen verirrt. Ohne sie zu bemerken, streifte sie sie ab. »Das ist das erste Rätsel, das ich je gelernt habe. Oens Landerbe war nicht sein eigener Sohn, sondern der Sohn eines geheimnisvollen Herren des Meeres, der als der König verkleidet in Oens Bett kam. Neun Monate später brachte Oens Frau Ylon zur Welt. Seine Haut war wie Schaum und seine Augen wie grüner Seetang. Da baute Oen in seinem Zorn an der See einen Turm für diesen Meeressohn und gebot, daß er niemals herausgelassen werden sollte. Fünfzehn Jahre nach seiner Geburt vernahm Ylon eines Nachts fremdartige Harfenklänge vom Meer her, und er war so hingerissen von der Musik, daß ein unbezähmbares Verlangen ihn überwältigte, ihren Ursprung zu finden. Da sprengte er die Gitter an seinem Fenster mit seinen bloßen Händen und sprang ins Meer und verschwand. Zehn Jahre später starb Oen, und zur Überraschung seiner anderen Söhne ging die Landherrschaft an Ylon über. Ylon wurde von seinem eigenen Wesen zurückgetrieben, den Anspruch auf sein Erbe geltend zu machen. Er regierte nur lange genug, um zu heiraten und einen Sohn zu zeugen, der dunkel und erdnah war wie Oen, dann kehrte er in den Turm zurück, den Oen ihm errichtet hatte, und stürzte sich von seiner Höhe hinunter in den Tod.« Sie schob eine Ecke an dem kleinen Netz in ihrer Hand gerade. »Es ist eine traurige Geschichte.«

Ein Blick nachdenklicher Verwunderung stahl sich in ihre Augen, als wäre eine Erinnerung in ihr aufgestiegen, die sie nicht recht zu fassen bekam.

»Ein- oder zweimal in jedem Jahrhundert zeigt sich Ylons Gesicht, und manchmal taucht auch seine Wildheit auf, niemals aber wiederholt sich seine schreckliche Qual, weil niemand mit seinem Wesen je wieder die Landherrschaft geerbt hat. Das ist ein Glück.«

»Das ist wahr.«

Die Schweinehirtin blickte auf die Pfeife in ihrer Hand, die ausgegangen war. Zerstreut schlug sie sie gegen eine Baumwurzel.

Rendel sah, wie eine ungeheuer große schwarze Sau vor ihnen über die Lichtung trottete, um sich keuchend im Schatten niederzulassen.

»Es ist beinahe soweit.«

Die Schweinehirtin nickte. »Die Kleinen werden bestimmt alle schwarz wie Pech. Der Vater ist Dunkler Tag.«

Rendel entdeckte den Eber, den Nachkommen von Hegdis-Tag, der in einem Haufen welker Blätter stöberte. »Vielleicht wirft sie eines, das sprechen kann.«

»Vielleicht. Ich habe die Hoffnung nicht aufgegeben, aber ich glaube, der Zauber ist aus ihrem Blut gewichen, und sie werden stumm geboren.«

»Ich wünschte, von den Herren von An wären einige stumm geboren.«

In plötzlichem Verstehen zog die Schweinehirtin die Brauen hoch.

»Das ist also der Grund.«

»Was?«

Die Schweinehirtin war plötzlich wieder scheu.

»Die Ratsversammlung. Es geht mich ja nichts an, aber ich dachte mir schon, daß du nicht drei Tage lang geritten bist, nur um herauszufinden, wie wir verwandt sind.«

Rendel lächelte. »Nein. Ich bin von zu Hause fortgelaufen.«

»Du ... Weiß dein Vater, wo du bist?«

»Ich gehe immer davon aus, daß er alles weiß.«

Sie pflückte einen frischen Grashalm. Wieder trat der Ausdruck nachdenklicher Verwirrung in ihre Augen. Ganz plötzlich sah sie auf und begegnete den Augen der Schweinehirtin. Einen Moment lang schien der offene, graue Blick der einer Fremden, neugierig, abwägend, die gleiche Farbe enthaltend, die sie kaum in Worte gefaßt hatte. Dann senkte die Schweinehirtin den Kopf; sie hob eine Eichel aus der Beuge einer Wurzel auf und warf sie der schwarzen Sau zu.

»Ylon ...«, sagte Rendel leise.

»Ihm hast du es zu verdanken, daß du die kleinen Dinge, die ich dich lehre, so gut beherrschst. Ihm und Madir. Und deinem Vater mit seinem Geist.«

»Vielleicht. Aber –« Sie schüttelte den Gedanken ab und lehnte sich wieder zurück, um die stille Luft einzuatmen. »Mein Vater könnte im Dunkeln einen Schatten sehen, aber ich wollte, er wäre nicht so schweigsam. Es tut gut, von dem Haus fort zu sein. Im vergangenen Winter wurde es so still, daß ich meinte, jedes Wort, das ich spreche, würde in der Luft erstarren. Ich dachte, der Winter würde nie zu Ende gehen . . .«

»Ja, es war ein schlimmer Winter. Der Herr mußte Futter aus Aum kommen lassen und mußte doppelt dafür bezahlen, weil in Aum selbst das Korn knapp wurde. Wir haben einige Tiere verloren; einer der großen Eber, Aloil –«

»Aloil?«

Die Schweinehirtin sah plötzlich ein wenig verwirrt aus.

»Nun, Rood sprach einmal von ihm und ich dachte . . . Der Name gefiel mir.«

»Du hast einen Eber nach einem Zauberer benannt?«

»War er ein Zauberer? Das wußte ich nicht – Rood sagte das nicht. Nun, er ist jedenfalls gestorben, obwohl ich alles getan habe, was in meiner Macht stand. Der Herr selbst kam, um mit eigener Hand zu helfen.«

Rendels Gesicht wurde ein wenig weicher.

»Ja, das ist eine Sache, auf die Raith sich versteht.«

»Es liegt ihm im Blut. Aber er war bekümmert wegen – wegen Aloil.« Sie warf einen Blick auf Rendels Handarbeit. »Du solltest es vielleicht noch ein Stückchen breiter machen, aber du mußt einen Rand lassen, an dem du es festhalten kannst.«

Rendel starrte auf das kleine Geflecht, sah es im Geiste wachsen und dann wieder klein werden. Sie streckte den Arm aus, um noch einige Grashalme zu pflücken, und als ihre Hand die Erde berührte, spürte sie das Beben von Hufschlag. Verwundert blickte sie zu den Bäumen hinüber.

»Wer ist das? Ist Raith noch nicht nach Anuin aufgebrochen?«

»Nein, er ist noch hier. Hast du das nicht –«

Die Schweinehirtin brach ab, als Rendel mit einem kurzen Fluch aufsprang und gleichzeitig der Ritter von Hel und sein Gefolge auf die Lichtung ritten und die Schweine auseinandertrieben.

Vor Rendel zügelte Raith sein Pferd; überrascht hielten auch seine Leute, in Blaßgrün und Schwarz, ihre Rösser an.

Raiths goldblonde Brauen runzelten sich unwillig beim Anblick von Rendel, und er öffnete den Mund.

»Du wirst zu spät zur Ratsversammlung kommen«, sagte Rendel rasch.

»Ich mußte auf Elieu warten. Was, in Hels Namen, tust du hier, auf Strümpfen mitten unter meinen Schweinen? Wo ist deine Begleitung? Wo –«

»Elieu!« rief Rendel einem braunbärtigen Mann zu, der vom Pferd stieg, und den sie zunächst für einen Fremden gehalten hatte. Sein strahlendes Lächeln, als sie ihm entgegenlief, machte ihn ihr wieder vertraut.

»Hast du die Flöte bekommen, die ich dir geschickt habe?« fragte er, als sie seine Arme umfaßte.

Sie nickte lachend. »Du hast sie gesandt? Hast du sie selbst gemacht? Sie ist so schön, daß sie mich erschreckte.«

»Ich wollte dich überraschen –«

»Ich hab' dich mit dem Bart gar nicht erkannt. Seit drei Jahren bist du nicht mehr aus Isig herausgekommen; es ist allmählich Zeit, daß du –« Sie brach plötzlich ab, und ihre Finger faßten seine Arme fester. »Elieu, hast du Nachricht vom Fürsten von Hed?«

»Es tut mir leid«, sagte er behutsam. »Keiner hat ihn gesehen. Ich bin von Kraal aus mit einem Handelsschiff gereist; fünfmal hat es unterwegs angelegt, und ich weiß schon längst nicht mehr, wie vielen Menschen ich das schon erzählen mußte. Ich habe allerdings eine Botschaft für deinen Vater.« Er lächelte wieder und berührte ihr Gesicht. »Du bist immer so schön. Wie An selbst. Aber was tust du hier mutterseelenallein unter Raiths Schweinen?«

»Ich wollte mit seiner Schweinehirtin plaudern. Sie ist eine sehr kluge und interessante Frau.«

»Tatsächlich?« Elieu musterte die Schweinehirtin, und die blickte zu ihren Füßen nieder.

»Ich hätte gedacht«, bemerkte Raith grimmig, »daß du aus dem Alter heraus bist. Es war leichtsinnig von dir, allein von Anuin herüberzureiten. Es wundert mich, daß dein Vater – er weiß doch, wo du bist?«

»Er hat es wahrscheinlich inzwischen genau erraten.«

»Soll das heißen, daß du –«

»Ach, Raith, wenn ich leichtsinnig sein will, dann ist das doch meine Sache.«

»Und wie du aussiehst! Dein Haar ist so wirr, als hätten die Vögel darin genistet.«

In einem Reflex hob sie die Hand, um es glatt zu streichen; dann ließ sie den Arm sinken.

»Auch das«, erklärte sie frostig, »ist meine Sache.«

»Es ist unter deiner Würde, dich mit meiner Schweinehirtin gemein zu machen, wie eine – wie irgendeine –«

»Wir sind verwandt, Raith. Sie hat vielleicht ebensoviel Recht, sich am Hof von Anuin aufzuhalten, wie ich.«

»Ich wußte gar nicht, daß ihr verwandt seid«, warf Elieu interessiert ein. »Wie?«

»Durch Madir. Sie war eine vielbeschäftigte Frau.«

Raith preßte die Lippen aufeinander und holte durch die Nase tief Atem.

»Du brauchst dringend einen Ehemann«, verkündete er gewichtig.

Er riß an seinen Zügeln und wendete sein Pferd; beim Anblick seines kerzengeraden, kräftigen Rückens und seiner herrischen Gesten berührte es Rendel mit Unbehagen. Sie spürte Elieus Hand auf ihrer Schulter.

»Mach dir nichts daraus«, sagte er beruhigend. »Reitest du mit uns zurück? Ich würde dich gern auf der Flöte spielen hören.«

»Gut.« Ihre Schultern fielen ein wenig herab. »Gut. Wenn du dabei bist. Aber berichte mir erst, was das für eine Botschaft ist, die du für meinen Vater hast.«

»Oh.« Sie hörte plötzliche Ehrfurcht in seiner Stimme. »Es handelt sich um den Fürsten – um den Sternenträger.«

Rendel schluckte. Als hätten selbst die Schweine den Namen erkannt, verstummte plötzlich ihr heftiges Schnauben und Grunzen. Die Schweinehirtin hob den Blick.

»Also, was ist es?«

»Bere, Danans Enkel, hat es mir erzählt. Du mußt doch die Geschichte von der Nacht gehört haben, als Morgon das Schwert aus den geheimen Tiefen von Isig holte und drei Gestaltwandler mit ihm tötete, um sich und Bere zu retten. Bere und ich arbeiteten zusammen, und Bere fragte mich, wer die Erdherren wären. Ich erzählte ihm, was ich wußte, und fragte ihn, warum ihn das interessierte. Da berichtete er mir, daß er gehört hätte, wie Morgon Danan und Thod erzählte, daß er sein gestirntes Schwert in der Höhle der Verlorenen gefunden hätte, die außer Yrth nie einer betreten hatte, und daß es ihm von den toten Kindern der Erdherren übergeben worden wäre.«

Die Schweinehirtin ließ ihre Pfeife fallen. Mit einer blitzartigen Bewegung, die Rendel erschreckte, sprang sie auf. Wie eine Maske fiel alle Unbestimmtheit von ihrem Gesicht ab, und es zeigten sich in ihren Zügen eine Kraft und ein Schmerz, die von einem tiefen Wissen geprägt waren.

Sie holte Atem und schrie: »Was?«

Wie ein Blitzschlag aus heiterem Himmel zerschnitt der Schrei die Stille des Nachmittags. Rendel, die sich umsonst die Hände auf die Ohren drückte, hörte über ihren eigenen Schrei hinweg das schrille, verängstigte Wiehern sich aufbäumender Pferde und die atemlosen sich übertönenden Stimmen der Männer, die sich bemühten, die Tiere unter Kontrolle zu halten. Dann kam ein Geräusch, das so unerwartet und schrecklich war wie der Schrei der Schweinehirtin: das panische, wütende Aufbegehren der ganzen großen Schweineherde von Hel.

Rendel öffnete die Augen. Die Schweinehirtin war verschwunden, als wäre sie von ihrem eigenen Schrei hinweggefegt worden. Das ganze schwerfällige Schweinevolk wälzte sich schrill quiekend vor Schmerz und Schrecken auf die Füße, machte blindlings kehrt, drängte sich zusammen wie zu einer riesigen Woge, über die Panik hinwegkräuselte. Sie sah, wie die mächtigen Eber mit geschlossenen Augen herumwirbelten, wie die Jungschweine beinahe erdrückt wurden unter dem Gewoge der borstigen Rücken, wie die trächtigen Mutterschweine sich schwankend hochrappelten. Die Pferde scheuten, erschreckt von dem Getöse und der Masse der Schweine, die sich ihnen entgegendrängte. Eines wich zurück und trat ein junges Ferkel, und der Schreckensschrei beider

Tiere hallte über die Lichtung wie ein Kampfsignal. Trampelnd, quiekend und grunzend galoppierte die Herde, seit neun Jahrhunderten der Stolz von Hel, vorwärts und riß Männer und Pferde mit sich.

Rendel, die schleunigst und völlig würdelos auf einer Eiche Schutz suchte, sah, wie Raith verzweifelt versuchte, sein Pferd zu wenden und zu ihr zu gelangen. Doch er wurde samt seinem Gefolge weggeschwemmt, ganz hinten Elieu, der sich krümmte vor Lachen. Die Herde stürmte davon und verschwand zwischen den Bäumen. Rendel hockte rittlings auf einem dicken Ast und stellte sich vor, daß die ganze Schweineherde mit dem Herrn von Hel hineingaloppierte in den Ratssaal des Königs von Anuin. Sie lachte, bis ihr die Tränen kamen.

Als sie drei Tage später bei Zwielicht in den Hof vor dem Haus ihres Vaters einritt, stellte sie fest, daß einige der Schweine vor ihr dort angekommen waren. An den inneren Mauern prangten die Banner der Ritter, die inzwischen eingetroffen waren; unter dem Banner von Hel, das schlaff in der Abendluft hing, waren sieben erschöpfte Eber in einem Pferch eingesperrt. Sie mußte anhalten und wieder lachen, doch es war ein gedämpftes Lachen, sie wußte, daß sie jetzt Mathom gegenübertreten mußte. Während ein Knecht herbeieilte, um ihr das Pferd abzunehmen, überlegte sie verwundert, wie es kam, daß es trotz der vielen Menschen so still im Haus war. Sie eilte die Treppe hinauf zum Saal; leer standen Tische und Stühle. Nur drei Menschen waren im Saal: Elieu, Duac und der König.

Als die drei sich bei ihrem Kommen umdrehten, fragte sie ein wenig zaghaft: »Wo sind denn alle?«

»Unterwegs«, antwortete Mathom kurz. »Auf der Suche nach dir.«

»Dein ganzer Rat?«

»Mein ganzer Rat. Die Herren sind schon vor fünf Tagen aufgebrochen; sie haben sich wahrscheinlich genau wie Raiths Schweine über alle Drei Teile von An zerstreut. Raith selbst wurde zuletzt gesehen, wie er sich verzweifelt bemühte, in Aum seine Schweine zusammenzutreiben.« Seine

Stimme klang unwirsch, in seinen Augen stand kein Zorn, nur eine Abwesenheit, als gingen seine Gedanken ganz andere Wege. »Ist dir der Gedanke gekommen, daß jemand sich Sorgen machen könnte?«

»Wenn du mich fragst«, murmelte Duac in seinen Weinbecher, »so sah es mehr nach einer Jagdgesellschaft als nach einer Suchaktion aus; alle waren ganz erpicht darauf, die Trophäe nach Hause zu bringen.« Seine Miene verriet Rendel, daß er und Mathom wieder gestritten hatten. Er hob den Kopf. »Du hast sie davonschwirren lassen wie einen Schwarm Vögel, dem man die Käfigtür aufgemacht hat. Du kannst deine eigenen Ritter wahrscheinlich besser beherrschen. Nie zuvor hab ich erlebt, daß eine Ratssitzung sich in ein solches Chaos auflöste, und du wolltest es so. Warum?«

Rendel setzte sich neben Elieu nieder. Der gab ihr einen Becher Wein und ein Lächeln. Mathom stand; bei Duacs Worten machte er eine ungeduldige Handbewegung.

»Könntest du dir denken, daß ich mir Sorgen machte?«

»Du warst nicht überrascht, als du hörtest, daß sie fort ist. Du hast mir nicht befohlen, nach ihr zu suchen. Nein. Dir liegt weit mehr daran, mich nach Caithnard zu senden. Und was tust du inzwischen?«

»Duac!« fuhr Mathom ihn gereizt an, und Duac fuhr auf seinem Stuhl zusammen. Der König richtete einen finsteren Blick auf Rendel. »Und ich habe dir gesagt, daß du dich nicht nach Hel wagen sollst. Dein Verhalten hatte auf Raiths Schweine und auf meinen Rat eine äußerst bemerkenswerte Wirkung.«

»Verzeih mir. Aber ich habe dir gesagt, daß ich aus diesem Haus heraus muß.«

»So unbedingt, daß du Hals über Kopf und ohne Begleitung nach Hel und wieder zurück reiten mußtest?«

»Ja.«

Sie hörte, wie er seufzte.

»Wie kann ich meinem Land Gehorsam gebieten, wenn ich nicht einmal in meinem eigenen Haus das Heft in der Hand habe?«

Die Frage war rein rhetorisch; er herrschte über sein Land

und über sein Haus wie er wollte.

In einem Ton verbissener, müder Geduld sagte Duac: »Wenn du dies eine Mal in deinem Leben versuchen wolltest, dich zu erklären, so würde das einiges ändern. Selbst ich werde dir gehorchen. Sage mir in einfachen, schlichten Worten, weshalb du es für erforderlich hältst, daß ich Rood nach Haus hole. Sag es mir, und ich gehe.«

»Streitet ihr euch immer noch darum?« fragte Rendel. Neugierig sah sie ihren Vater an. »Warum soll Duac Rood nach Hause holen? Warum sagtest du, ich solle mich nicht nach Hel hineinwagen, obwohl du weißt, daß ich auf Raiths Land so sicher bin wie in meinem eigenen Garten?«

»Entweder«, versetzte Mathom kurz, »du, Duac, holst Rood aus Caithnard nach Hause, oder ich sende ihm ein Schiff und einen simplen Befehl. Was, glaubst du wohl, würde er vorziehen?«

»Aber warum –«

»Soll er sich selbst den Kopf darüber zerbrechen. Er hat gelernt, Rätsel zu lösen, und daß wird ihm etwas zu tun geben.«

Duac preßte seine Hände ineinander.

»Also gut«, sagte er mühsam beherrscht. »Gut. Aber ich bin kein Rätselmeister und ich habe es gern, wenn man mir die Dinge erklärt. Solange du mir nicht erklärst, warum du den, der nach deinem Tod dein Landerbe sein wird, hierher zurückholen willst, werde ich, das schwöre ich bei Madirs Gebeinen, eher zusehen, wie die Geister von Hel über diese Schwelle reiten, als daß ich Rood nach Anuin zurückrufe.«

Über Mathoms Gesicht zuckte eine Flamme reinen Zorns, die Rendel erschreckte. Duacs Züge verloren nichts von ihrer Entschlossenheit, doch sie sah, daß er krampfhaft schluckte. Da zog er die Hände auseinander und senkte sie, um den Rand des Tisches zu umfassen.

»Du gehst aus An fort«, flüsterte er.

In der Stille vernahm Rendel das ferne, gedämpfte Kreischen der Möwen. Sie spürte, wie etwas Hartes in ihr schmolz, ein Wort, das der lange Winter in ihr zurückgelassen hatte. Flüchtig trieb es ihr die Tränen in die Augen, so daß Mathom, als sie ihn anblickte, zu einem Schatten verschwamm.

»Du willst zum Erlenstern-Berg. Um den Fürsten von Hed zu suchen. Bitte! Ich möchte mit dir gehen.«

»Nein.« Doch die Stimme des Schattens war sanft.

Elieu drehte den Kopf langsam von einer Seite zur andern. »Mathom«, hauchte er, »das könnt ihr nicht. Jeder, der auch nur einen Funken Verstand hat, muß erkennen –«

»– daß das, was er erwägt«, fiel ihm Duac ins Wort, »wohl kaum eine einfache Reise zum Erlenstern-Berg und zurück ist.« Er sprang auf, und sein Stuhl kratzte knirschend über die Steine. »Ist es so?«

»Duac, zu einer Zeit, wo die Luft selbst ein einziges großes Ohr ist, will ich nicht meine Angelegenheiten in die Welt hinausposaunen.«

»Ich bin nicht die Welt. Ich bin dein Landerbe. Nicht ein einziges Mal in deinem Leben warst du überrascht; nicht als Morgon den Kampf mit Peven gewann; nicht bei Elieus Nachricht vom Erwachen der Kinder der Erdherren. Du eilst mit deinen Gedanken voraus wie ein Schachspieler, aber ich glaube, nicht einmal du weißt genau, gegen wen du spielst. Wenn du lediglich zum Erlenstern-Berg reisen wolltest, würdest du nicht Rood holen lassen wollen. Du weißt nicht, wohin deine Reise dich führen wird, nicht wahr? Oder was du finden wirst. Oder wann du zurückkehren wirst. Und du weißt auch, daß es einen Aufruhr gäbe, der die Steine dieser Mauern erzittern lassen würde, wenn die Ritter der Drei Teile hier wären und dies alles hören würden. Du hast vor, zu gehen und mich ganz einfach diesem Aufruhr auszusetzen; du hast vor, den Frieden deines Landes für etwas zu opfern, das nicht deine Sache ist, sondern die des Landes Hed und des Erhabenen.«

»Der Erhabene!« Ein harter, häßlicher Ton in der Stimme des Königs ließ den Namen beinahe fremd wirken. »Morgons eigne Leute wissen kaum, daß es jenseits von Hed eine Welt gibt, und hätte es nicht einen Zwischenfall gegeben, so würde ich mich fragen, ob der Erhabene überhaupt von der Existenz Morgons weiß.«

»Das ist nicht deine Sache! Du bist dem Erhabenen für die Herrschaft über An verantwortlich, und wenn du die Zügel in den Drei Teilen locker läßt –«

»Niemand braucht mich an meine Pflichten zu erinnern!«

»Da stehst du und planst, An auf unbestimmte Zeit zu verlassen, und bringst es fertig, mir das zu sagen!«

»Wäre es möglich, daß du mir vertraust, wenn ich zwei Dinge gegeneinander abwäge und feststelle, daß das eine schwerer wiegt als vorübergehende Verwirrung in An?«

»Vorübergehende Verwirrung!« stieß Duac hervor. »Wenn du An auf zu lange Zeit verläßt, zu weit fortschweifst von ihm, dann wirst du dieses Land in ein Chaos stürzen. Wenn du jene Dinge, die in den Drei Teilen durch deinen Bann gefesselt sind, aus dem Griff läßt, wirst du erleben, wie die toten Könige von Hel und Aum Anuin belagern, und wie Peven selbst auf der Suche nach seiner Krone in diesen Saal wandern wird. Vorausgesetzt, du kehrst überhaupt zurück. Und wenn du, wie Morgon, für lange Zeit verschwindest, dann wird dieses Land in einen Strudel von Schrecken und Entsetzen hineingerissen werden.«

»Es ist möglich«, gab Mathom zurück. »Bis zu diesem Tag mußte An in seiner langen Geschichte niemals gegen einen grimmigeren Herausforderer kämpfen als sich selbst. Es kann sich selbst überleben.«

»Was kann ihm Schlimmeres geschehen als ein solches Chaos von Lebenden und Toten?« Duacs Stimme schwoll an, rannte in Zorn und Verzweiflung gegen die Unerbittlichkeit des Königs an. »Wie kannst du auch nur daran denken, dies deinem Land anzutun? Du hast nicht das Recht dazu! Und wenn du nicht vorsichtig bist, wirst du bald die Landherrschaft nicht mehr haben.«

Elieu beugte sich vor und faßte ihn am Arm. Rendel sprang auf, suchte nach Worten, die beiden Männer zu beruhigen. Dann sah sie auf der Schwelle im Saal einen Fremdling, der bei Duacs Gebrüll abrupt stehengeblieben war. Er war jung, schlicht gekleidet in Schaffell und grobe Wolle. Staunend sah er sich in dem prächtigen Saal um, dann starrte er Rendel an, ohne sich dessen bewußt zu sein.

Der stumme, furchtbare Schmerz in seinen Augen traf sie mitten ins Herz. Sie trat einen Schritt auf ihn zu und hatte dabei das Gefühl, als träte sie unwiderruflich aus der Welt des Vorhersehbaren heraus. Die Männer hatten aufgehört zu streiten, als sie ihr Gesicht sahen. Mathom drehte sich um.

Der Fremdling trat unbehaglich von einem Fuß auf den anderen und räusperte sich.

»Ich bin – mein Name ist Meister Cannon. Ich bestelle das Land des Fürsten von Hed. Ich habe eine Botschaft für den König von An von – vom Fürsten von Hed.«

»Ich bin Mathom von An.«

Rendel trat noch einen Schritt vor.

»Und ich bin Rendel«, flüsterte sie, und tief in ihrer Kehle flatterte etwas wie ein eingesperrter Vogel. »Ist Morgon – wer ist der Fürst von Hed?«

Sie hörte, daß Mathom einen unartikulierten Laut ausstieß. Meister Cannon sah sie einen Moment lang stumm an. Dann sagte er sehr sanft und leise: »Eliard.«

In das Schweigen der Ungläubigkeit hinein warf der König wie einen Stein ein einziges Wort:

»Wie?«

»Keiner – keiner weiß es genau.« Der junge Mann brach ab, um zu schlucken. »Eliard weiß nur, daß Morgon vor fünf Tagen gestorben ist. Wir wissen nicht, wie oder wo, nur daß es unter sehr merkwürdigen und schrecklichen Umständen geschah. Eliard weiß das, weil er das ganze vergangene Jahr immer wieder von Morgon geträumt hat und gefühlt hat, daß etwas – irgendeine namenlose Macht sich in Morgons Geist hineinfraß. Er konnte – es schien, als könnte er sich nicht von ihr befreien. Am Ende schien er sich nicht einmal mehr selbst zu kennen. Wir haben keine Ahnung, was es war. Vor fünf Tagen ging die Landherrschaft an Eliard über. Wir erinnerten uns des Grundes, weshalb Morgon Hed ursprünglich verlassen hatte, und wir – Eliard kam zu dem Schluß ...« Er schwieg; leichte Röte stieg in sein müdes Gesicht. Zaghaft sagte er zu Rendel: »Ich weiß nicht, ob Ihr Euch entschlossen hättet, nach Hed zu kommen. Ihr wärt – Ihr wärt aufs herzlichste willkommen gewesen. Aber wir hielten es für richtig,

Euch Bescheid zu geben. Ich war früher schon einmal in Caithnard, deshalb erbot ich mich zu kommen.«

»Ich verstehe.« Sie bemühte sich, das Beben in ihrer Kehle zu beherrschen. »Sagt ihm – sagt ihm, daß ich gekommen wäre. Ja, ich wäre gekommen.«

Er neigte den Kopf. »Danke Euch dafür.«

»Ein ganzes Jahr«, flüsterte Duac. »Ihr wußtet, was ihm geschah. Ihr wußtet es. Warum habt ihr es keinem gesagt? Warum habt ihr es uns nicht früher wissen lassen?«

Meister Cannon preßte die Hände zusammen.

»Das – das fragen wir uns jetzt auch«, antwortete er gequält. »Wir – wollten einfach die Hoffnung nicht aufgeben. Keiner aus Hed hat je einen Fremden um Hilfe gebeten.«

»Hat der Erhabene eine Botschaft gesandt?« fragte Elieu.

»Nein. Nichts. Aber gewiß wird irgendwann dieser Tage der Harfner des Erhabenen bei uns erscheinen, um den Schmerz des Erhabenen über den Tod von –« Er brach ab und schluckte die Bitterkeit hinunter, die in seiner Stimme lag. »Verzeiht mir. Wir können – wir können ihn nicht einmal in seinem eigenen Land begraben. Außerhalb der Grenzen von Hed bin ich so dumm wie ein Schaf; kaum daß ich weiß, welche Richtung ich einschlagen soll, um wieder nach Hause zu kommen, wenn ich jetzt aus Eurem Haus trete. Ich muß Euch deshalb fragen, ob außerhalb von Hed derartiges den Landherrschern so häufig zustößt, daß nicht einmal der Erhabene davon angerührt wird.«

Duac wollte sprechen, doch Mathom antwortete vor ihm.

»Niemals«, erklärte er mit Entschiedenheit.

Angezogen von einem heißen Glühen in den Augen des Königs, trat Cannon einen Schritt näher.

»Was war es dann?« fragte er mit brüchiger Stimme. »Wer hat ihn getötet? Wohin sollen wir uns wenden, um die Antwort zu finden, wenn der Erhabene selbst sich nicht kümmert?«

Der König von An machte ein Gesicht, als schluckte er einen Schrei hinunter, der die Fenster des Saales gesprengt hätte.

»Bei den Gebeinen der unbesiegten Könige von An

schwöre ich«, erklärte er, »daß ich Euch eine Antwort finden werde, und wenn ich sie den Toten entreißen muß.«

Duac schlug die Hände vor sein Gesicht. »Jetzt reicht es.« Und während Cannon ihn entgeistert anstarrte, schrie er: »Und wenn du wie ein Kesselflicker durch dieses Reich ziehst und jene Finsternis dich einholt, die Morgon tötete, dann mach dir nicht die Mühe, mich mit deinen Träumen zu plagen, denn ich werde dich nicht suchen.«

»Dann sorge dich um mein Land«, entgegnete Mathom leise. »Duac, in diesem Reich gibt es etwas, das sich in den Geist der Landherrscher hineinfrißt, das sich rastlos unter der Erde wälzt und mehr Haß in sich hat als selbst die Gebeine der Toten von Hel. Und wenn es sich schließlich erhebt, wird nicht ein Grashalm in diesem Land von ihm unberührt bleiben.«

Er verschwand so plötzlich, daß Duac hochfuhr. Stumm starrte er auf die Stelle, wo Mathom erloschen war wie eine dunkle, vom Wind bewegte Flamme.

»Das tut mir leid«, stammelte Cannon entsetzt. »Das tut mir leid – ich hätte mir nie träumen lassen –«

»Es war nicht Eure Schuld«, sagte Elieu freundlich. Sein Gesicht war blutleer. Er legte eine Hand auf Rendels Arm; blind sah sie zu ihm auf. Zu Duac gewandt, fügte er hinzu: »Ich bleibe in Hel. Ich werde tun, was in meiner Macht steht.«

Duac fuhr sich mit den Händen über das Gesicht und durch sein Haar.

»Danke.« Er wandte sich Cannon zu. »Ihr könnt ihm glauben. Er wird herausfinden, wer Morgon getötet hat, und warum er getötet wurde. Und er wird es Euch sagen, selbst wenn er sich aus seinem eigenen Grab herausziehen muß, um es zu tun. Er hat es geschworen und er ist über seine Lebenszeit hinaus an seinen Schwur gebunden.«

Cannon schauderte. »In Hed ist alles viel einfacher. Dort sterben die Wesen, wenn sie tot sind.«

»Ich wünschte, es wäre auch in An so.«

Rendel, die durch das Fenster zum Himmel hinausstarrte, der sich langsam verdunkelte, berührte plötzlich seinen Arm.

»Duac!«

Vom Wind getragen schwebte eine alte Krähe über den Garten und flatterte dann in nördlicher Richtung über die Dächer von Anuin davon. Duacs Augen folgten ihr, als trüge sie in ihrem bedächtigen, gemächlichen Flug etwas von ihm selbst mit davon.

»Ich hoffe nur«, sagte er müde und verdrossen, »er sieht zu, daß er nicht abgeschossen wird und in der Bratpfanne endet.«

Entgeistert blickte Cannon ihn an. Rendel, die dem Vogel nachblickte, dessen schwarze Schwingen das blaugraue Zwielicht kräuselten, sagte: »Jemand muß nach Caithnard und Rood Bescheid geben. Ich fahre.«

Dann drückte sie die Hände auf den Mund und begann um einen jungen Rätselmeister im weißen Gewand zu weinen, der ihr einst eine Muschel ans Ohr gelegt hatte, damit sie das Rauschen des Meeres hören konnte.

2

Vier Tage später erreichte sie Caithnard. Die See, die grün und weiß schimmerte wie eine Erinnerung an Ylon, schob das Schiff ihres Vaters in einem ausgelassenen Wirbel von Schaum in den Hafen, und sie ging mit Erleichterung von Bord, sobald der Anker ausgeworfen war. Am Pier blieb sie stehen und sah zu, wie die Seeleute des Schiffes, das neben dem ihres Vaters vertäut lag, Säcke mit Saatgut abluden, Ackergäule, Schaffelle und Wolle; und ein Stück pierabwärts wurden aus dem Bauch eines Schiffes, das in Orange und Gold getakelt war, kräftige Pferde mit zottigen Hufen herausgeführt und goldbeschlagene Truhen ans Festland getragen. Dann brachte man ihr ihr eigenes Pferd; endlich kam auch der Kapitän ihres Vaters, Bri Corvett, herunter, der sie zur Schule der Rätselmeister von Caithnard begleiten wollte. Den ganzen Weg die Rampe herunter brüllte er seinen Leuten letzte Befehle und Ermahnungen zu. Mit finsterem Blick durchbohrte er einen Seemann, der hinter einem Getreidesack hervor Rendel offenen Mundes anstarrte, und der Seemann klappte schleunigst seinen Mund zu. Dann nahm Bri Corvett die Zügel ihrer beiden Pferde und führte sie langsamen Schrittes durch das Gewimmel am Pier.

»Ich wette, das ist Joss Merle aus Osterland«, sagte er und machte Rendel auf ein flaches, ausladendes Schiff mit tannengrünen Segeln aufmerksam. »Bis zum Bersten voll mit Fellen. Wieso der in diesem Zauber sich nicht im Kreis dreht, werde ich nie verstehen. Und da drüben, auf der anderen

Seite von dem orangefarbenen Schiff, ist Halster Tull. Verzeiht, Fräulein. Wenn man früher einmal zu den Händlern gehört hat, geht's einem an einem Frühlingstag in Caithnard so wie einem Mann, der sich mit leerem Becher in den Weinkeller Eures Vaters verirrt hat: Man weiß nicht, wo man zuerst hinsehen soll.«

Sie lächelte und merkte plötzlich an der Starrheit ihres Gesichts, wie lange es her war, seit sie das letzte Mal gelächelt hatte.

»Erzähl ruhig. Ich höre gern etwas über sie«, sagte sie höflich, da sie wußte, daß ihr Schweigen in den vergangenen Tagen ihn bedrückt hatte.

Eine Schar junger Frauen stand plaudernd an der Rampe des orangefarbenen und gelben Schiffes vor ihnen. Ihre langen, eleganten Gewänder fächelten glitzernd im Lufthauch; ihre Gesichter glühten, während sie aufgeregt gestikulierend miteinander sprachen und einander auf immer neue Sehenswürdigkeiten aufmerksam machten. Rendels Lächeln vertiefte sich.

»Wem gehört das orangefarbene Schiff?«

Der Kapitän öffnete den Mund. Dann schloß er ihn wieder und zog nachdenklich die Brauen zusammen.

»Ich habe es nie zuvor gesehen. Aber ich möchte schwören – nein, das kann nicht sein.«

»Was denn?«

»Das ist die Wächterin der Morgol. Sie verläßt Herun so selten.«

»Wer sind die Wächterinnen der Morgol?«

»Diese jungen Frauen dort. Schön wie die Blumen, aber wehe, man kommt ihnen von der unrechten Seite – ins Wasser würde man fliegen, und ehe man wieder auftauchte, wäre man schon halbwegs in Hed.« Verlegen räusperte er sich. »Verzeiht.«

»Und sprecht auch bitte nicht von Krähen.«

»Nein.« Dann schüttelte er traurig den Kopf. »Eine Krähe; und dabei hätte ich ihn mit meinen eigenen Händen die ganze Ose hinaufgeschifft bis zum Erlenstern-Berg, wenn er es so gewünscht hätte.«

Sie machte einen Bogen um einen Stapel von Weinfässern. Ihre Augen hoben sich plötzlich zu seinem Gesicht.

»Könntet Ihr das denn? Das Schiff meines Vaters die ganze Ose hinaufbringen?«

»Äh – nein. Es gibt auf der ganzen Welt kein Schiff, das den Paß mit seinen Stromschnellen und Wasserfällen meistern könnte. Aber ich hätte es versucht, wenn er mich darum gebeten hätte.«

»Wie weit hätte er mit dem Schiff kommen können?«

»Bis Kraal über das Meer, dann den Winter hinauf bis zu seiner Mündung in die Ose. Das ist nicht weit von Isig. Aber die Fahrt stromaufwärts ist langsam, besonders im Frühjahr, wenn die Schmelzwasser zum Meer hinunterdrängen. Und man braucht einen kürzeren Kiel als den am Schiff Eures Vaters.«

»Ach so.«

»Er zeigt sich einem behäbig und ruhig, der Winter, aber innerhalb eines Jahres kann er seinen Lauf so verlagern, daß man schwören möchte, man segelte einen anderen Fluß. Er ist wie Euer Vater; man weiß nie recht, woran man ist.«

Er errötete tief, doch sie nickte nur, den Blick auf den Wald sachte schwankender Masten gerichtet.

»Hinterhältig.«

Als sie den Hafen hinter sich gelassen hatten, bestiegen sie ihre Pferde und ritten durch die geschäftige Stadt die Straße hinauf, die sich über dem weißen Strand zu der alten Schule hinaufwand. Ein paar Schüler lagen in der Wiese und lasen, das Kinn in die Hände gestützt; sie blickten erst auf, als der Kapitän an das Tor klopfte. Ein Schüler im roten Gewand öffnete ihnen. Ein gequälter Ausdruck lag auf seinem Gesicht, und er erkundigte sich recht brüsk nach ihrem Anliegen.

»Wir sind gekommen, um Rood von An aufzusuchen.«

»Dann würd ich's an Eurer Stelle in einem Wirtshaus versuchen. Im ›Wilden Seemann‹, unten, im Fischerhafen, oder in der ›Königsauster‹ –« Da erst gewahrte er Rendel, die hinter dem Kapitän zu Pferd saß. Er trat einen Schritt auf sie zu. »Verzeiht, Rendel. Wollt Ihr nicht in das Haus hereinkommen und warten?«

Endlich fiel ihr der Name des mageren, rothaarigen jungen Mannes ein.

»Tes. Ich erinnere mich. Ihr habt mich das Zeichen gelehrt.«

Sein Gesicht leuchtete in einem erfreuten Lächeln auf.

»Ja. Ich trug damals noch das blaue Gewand, und Ihr wart – Ihr – jedenfalls«, fügte er hinzu, als er das Gesicht des Kapitäns sah, »die Bibliothek ist frei, wenn Ihr warten wollt.«

»Nein, danke«, erwiderte sie. »Wo der ›wilde Seemann‹ ist, weiß ich, aber wo ist die ›Königsauster‹?«

»Am Fährmannsdamm. Ihr wißt doch; früher war es die ›Seehexe‹.«

»Was«, bellte Bri Corvett, »in Hels Namen, glaubt Ihr eigentlich, mit wem Ihr sprecht? Meint Ihr vielleicht, das Fräulein wäre mit sämtlichen Gasthäusern in sämtlichen Städten in diesem Reich vertraut?«

»Ich kenne es aber«, erklärte Rendel ein wenig scharf, »weil Rood jedesmal, wenn ich hierherkam, entweder über einem Buch oder einem Becher saß. Ich hoffte, diesmal würde es ein Buch sein.« Sie hielt inne und drückte voll Unbehagen die Zügel in ihren Händen zusammen. »Hat er – habt Ihr die Botschaft aus Hed vernommen?«

»Ja.« Er senkte den Kopf. »Ja«, wiederholte er leise. »Ein Händler brachte uns die Nachricht gestern abend. Die Schule ist in Aufruhr. Rood habe ich seitdem nicht mehr zu Gesicht bekommen, und ich war die ganze Nacht mit den Großmeistern auf.« Als er ihr Seufzen hörte, hob er den Kopf. »Ich würde Euch helfen, ihn zu suchen, aber ich muß hinunter zum Pier, um die Morgol zur Schule zu begleiten.«

»Es ist schon gut. Wir werden ihn finden.«

»Ich werde ihn finden«, erklärte Bri Corvett mit Nachdruck. »Bitte, Fräulein, die Wirtshäuser von Caithnard sind kein Aufenthalt für Euch.«

Sie wendete ihr Pferd.

»Wenn man einen Vater hat, der in Gestalt einer Krähe durch die Luft flattert, entwickelt man eine gewisse Mißachtung für den guten Ton. Außerdem weiß ich, wo er am liebsten sitzt.«

Sie suchten ohne Erfolg. Nachdem sie in etwa einem halben Dutzend Gasthäusern nach ihm gefragt hatten, hatten sie eine Schar junger Schüler im Kielwasser, die Rood kannten und jedes Wirtshaus mit methodischer Gründlichkeit durchsuchten.

Rendel, die sie durch ein Fenster beobachtete, während sie unter Tischen und Stühlen nachschauten, murmelte erstaunt: »Wann findet er die Zeit zum Studieren?«

Bri Corvett nahm seine Mütze ab, um ihr mit seinem schwitzenden Gesicht Kühlung zuzufächeln.

»Das weiß ich nicht. Laßt mich Euch zum Schiff zurückbringen.«

»Nein.«

»Ihr seid müde. Und Ihr müßt hungrig sein. Und Euer Vater wird mich zum Bootsjungen degradieren, wenn er je von dieser Geschichte hört. Ich suche Rood, und wenn ich ihn gefunden habe, bringe ich ihn zum Schiff.«

»Ich will ihn selbst suchen. Ich will mit ihm sprechen.«

Die Schüler drängten sich unverrichteter Dinge wieder aus dem Gasthaus. Einer von ihnen rief ihr zu: »In der Fischmarktstraße ist noch eines, das ›Hoffende Herz‹. Wir versuchen es dort einmal.«

»Wo ist die Fischmarktstraße?«

»Am Südhang vom Hafen. Vielleicht«, fügte er zögernd hinzu, »wollt Ihr lieber hier auf uns warten.«

»Nein, ich komme mit«, entschied sie.

Unter dem heißen Blick der Nachmittagssonne schien die Straße zu flimmern vom Geruch der Fische, die ausgenommen und mit glasigen Augen auf den Theken der Stände lagen. Der Kapitän stöhnte leise. Rendel, die an den Weg dachte, den sie von der beschaulichen Stille der Schule durch das Straßengewirr von Caithnard genommen hatten, bis sie schließlich hier gelandet waren, in der ungefälligsten Straße der Stadt, übersät mit Fischköpfen und Gräten, an denen fauchende Katzen nagten, begann hilflos zu lachen.

»Das ›Hoffende Herz‹ . . .«

»Da ist es«, sagte Bri Corvett, während die Schüler schon

in dem Gasthaus verschwanden.

Er schien sprachlos. Das Wirtshaus war klein, heruntergekommen, altersschwach, doch hinter den schmutzigen Fenstern mit ihren vielen kleinen Scheiben schien es hoch herzugehen.

Der Kapitän legte seine Hand auf den Hals von Rendels Pferd. Er sah sie an.

»Jetzt ist Schluß. Ich bringe Euch zurück.«

Müde und verdrossen starrte sie auf die abgetretene Steinschwelle des Wirtshauses.

»Ich weiß nicht, wo ich noch suchen soll. Vielleicht am Strand. Ich muß ihn finden. Es ist nicht immer angenehm, zu wissen, was sich Rood denkt, aber manchmal ist es noch schlimmer, nicht zu wissen, was er denkt.«

»Ich finde ihn, ich schwöre es Euch. Ihr –«

Die Tür des Wirtshauses flog auf, und er drehte den Kopf. Einer der Schüler, die ihnen bei ihrer Suche geholfen hatten, wurde kopfüber durch die Öffnung geschleudert und landete vor den Füßen von Bri Corvetts Pferd auf den Pflastersteinen. Taumelnd rappelte er sich hoch und keuchte: »Er ist drin.«

»Rood?« rief Rendel.

»Ja, Rood.« Mit der Zungenspitze leckte er sich über seine blutenden Lippen und fügte hinzu: »Das solltet Ihr sehen! Das ist fürchterlich.«

Er stieß die Tür auf und stürzte sich wieder ins Gewühl. Blau, weiß und gold wirbelte es um einen flammendroten Mittelpunkt. Der Kapitän spähte beinahe sehnsüchtig in das Gewimmel. Rendel ließ ihr Gesicht in ihre Hände sinken. Dann glitt sie müde vom Pferd. Ein goldnes Gewand ohne seinen Besitzer flog über ihren Kopf hinweg und sank auf den Steinen zu einer goldnen Pfütze zusammen. Sie ging zur Tür. Das Lärmen im Wirtshaus übertönte den Protest des Kapitäns. Rood tauchte in seinem leuchtenden, zerfetzten Gewand aus dem wogenden Getümmel auf.

Sein Gesicht sah nachdenklich aus, streng, trotz des Kratzers auf der einen Wange; so, als wäre er in stille Meditation versunken und tauschte nicht Faustschläge in einem öffentlichen Gasthaus aus. Staunend sahen sie, wie eine Gans, kopflos und schon gerupft, über seinen Kopf durch die Luft flatterte und gegen eine Mauer prallte. Dann rief sie ihn.

Er hörte sie nicht. Eines seiner Knie lag im Kreuz eines Schülers, während er gleichzeitig einen kleinen, drahtigen Schüler in Weiß von sich abschüttelte und dem empörten Wirt in die Arme schleuderte. Ein kräftiger Schüler in Gold, einen Ausdruck harter Erbarmungslosigkeit auf dem Gesicht, packte Rood von hinten um den Hals und sagte höflich: »Herr, wollt Ihr endlich aufhören, bevor ich Euch auseinandernehme und Eure Knochen zähle?» Rood zwinkerte verwirrt, als er sich um den Hals gepackt fühlte, dann reagierte er ruckartig; der Schüler ließ ihn los und sackte langsam auf den nassen Boden, wo er nach Luft schnappend zusammengekrümmt sitzen blieb. Darauf folgte ein Sammelangriff von der kleinen Gruppe von Schülern, die mit Rendel gekommen waren. Rendel verlor Rood wieder aus den Augen; schließlich tauchte er neben ihr auf, hielt keuchend einen kraftstrotzenden Fischer in den Armen, der so massig und unerschütterlich wirkte wie der mächtige Weiße Stier von Aum. Roods Faust, die ihn irgendwo unter den Rippen traf, brachte ihn nicht einmal ins Schwanken. Rendel sah, wie er mit einer großen Pranke Roods Gewand am Hals zusammenraffte, die andere Faust ballte und zum Schlag ausholte. Da schwang sie eine Weinkaraffe hoch, die aufgehoben zu haben sie sich gar nicht erinnern konnte, und ließ sie auf den Kopf des bulligen Mannes niedersausen.

Darauf ließ er Rood los und ging in einem Scherbenhagel weinübergossen zu Boden. Entsetzt starrte sie zu ihm hinunter. Dann sah sie Rood an, der sie aus aufgerissenen Augen anblickte.

Die Stille, die von ihm ausging, breitete sich nun auch im Wirtshaus aus, bis nur noch hier und dort vereinzelte Privatscharmützel geschlagen wurden. Mit Überraschung sah sie, daß er völlig nüchtern war. Von überall her im Schankraum wandten sich ihr schlachttrunkene Gesichter zu. Der Wirt, der zwei Köpfe gepackt hielt, die er gerade zusammenschlagen wollte, gaffte sie offenen Mundes an, und er erinnerte sie an die toten, erstaunten Fische in den Marktständen. Sie ließ den Hals der Karaffe fallen; das Klirren klang dünn in der Stille.

Heiße Röte stieg ihr ins Gesicht, und sie sagte zu dem starr dastehenden Rood: »Verzeih. Ich wollte nicht stören. Aber ich habe dich überall in Caithnard gesucht und ich konnte nicht zulassen, daß er dich niederschlägt, weil ich mit dir sprechen muß.«

Zu ihrer Erleichterung kam endlich wieder Leben in ihn. Er drehte sich um, schwankte flüchtig, fing sich und sagte dann zum Wirt: »Schickt die Rechnung an meinen Vater.«

Dann sprang er von der Veranda, hielt sich an Rendels Pferd fest und drückte sein Gesicht einen Moment lang gegen den Wallach. Nach einer Weile hob er den Kopf und zwinkerte.

»Du bist noch hier. Ich wußte doch, daß ich nicht getrunken habe. Was, in Hels Namen, tust du hier, mitten unter den toten Fischen?«

»Was, in Hels Namen, glaubst du wohl, das ich hier tue?« gab sie scharf zurück. All der Schmerz, die Verwirrung und die Angst, die sie empfand, brachen jetzt aus ihr hervor. »Ich brauche dich.«

Er richtete sich auf, legte einen Arm um ihre Schulter und drückte sie fest an sich. Zu dem Kapitän, der nur stumm den Kopf schüttelte, sagte er: »Ich danke Euch. Würdet Ihr jemanden zur Schule schicken, um meine Sachen zu holen?«

Bri Corvett hob den Kopf. »Alles, Herr?«

»Alles. Jedes tote Wort und jeden getrockneten Weinfleck im Zimmer. Alles.«

Er führte Rendel in ein ruhiges Gasthaus im Herzen der Stadt. Als sie einander bei einer Karaffe Wein gegenübersaßen, blieb er lange stumm und sah sie, die Hände über seinem Becher zu einem Dach zusammengelegt, nur an.

Schließlich murmelte er leise: »Ich glaube nicht, daß er tot ist.«

»Was glaubst du dann? Daß er einfach um seinen Verstand gebracht wurde und die Landherrschaft verloren hat? Das ist ein tröstlicher Gedanke. Ist das der Grund, weshalb du das

Gasthaus dort zu Kleinholz machen wolltest?«

Er senkte den Blick. »Nein.« Dann schob er seine Hand über den Tisch und legte sie auf ihren Arm. Ihre Finger, die das kühle Metall des Bechers umschlossen, lockerten sich und sanken herab.

»Rood«, flüsterte sie, »das ist das Entsetzliche, das mir einfach nicht aus dem Kopf will. Während ich wartete, während wir alle warteten, sicher und wohlbehalten, und dachten, er wäre beim Erhabenen, war er mutterseelenallein mit jemandem, der seinen Geist zerpflückte, wie man eine Blume zerpflückt. Und der Erhabene tat nichts.«

»Ich weiß. Einer der Händler brachte gestern die Nachricht zur Schule hinauf. Die Meister waren wie vom Donner gerührt. Morgon grub ein solches Natternnest von Rätseln aus und starb dann höchst ungelegen, ohne sie gelöst zu haben. Womit ihnen das ganze Problem auf die Schwelle gelegt wurde, da ja die Schule dazu da ist, das Lösbare zu lösen. Die Meister sehen sich jetzt mit ihren eigenen Lehrsätzen konfrontiert. Dieses Rätsel ist im wahrsten Sinne des Wortes tödlich, und sie begannen, sich zu fragen, wieviel ihnen genau daran liegt, die Wahrheit zu erfahren.« Er trank einen Schluck von seinem Wein und sah sie dann wieder an. »Weißt du, was geschehen ist?«

»Was?«

»Acht alte Großmeister und neun Meister stritten die ganze Nacht darum, wer zum Erlenstern-Berg reisen würde, um mit dem Erhabenen zu sprechen. Jeder einzelne von ihnen wollte es tun.«

Sie berührte den zerrissenen Ärmel seines Gewandes.

»Du bist ein Meister.«

»Nein. Ich habe Großmeister Tel gestern gesagt, daß ich fortgehe. Danach – danach bin ich zum Strand hinuntergegangen und habe dort die ganze Nacht gesessen, ohne irgend etwas zu tun. Nicht einmal nachgedacht habe ich. Schließlich wanderte ich wieder nach Caithnard zurück und kehrte in dem Gasthaus ein, um dort etwas zu essen. Und während – während ich aß, fiel mir eine Auseinandersetzung ein, die ich mit Morgon hatte, ehe er fortzog. Es ging darum, daß er seiner ehernen Bestimmung nicht ins Gesicht sehen wollte, seinen eigenen Maßstäben nicht gerecht werden wollte. Er sagte damals, er wollte nur Bier brauen und Bücher lesen. Aber dann ist er fortgezogen und fand in irgendeinem feinen Winkel des Reiches seine Bestimmung und wurde von ihr in den Wahnsinn getrieben wie Peven. Da beschloß ich, das Gasthaus zu Kleinholz zu schlagen. Und dann wollte ich ausziehen und die Rätsel lösen, die er nicht lösen konnte.«

Sie nickte ohne Überraschung.

»Das dachte ich mir. Aber ich habe noch eine Nachricht für dich.«

»Was für eine?« fragte er mißtrauisch.

»Unser Vater hat An vor fünf Tagen verlassen, um genau das zu tun. Er –«

Sie zuckte zusammen, als seine Hände hart auf den Tisch schlugen. Ein Händler am Nebentisch verschluckte sich an seinem Bier.

»Er hat An verlassen? Für wie lange?«

»Das hat er nicht – Er schwor bei den alten Königen, daß er herausfinden würde, was Morgon getötet hat. So lange will er fortbleiben. Rood, bitte schrei jetzt nicht.«

Er schluckte den Schrei hinunter und blieb einen Moment wortlos. »Die alte Krähe«, murmelte er dann.

»Ja. Er hat Duac in Anuin zurückgelassen, damit er den Rittern alles erklärt. Unser Vater wollte dich holen lassen, damit du Duac helfen kannst, aber er wollte uns den Grund nicht sagen, und Duac war fuchsteufelswild darüber, daß er von dir verlangen wollte, deine Studien aufzugeben.«

»Hat Duac dich geschickt, mich nach Hause zu holen?«

Sie schüttelte den Kopf.

»Er wollte nicht einmal, daß ich dir das alles erzähle. Er schwor, daß er nicht eher nach dir schicken würde, als bis die Geister von Hel über die Schwelle unseres Hauses kämen.«

»Tatsächlich?« fragte Rood verärgert. »Er wird schon genauso unvernünftig wie unser Vater. Er hätte mich hier in Caithnard über den Büchern sitzen lassen, damit ich mich auf einen Rang vorbereiten kann, der plötzlich kaum noch Bedeutung hat, während er sich damit abgeplagt hätte, unter den Lebenden und Toten von An Ordnung zu halten. Ich will lieber nach Hause zurückkehren und Rätselkämpfe mit den toten Königen austragen.«

»Wirst du das tun?«

»Was?«

»Nach Hause fahren? Es ist – es ist etwas Geringeres als zum Erlenstern-Berg zu reisen, aber Duac wird dich brauchen. Unser Vater –«

»Ist eine äußerst geschickte und raffinierte alte Krähe . . .« Schweigend starrte er in seinen Becher. Dann lehnte er sich zurück und seufzte. »Gut. Ich kann Duac dem nicht allein aussetzen. Wenigstens kann ich zur Stelle sein, um ihm zu sagen, welcher tote König wer ist, wenn schon nichts anderes. Am Erlenstern-Berg könnte ich nichts tun, was nicht auch unser Vater tun kann und wahrscheinlich besser als ich. Ich würde das Schwarz des Großmeisters dafür geben, die Welt durch seine Augen zu sehen. Aber wenn er in Schwierigkeiten gerät, kann ich nicht versprechen, daß ich ihn nicht suchen werde.«

»Gut. Duac hat nämlich gesagt, er würde sich überhaupt nicht um ihn kümmern.«

Er verzog den Mund. »Duac scheint einen ganz schönen Wutanfall bekommen zu haben. Ich kann nicht behaupten, daß ich es ihm verüble.«

»Rood – hast du jemals erlebt, daß unser Vater sich geirrt hat?«

»Warum?«

Sie zuckte die Achseln.

»Als er von Morgons Tod hörte – habe ich ihn zum erstenmal in meinem Leben überrascht gesehen. Er –«

»Was denkst du?« Abrupt beugte er sich vor. »An dieses Gelöbnis, das er getan hat, dich mit Morgon zu verheiraten?«

»Ja. Ich habe mir oft Gedanken darüber gemacht, ob es vielleicht ein Vorauswissen war. Ich dachte, das wäre vielleicht der Grund, weshalb er so überrascht war.«

Der grüblerische, nach innen gekehrte Blick seiner Augen erinnerte sie an Mathom.

»Ich weiß es nicht. Ich frage mich. Wenn ja –«

»Dann muß Morgon am Leben sein.«

»Aber wo. Unter welchen Umständen? Und warum, um alles in der Welt, hilft der Erhabene ihm nicht? Das ist das größte der Rätsel: das eherne Schweigen, das aus diesem Berg dringt.«

»Nun, wenn unser Vater dorthin reist, wird es bald Getöse geben.« Sie schüttelte müde den Kopf. »Ach, ich weiß nicht. Ich weiß nicht, worauf ich hoffen soll. Wenn er am Leben ist, kannst du dir vorstellen, wie fremd er sich dann selbst sein muß? Und er muß – er muß sich doch fragen, warum keiner von uns, die wir ihn lieben, versucht hat, ihm zu helfen.«

Rood öffnete den Mund, doch die Antwort schien ihm auf der Zunge zu ersterben. Mit den Handballen rieb er sich die Augen.

»Ja. Ich bin so müde. Wenn er lebt –«

»Unser Vater wird ihn finden. Du hast gesagt, daß du Duac helfen willst.«

»Ja. Gut. Aber – also gut.« Er ließ die Hände sinken und starrte wieder in seinen Wein. Dann schob er langsam seinen Stuhl zurück. »Wir müssen gehen; ich muß noch Bücher pakken.«

Sie folgte ihm hinaus auf die helle, lärmende Straße. Einen Moment lang war ihr, als zöge sie in einem prächtigen Wirkwerk von Farben an ihr vorbei, und sie blieb mit zusammengekniffenen Augen stehen. Rood legte eine Hand auf ihren Arm. Da sah sie, daß sie beinahe einem kleinen feierlichen Zug in den Weg getreten wäre. Eine Frau führte ihn an. Schön und hochgewachsen saß sie auf einem schwarzen Roß, das dunkle, juwelengeschmückte Haar auf dem Kopf zu einer Krone geflochten. Der leichte, weite grüne Umhang war aus einem Stoff, der wie ein Nebel um sie zu schweben schien. Sechs junge Frauen, die Rendel am Pier gesehen hatte, folgten ihr in zwei Reihen. Ihre Gewänder, die Satteldecken und die Zügel leuchteten in prächtigen, lebhaften Farben, und die Speere aus Eschenholz, die sie in den Händen trugen, waren mit Silber verziert. Eine von ihnen, die unmittelbar hinter der Morgol ritt, hatte das gleiche schwarze Haar und die gleichen klaren Gesichtszüge. Der Wache folgten acht Männer zu Fuß, die zwei mit Kupfer und Gold geschmückte Truhen trugen; nach ihnen kamen acht Schüler des Seminars, die in Rangordnung ritten: Scharlachrot, Gold, Blau und Weiß.

Die Frau, die so gelassen durch das Menschengewimmel ritt, als befände sie sich auf freiem Feld, warf plötzlich einen Blick abwärts, als sie an dem Gasthaus vorüberkam. Unter der flüchtigen Berührung der goldenen Augen durchzuckte es Rendel – fremd und tief in ihrem Inneren – wie ein Blitz: das Erkennen einer starken Kraft.

»Die Morgol von Herun«, flüsterte Rood neben ihr.

Unvermittelt packte er sie beim Handgelenk und riß sie mit sich, während er so hastig hinter dem kleinen Zug herrannte, daß sie beinahe das Gleichgewicht verloren hätte.

»Rood!« rief sie protestierend, als er sie rücksichtslos an kopfschüttelnden Gaffern vorbeizog.

Doch er schrie selbst.

»Tes! Tes!«

Die zornige Rendel an der Hand holte er den rotgewandeten Gelehrten endlich ein. Tes starrte aus aufgerissenen Augen zu ihm hinunter.

»Was hast du denn gemacht? Bist du vielleicht kopfüber in ein leeres Weinfaß gefallen?«

»Tes, gib mir deinen Platz. Bitte.«

Er grapschte nach den Zügeln, doch Tes riß sie ihm weg.

»Hör auf. Willst du, daß wir aus dem Tritt kommen? Rood, bist du betrunken?«

»Nein. Ich schwöre es. Ich bin so nüchtern wie ein Toter. Sie bringt Iffs Bücher; du kannst sie jederzeit sehen, aber ich fahre heute abend nach Hause –«

»Du – was?«

»Ich muß fort. Bitte!«

»Rood«, sagte Tes hilflos, »ich würde es ja gern tun, aber ist dir klar, wie du aussiehst?«

»Tausch mit mir. Tes. Bitte.«

Tes seufzte. Mit einem Ruck hielt er an, so daß die Reihe der Reiter hinter ihm durcheinandergeriet, glitt von seinem Pferd und riß mit fliegenden Fingern an den Knöpfen seines

Gewandes. Rood zog sich sein eigenes Gewand über den Kopf und schlüpfte in das von Tes, während die Reiter hinten spöttische Bemerkungen über seine Beteuerungen absoluter Nüchternheit machten. Er sprang auf Tes' Pferd und streckte die Arme nach Rendel aus.

»Rood, mein Pferd –«

»Tes kann es hinaufreiten. Es ist der Braune da hinten am Gasthaus; auf der Satteldecke sind ihre Initialen. Komm herauf –«

Sie stellte ihren Fuß auf den seinen, der im Steigbügel hing, und er zog sie unsanft vor sich in den Sattel, während er gleichzeitig das Pferd antrieb, um die Eskorte wieder einzuholen.

»Danke, Tes!« schrie er zurück.

Rendel hockte schweigend, mit zusammengebissenen Zähnen, auf der harten Kante des Sattels. Erst als Rood sich mit den Reitern, die ihm folgten, wieder in den Zug eingereiht hatte, setzte sie sich etwas bequemer und sagte: »Bist du dir eigentlich im klaren darüber, wie lächerlich das gewirkt haben muß?«

»Und weißt du, was wir gleich zu sehen bekommen werden? Persönliche Bücher des Zauberers Iff. Die Morgol selbst hat sie geöffnet. Sie schenkt sie der Schule; seit Wochen reden die Meister von nichts anderem. Außerdem hat sie mich immer schon interessiert. Es heißt, alle Neuigkeiten und Nachrichten laufen über das Haus der Morgol, und daß der Harfner des Erhabenen sie liebt.«

»Thod?« Sie wälzte den Gedanken ein Weilchen hin und her. »Dann weiß sie vielleicht, wo er ist. Sonst scheint es ja niemand zu wissen.«

»Wenn überhaupt jemand es weiß, dann sie.«

Rendel schwieg, während sie des geheimnisvollen tiefen Wissens gedachte, das sie in den Augen der Morgol gesehen hatte.

Allmählich ließen sie die geräuschvollen, von Menschen bevölkerten Gassen hinter sich; die Straße wurde breiter, kroch aufwärts zur hohen Felsklippe und dem düsteren, verwitterten Gemäuer der Schule. Die Morgol warf einen Blick nach rückwärts und ließ ihr Pferd langsamer gehen, um den Männern, die die Truhen trugen, den Anstieg zu erleichtern. Rendel blickte aufs Meer hinaus und sah Hed, teilweise verhüllt unter den blaugrauen Wolken eines Frühjahrsgewitters. Plötzlich und drängend ging ihr die Frage durch den Kopf, was wohl im Herzen der kleinen, einfachen Insel verborgen lag, daß gerade sie den Sternenträger hervorgebracht hatte. Und dann war ihr flüchtig, als könnte sie durch die über der Insel hängenden Regenschleier hindurch einen jungen Mann sehen, braun und kräftig wie eine Eiche, der, den gelben Kopf im Regen gesenkt, quer über den Hof von einer Scheune zu einem Haus schritt.

Abrupt fuhr sie hoch und murmelte etwas vor sich hin. Rood hob eine Hand, um sie zu beruhigen.

»Was ist denn?«

»Nichts. Ich weiß nicht. Rood –«

»Was?«

»Nichts.«

Eine der Leibwächterinnen löste sich aus der Reihe und kam nach rückwärts zu ihnen geritten. Mit einer einzigen fließenden Bewegung von Roß und Reiter, die beherrscht und instinktiv zugleich erschien, wendete sie ihr Pferd, um neben ihnen weiterzureiten.

»Die Morgol«, sagte sie höflich, während sie das Geschwisterpaar musterte, »die am Pier mit den Schülern bekannt gemacht wurde, würde gern wissen, wer anstelle von Tes sich ihrem Begleitzug zugesellt hat.«

»Ich bin Rood von An«, antwortete Rood. »Dies ist meine Schwester Rendel. Und ich bin – oder ich war bis gestern abend – ein Schüler am Seminar.«

»Ich danke Euch.« Sie schwieg ein Weilchen, während sie Rendel betrachtete; ein lebhafter, seltsam überraschter Ausdruck blitzte in den dunklen, wie nach innen gekehrten Augen auf. Impulsiv fügte sie hinzu: »Ich bin Lyraluthuin, die Tochter der Morgol.«

Damit trabte sie zurück zur Spitze des Zugs. Rood folgte mit den Blicken der hochgewachsenen, geschmeidigen Gestalt und pfiff leise.

»Vielleicht braucht die Morgol Begleitschutz zurück nach Herun.«

»Du reist nach Anuin.«

»Ich könnte über Herun nach Anuin reisen. – Da kommt sie wieder.«

»Die Morgol«, sagte Lyra, als sie wieder an ihrer Seite war, »würde sehr gern mit Euch sprechen.«

Rood brach aus der Kette aus und folgte ihr den Hügel hinauf. Rendel, die recht unglücklich im Sattel saß, klammerte sich an der Mähne des Pferdes fest, während sie auf und nieder geworfen wurde, umd kam sich etwas lächerlich vor. Doch das Lächeln, das das Gesicht der Morgol erhellte, zeigte nur Freude darüber, sie und Rood zu sehen.

»Ihr also seid Mathoms Kinder«, sagte sie. »Ich habe mir immer gewünscht, Euren Vater kennenzulernen. Ihr habt Euch meinem Zug recht unversehens angeschlossen. Nie hätte ich erwartet, die zweitschönste Frau von An unter meinen Begleitern zu sehen.«

»Ich bin nach Caithnard gekommen, um Rood Neuigkeiten zu bringen«, erklärte Rendel schlicht.

Das Lächeln der Morgol erlosch; sie nickte.

»Ich verstehe. Wir bekamen die Nachricht erst heute morgen, als wir anlegten. Sie war unerwartet.« Ihr Blick richtete sich auf Rood. »Lyra berichtet mir, daß Ihr nicht mehr an der Schule seid. Habt Ihr den Glauben an die Rätselkunde verloren?«

»Nein. Nur die Geduld.«

Seine Stimme klang rauh. Rendel, die ihn neugierig ansah, gewahrte, daß er, soweit sie wußte, zum ersten Mal in seinem Leben errötet war.

»Ja«, sagte die Morgol leise. »Mir geht es genauso. Ich habe sieben von Iffs Büchern mitgebracht und zwanzig andere, die sich im Lauf der Jahrhunderte in der Bibliothek in der Stadt der Kreise angesammelt haben. Ich will sie der Schule übergeben, und dazu eine Botschaft, die, wie die Nachricht aus Hed, selbst in der Bibliothek der Großmeister den Staub aufwirbeln wird.«

»Sieben«, sagte Rood ehrfürchtig. »Ihr habt sieben von

Iffs Büchern geöffnet?«

»Nein. Nur zwei. Der Zauberer selbst öffnete an dem Tag, an dem wir nach Caithnard aufbrachen, die anderen fünf.«

Rood riß an seinen Zügeln; Rendel fiel schwankend gegen ihn. Die Leibwächterinnen hinter ihm zogen ruckartig ihre Pferde herum, um nicht auf ihn aufzuprallen; die Männer mit den Truhen blieben abrupt stehen und die Schüler, die nicht aufgepaßt hatten, stießen fluchend zusammen.

Die Morgol hielt ihr Pferd an.

»Iff lebt?« Rood schien des Durcheinanders hinter sich gar nicht gewahr zu werden.

»Ja. Er hatte sich unter meiner Leibwache versteckt gehalten. Unter dieser oder jener Maske hat er sich sieben Jahrhunderte lang am Hof von Herun aufgehalten; er sagte, der Hof wäre selbst in seinen frühen Tagen schon ein Ort der Gelehrsamkeit gewesen. Er sagte –«

Die Stimme stockte ihr, und als sie fortfuhr, lag eine Schwingung staunender Verwunderung in ihrem Ton. »Er sagte, er wäre der alte Gelehrte gewesen, der mir half, jene zwei Bücher zu öffnen. Als der Gelehrte starb, wurde er mein Falkner, dann ein Leibwächter. Aber das gefiel ihm nicht. An dem Tag, an dem Morgon gestorben sein soll, nahm er seine eigene Gestalt wieder an.«

»Wer hat ihn befreit?« flüsterte Rood.

»Das wußte er nicht.«

Rendel preßte beide Hände auf ihren Mund; plötzlich sah sie nicht mehr das Gesicht der Morgol, sondern die uralten, kraftvollen Züge der Schweinehirtin von Hel, in den Augen die Schatten einer großen und schrecklichen Dunkelheit.

»Rood«, flüsterte sie. »Raiths Schweinehirtin. Sie hörte eine Nachricht über den Sternenträger, die Elieu aus Isig mitbrachte, und sie tat einen Schrei, der die Schweineherden von Hel auseinandertrieb wie aufgescheuchte Hühner. Dann verschwand sie. Sie nannte – sie nannte einen Eber Aloil.«

Sie hörte, wie er scharf den Atem einsog. »Die Zauberin Nun?«

»Vielleicht hat der Erhabene sie befreit.«

»Der Erhabene!« Ein Unterton in der Stimme der Morgol,

so nachdenklich sie klang, erinnerte Rendel an Mathom. »Ich kann mir nicht vorstellen, warum er den Zauberern geholfen haben soll und nicht dem Sternenträger; aber wenn es so war, dann hatte er gewiß seine Gründe dafür.«

Sie blickte nach rückwärts die Straße hinunter, sah, daß die Reihen sich geordnet hatten, und setzte sich wieder in Bewegung. Sie hatten die Anhöhe beinahe erreicht; im Park, der sich über das Ende der Straße hinaus erstreckte, trieben Licht und Schatten unter alten Eichen ihr Spiel.

Rood sah die Morgol an und sagte mit einer für ihn ungewöhnlichen Zaghaftigkeit: »Darf ich Euch etwas fragen?«

»Natürlich, Rood.«

»Wißt Ihr, wo der Harfner des Erhabenen sich aufhält?«

Doch die Morgol antwortete nicht gleich. Ihre Augen waren auf das massige Bauwerk aus rohbehauenem Stein gerichtet, in dessen Fenstern und Türen sich die Schüler drängten, um sich ihre Ankunft nicht entgehen zu lassen. Dann sah sie auf ihre Hände nieder.

»Nein. Ich habe nichts von ihm gehört.«

Schwarz wie die Krähen traten die Großmeister heraus, die Morgol zu empfangen. Die Truhen wurden zur Bibliothek hinaufgetragen, die Bücher mit Hingabe von den Meistern begutachtet, während die Morgol den Staunenden berichtete, wie es ihr gelungen war, zwei von ihnen zu öffnen.

Rendel betrachtete eines der Bücher, das aufgeschlagen auf einem breiten Ständer lag. Die schwarze Schrift wirkte gedrängt und schmucklos, doch als sie umblätterte, entdeckte sie ganz unerwartet auf der nächsten Seite feine, wie gestochen aussehende Zeichnungen wildwachsender Blumen, die sich am Rand entlangzogen. Wieder mußte sie an die Schweinehirtin denken, wie sie mit nackten Füßen unter den mächtigen Eichen gehockt und ihre Pfeife geraucht hatte, und in ihrer Nachdenklichkeit lächelte sie ein wenig. Dann zog eine reglos dastehende Gestalt im Raum ihr Auge auf sich: Lyra, die in gewohnter Haltung an der Tür Posten bezogen hatte, Rücken kerzengerade, die Beine leicht gespreizt, als müßte sie die Menschen im Raum vor Eindringlingen schützen. Doch ihre Augen waren von Schwärze verhüllt, und sie sah nichts.

Es wurde still im Raum, als die Morgol den Meistern vom Wiedererscheinen des Zauberers Iff berichtete. Sie bat Rendel, die Geschichte von der Schweinehirtin zu wiederholen, und Rendel tat es, gab auch die bestürzenden Neuigkeiten weiter, die Elieu veranlaßt hatten, Isig den Rücken zu kehren, um heimwärts zu ziehen. Davon hatte noch keiner gehört, nicht einmal die Morgol, und nachdem Rendel geendet hatte, gab es einen allgemeinen Ausbruch staunender Verwunderung. Mit ihren gütigen Stimmen stellten die Großmeister ihr Fragen, die sie nicht beantworten konnte; und sie stellten einander Fragen, auf die ebensowenig jemand eine Antwort wußte.

Dann nahm die Morgol wieder das Wort. Was sie sagte, hörte Rendel nicht, sie spürte nur die Stille, die wie etwas Greifbares von Meister zu Meister huschte, von Gruppe zu Gruppe, bis außer dem mühsamen Atmen eines sehr alten Großmeisters kein Laut mehr im Zimmer war. Die Miene der Morgol hatte sich nicht verändert; nur ihre Augen waren wachsam geworden.

»Großmeister Ohm«, sagte ein gebrechlicher, sanftmütiger Großmeister mit Namen Tel, »weilte bis zum vergangenen Frühling ständig unter uns. Da erst reiste er nach Lungold, um sich dort ein Jahr lang in stiller Zurückgezogenheit seinen Studien zu widmen. Er hätte jeden Ort wählen können, der ihm beliebte; er entschied sich für die alte Stadt der Zauberer. Seine Briefe an uns wurden uns von den Händlern von Lungold überbracht.« Er schwieg, die klugen Augen, in denen keine Leidenschaft glühte, auf ihr Gesicht gerichtet. »El, Ihr seid für Eure Klugheit und Eure Integrität so bekannt und geachtet wie diese Schule; wenn Ihr einen Grund seht, an unserer Schule Kritik zu üben, dann zögert nicht, es uns zu sagen.«

»Gerade die Integrität der Schule ziehe ich in Zweifel, Meister Tel«, erwiderte die Morgol leise, »und zwar in der Person von Großmeister Ohm. Ich bezweifle, daß Ihr ihn hier je wiedersehen werdet. Und zugleich stelle ich unser aller Klugheit in Frage, die meine eingeschlossen. Kurz bevor ich aus Herun abreiste, suchte mich der König von Osterland auf. Er kam ohne Aufsehen und ohne Prunk. Er wollte wissen, ob ich Nachricht von Morgon von Hed hätte. Er sagte, er wäre in Isig gewesen, nicht aber am Erlenstern-Berg. Die Stürme und Nebel über dem Paß wären allzu wild und gefährlich gewesen, selbst für eine Vesta. Während er bei mir war, berichtete er mir etwas, das den Verdacht, den ich seit meinem letzten Besuch hier hege, noch verstärkte. Er sagte, Morgon hätte ihm berichtet, das letzte Wort, das der Zauberer Suth sprach, als er sterbend in Morgons Armen lag, wäre Ohms Name gewesen. Ohm. Ghisteslohm. Der Gründer von Lungold. Ihn klagte Suth mit seinem letzten Atemzug an.« Sie schwieg, während ihre Augen von einem unbewegten Gesicht zum anderen wanderten. »Ich fragte Har, ob er sich mit der Frage an die Schule gewandt hätte, und er lachte und erwiderte, die Herren über alles Wissen wären unfähig, den Sternenträger oder den Gründer von Lungold zu erkennen.«

Wieder schwieg sie, doch aus der Reihe der Männer, die ihr zuhörten, kam weder Protest noch Entschuldigung. Sie neigte leicht den Kopf.

»Großmeister Ohm hält sich seit dem Frühjahr in Lungold auf. Seit dieser Zeit wurde vom Harfner des Erhabenen nichts mehr gehört, und nach allem, was man sich berichtet, hüllt sich auch der Erhabene selbst seit dieser Zeit in Schweigen. Der Tod des Fürsten von Hed erlöste die Zauberer aus der Macht, die sie gefangenhielt. Ich bin der Meinung, daß der Gründer von Lungold die Zauberer befreite, weil er, indem er den Sternenträger tötete, ihre Macht und ihr Eingreifen nicht mehr zu fürchten brauchte. Ich bin weiter der Meinung, daß diese Schule, wenn sie sich ihre Existenzberechtigung erhalten will, mit höchster Sorgfalt und höchster Zielstrebigkeit diesem Gewirr von Rätseln, das dringend nach Auflösung verlangt, auf den Grund gehen sollte.«

Wie ein Seufzer ging es durch den Raum; es war der Meereswind, der wie ein Vogel auf der Suche nach dem Fluchtweg die Wände entlangstrich.

Abrupt drehte Lyra sich um; die Tür hatte sich hinter ihr geschlossen, noch ehe einer bemerkt hatte, daß sie sich rührte. Die Augen der Morgol schweiften flüchtig zur Tür, dann zurück zu den Meistern, die wieder zu sprechen begonnen hatten. Ihre murmelnden Stimmen waren gedämpft. Sie scharten sich um die Morgol.

Rood stand, die Hände flach auf einem der Lesepulte, über ein Buch gebeugt, doch sein Gesicht war blutleer, und seine Schultern waren starr. Rendel wußte, daß er das Buch vor sich gar nicht sah. Sie trat einen Schritt auf ihn zu. Dann drehte sie sich um, drängte sich zwischen den Meistern hindurch zur Tür und ging hinaus.

Im Flur kam sie an den Schülern vorüber, die ungeduldig und neugierig darauf warteten, einen Blick auf die Bücher werfen zu dürfen; sie vernahm kaum ihre Stimmen. Sie spürte kaum den Wind, der, kühl und unstet im früh hereinbrechenden Zwielicht, an ihr zerrte, während sie durch den Park lief. Sie sah Lyra, die am Felsrand unter einem Baum stand, den Rücken der Schule zugewandt. Die gekrümmten Schultern, der gesenkte Kopf strahlten etwas aus, das Rendel anzog. Als sie über den Rasen eilte, schwang Lyra ihren Speer hoch, so daß er einen Lichtbogen in die graue Dämmerung zeichnete, und stieß ihn mit der Spitze nach unten in die Erde.

Lyra drehte sich um, als sie über das Rascheln der vom Wind geschüttelten Bäume hinweg das Knistern von Blättern hörte. Rendel blieb stehen. Schweigend sahen sie einander an. Dann faßte Lyra den Schmerz und den Zorn in ihren Augen in Worte und sagte beinahe herausfordernd: »Ich wäre mit ihm gegangen. Ich hätte ihn mit meinem Leben geschützt.«

Rendel blickte von ihr weg zum Meer hinunter . . . Zum Meer, das weit unter ihnen lag, zum Halbmond des Hafens, den das Wasser ausgebuchtet hatte, zu der Landspitze im Norden, hinter der andere Länder und andere Häfen lagen. Sie ballte die Hände zu Fäusten.

»Das Schiff meines Vaters liegt hier in Caithnard. Ich kann mit ihm bis nach Kraal hinaufsegeln. Ich möchte zum Erlenstern-Berg. Wollt Ihr mir helfen?«

Lyras Lippen öffneten sich. Rendel sah ein kurzes Aufblitzen von Überraschung und Unsicherheit in ihrem Gesicht. Dann umfaßte sie ihren Speer, zog ihn aus dem Boden und nickte mit Nachdruck.

»Ich komme mit.«

3

Als Lyra später am Abend die Leibwächterinnen der Morgol nach Caithnard hineinführte, um Unterkunft für die Nacht zu suchen, folgte Rendel ihnen. Zu Füßen von Roods Pferd, das im Stall der Schule stand, hatte sie ein kleines wirres Knäuel blitzenden Goldfadens hinterlassen, den sie von ihrem Ärmel losgetrennt hatte. Und inmitten des Geschlinges hatte sie in ihrem Geist ihren Namen gelegt und ein Bild von Rood, wie er oder sein Pferd seinen Fuß auf das Fadengewirr setzte und dann ohne Nachdenken jeden Knick und jede Schlinge des Fadens folgend durch die Straßen von Caithnard ritt, bis er, wenn er das Ende des Fadens erreichte, aus dem Bann des Zauberers heraustrat und sah, daß weder das Schiff noch die Ebbe auf ihn gewartet hatte. Sie wußte, daß er sogleich an sie denken würde, doch es würde ihm nichts anderes übrigbleiben, als nach Anuin zu reiten, während Bri Corvett, von den Leibwächterinnen der Morgol genötigt, nordwärts segelte.

Die Leibwächterinnen waren nicht eingeweiht worden. Fetzen ihres Geplauders, ihres Gelächters drangen über das hohltönende, rastlose Donnern des Meeres hinweg zu ihr, während sie hinter ihnen den Hügel hinunterritt. Es war beinahe dunkel; das Brausen des Windes verschluckte den Schritt ihres Pferdes, dennoch hielt sie, wie Lyra geraten hatte, Abstand für den Zug der Leibwächterinnen. Den ganzen Weg nach Caithnard hinein meinte sie den Blick der Morgol in ihrem Rücken zu spüren.

An einer stillen Nebenstraße in der Nähe der Docks holte

sie die Leibwächterinnen ein. Die Mädchen waren ein wenig verwirrt. Eines von ihnen sagte: »Lyra, hier sind aber doch nur Lagerhallen.«

Lyra drehte den Kopf, ohne eine Antwort zu geben, und sah Rendel. Rendel nickte auf ihren kurzen, forschenden Blick, und Lyra wandte sich wieder den Leibwächterinnen zu. Ihr Gesicht wurde still. Ihre Hand umfaßte fester ihren Speer. Dann hob sie den Kopf.

»Ich breche heute abend zusammen mit Rendel von An zum Erlenstern-Berg auf. Ich tue das ohne Erlaubnis der Morgol; ich scheide aus der Leibwache aus. Ich konnte den Fürsten von Hed nicht beschützen, während er am Leben war; jetzt kann ich nur eines tun: den Erhabenen fragen, wer ihn getötet hat, und wo der Betreffende sich aufhält. Wir segeln mit dem Schiff ihres Vaters nach Kraal. Der Kapitän weiß noch nichts davon. Ich kann euch nicht – wartet einen Augenblick. Ich kann euch nicht bitten, mir zu helfen. Ich kann nicht hoffen, daß ihr bereit wärt, die Morgol allein und ungeschützt in einer fremden Stadt zu lassen. Ich weiß nicht, wie ich es fertigbringe. Aber eines weiß ich, auf uns selbst gestellt können wir ein Schiff nicht stehlen.«

Es war ganz still, als sie schwieg; nur das Klappern einer Tür war zu hören, die irgendwo im Wind hin und her schwang. Die Gesichter der Leibwächterinnen waren ohne Ausdruck. Dann aber sagte eine von ihnen, ein Mädchen mit einem seidig schimmernden blonden Zopf und einem lieblichen, sonnenverbrannten Gesicht: »Lyra, hast du denn den Verstand verloren?« Sie sah Rendel an. »Habt ihr beide den Verstand verloren?«

»Nein«, entgegnete Rendel. »Im ganzen Reich gibt es nicht einen einzigen Händler, der uns mitnehmen würde, doch der Kapitän meines Vaters ist schon halb geneigt, dort hinaufzufahren. Überreden könnte man ihn nicht, aber zwingen könnte man ihn. Er achtet Euch hoch, und wenn er einmal die Lage erfaßt hat, dann glaube ich nicht, daß er allzu heftigen Widerstand leisten wird.«

»Aber was wird die Morgol sagen? Was werden Eure eigenen Leute sagen?«

»Das weiß ich nicht. Das ist mir gleichgültig.«

Das Mädchen schüttelte sprachlos den Kopf. »Lyra . . .«

»Imer, Ihr habt drei Möglichkeiten. Ihr könnt Euch hier von uns trennen und zur Schule zurückkehren und die Morgol unterrichten. Ihr könnt uns mit Gewalt zur Schule zurückbringen, was weit über Eure Pflicht hinausgehen und die Leute von An verärgern würde, ganz zu schweigen von mir. Und Ihr könnt mit uns kommen. In Hlurle warten zwanzig Leibwächterinnen auf die Morgol, um sie nach Kronstadt zurückzugeleiten; sie braucht ihnen nur Bescheid zu schicken, und sie werden zu ihr nach Caithnard kommen. Sie wird wohlbehütet sein. Was sie hingegen Euch sagen wird, wenn sie erfährt, daß Ihr mich allein zum Erlenstern-Berg habt reisen lassen, würde ich lieber nicht hören wollen.«

Ein anderes Mädchen mit einem dunklen, unscheinbaren Gesicht und dem rauhen Stimmfall der Bergdörfler von Herun bemerkte durchaus vernünftig: »Sie wird glauben, wir wären alle desertiert.«

»Goh, ich werde ihr erklären, daß es mein Tun war.«

»Du wirst ihr kaum klarmachen können, daß du uns alle gezwungen hast. Lyra, laßt diese Narrheiten und reitet zur Schule zurück«, sagte Imer.

»Nein. Und wenn Ihr mich anrührt, werde ich unverzüglich aus der Leibwache ausscheiden. Ihr habt dann kein Recht, gegen die Landerbin von Herun vorzugehen.«

Sie schwieg, während ihre Augen von Gesicht zu Gesicht wanderten. Jemand seufzte.

»Was glaubst du wohl, wie weit du kommen wirst, wenn das Schiff der Morgol nur einen halben Tag hinter dir ist? Sie wird dich sehen.«

»Was müßt Ihr Euch denn Kopfzerbrechen machen? Ihr wißt, daß Ihr mich nicht allein zum Erlenstern-Berg reisen lassen könnt.«

»Lyra! Wir sind die auserwählte Wache der Morgol. Wir sind keine Diebe. Wir sind keine Entführer.«

»Dann reitet zur Schule zurück.« Die Verachtung in ihrer Stimme bannte sie. »Ihr habt die Wahl. Kehrt mit der Morgol nach Herun zurück. Ihr wißt so gut wie jeder andere, was der

Sternenträger war. Ihr wißt, wie er gestorben ist, während die Welt ihren eigenen Geschäften nachging. Wenn keiner vom Erhabenen Antwort fordert, Aufklärung über den Zauberer, der ihn getötet hat, und über die Gestaltwandler, dann werden eines viel zu nahen Tages hundert Wachen in Kronstadt nicht ausreichen, die Morgol vor Unheil und Verderben zu schützen. Und wenn ich zu Fuß zum Erlenstern-Berg wandern muß, ich werde es tun. Wollt Ihr mir helfen oder nicht?«

Wieder schwiegen sie, vor ihr aufgereiht wie Krieger auf einem Schlachtfeld. Ihre Gesichter waren in Dunkel gehüllt, unergründlich.

Schließlich sagte ein kleines, schwarzhaariges Mädchen mit zart geschwungenen Brauen über schrägen Augen in resigniertem Ton: »Nun, wenn wir dich nicht zwingen können zu bleiben, so wird vielleicht der Kapitän dich zur Vernunft bringen. Wie beabsichtigst du, sein Schiff zu stehlen?«

Sie erklärte es ihnen. Ihr Plan wurde mit Murren und Widerspruch aufgenommen, doch dem Widerstand fehlte das Feuer; schließlich verstummten ihre Stimmen.

Lyra wendete ihr Pferd.

»Also gut, dann.«

In lockerer Folge reihten sie sich hinter ihr ein. Rendel, die neben ihr ritt, sah im Schein von Gasthauslichtern, daß Lyras Hände an den Zügeln zitterten. Einen Moment lang blickte sie stirnrunzelnd auf ihre eigenen Zügel, dann streckte sie den Arm aus, um Lyra zu berühren. Der dunkle Kopf hob sich.

»Ein Schiff zu stehlen, das ist nicht schwer«, sagte Lyra. »Stehlen kann man es wohl kaum nennen. Es ist das Schiff meines Vaters, und ich – es gibt keinen in An, der mich verurteilen wird, aber Ihr habt Eure eigene Art von Ehre.«

»Es ist ja nur – seit sieben Jahren gehöre ich zur Leibwache der Morgol, und in Herun habe ich dreißig Wächterinnen unter meinem Befehl. Es verstößt gegen alles, was ich gelernt habe, die Morgol auf diese Weise im Stich zu lassen und ihre Leibwache mit fortzunehmen. Das ist etwas nie Dagewesenes.«

»In der Schule wird sie sicher sein.«

»Ich weiß. Aber was wird sie von mir denken?«

Sie zügelte ihr Pferd, als sie das Ende der Straße erreichten und im Mondlicht das Schiff des Königs sahen, das rastlos an seinem Anker zerrte. Im Kartenhaus brannte Licht. Vom Deck her kam das Geräusch eines dumpfen Aufpralls.

Dann sagte jemand keuchend: »Das ist das letzte von Roods Büchern. Wenn wir nicht mitsamt all diesen Wälzern am Grund des Meeres enden, dann will ich einen Besen fressen. Ich geh' noch rasch auf einen Schluck, ehe wir absegeln.«

Lyra warf einen Blick hinter sich. Zwei der Leibwächterinnen stiegen vom Pferd und folgten dem Mann lautlos, als er pfeifend den Pier hinunterschlenderte. Die anderen gingen mit ihr und Rendel zum Laufsteg des Schiffes. Rendel, die nur das Klatschen des Wassers hörte, das Klirren der Ketten und ihren eigenen leisen Schritt, blickte sich einmal um, um sich zu vergewissern, daß sie noch da waren. Ihr Schweigen war so gespenstisch, daß sie das Gefühl hatte, Geister folgten ihr. Eine huschte oben am Ende des Laufstegs davon, um sich an Deck umzusehen; die beiden anderen verschwanden mit Lyra im Laderaum. Rendel wartete eine Weile, um ihnen Zeit zu geben, ihre Arbeit unter Deck zu tun. Dann betrat sie das Kartenhaus, wo Bri Corvett bei einem Becher Wein mit einem Händler plauderte.

Überrascht blickte er auf.

»Ihr seid doch nicht allein heruntergeritten? Hat Rood die Pferde heraufgebracht?«

»Nein. Er kommt nicht mit.«

»Er kommt nicht mit? Was sollen wir dann mit seinen ganzen Sachen anfangen?« Er musterte sie argwöhnisch. »Er hat doch nicht vor, sich auf eigene Faust davonzumachen wie Euer Vater?«

»Nein.« Sie schluckte die Trockenheit in ihrem Mund hinunter. »Aber ich. Ich will zum Erlenstern-Berg. Ihr bringt mich bis Kraal. Wenn Ihr es nicht tut, dann läßt sich der Kapitän der Morgol gewiß überreden, das Schiff zu übernehmen.«

»Was?« Bri Corvett sprang auf, die grauen Brauen beinahe

bis zum Haaransatz hochgezogen. Der Händler grinste. »Ein anderer soll das Schiff Eures Vaters segeln? Über meine Leiche vielleicht. Ihr seid verwirrt, Fräulein. Kommt und setzt Euch –«

Den Speer in der Hand glitt Lyra wie ein Geist ins Licht, und Bri Corvett verstummte. Rendel konnte seinen Atem hören. Das Grinsen des Händlers erstarb.

»Der größte Teil der Besatzung war unten«, sagte Lyra. »Imer und Goh bewachen die Leute. Man nahm sie erst ernst, nachdem einer der Männer sich mit einem Pfeil durch den Ärmel an eine Leiter genagelt sah – er ist nicht verletzt –, und Goh mit einem zweiten Pfeil den Korken aus einem der Weinfässer herausgeschossen hatte. Jetzt betteln sie darum, daß einer den Korken wieder in das Faß drückt.«

»Das ist ihre Weinration für die ganze Reise«, stieß Bri Corvett hervor. »Bester Wein aus Herun.«

Der Händler war still und heimlich aufgestanden. Lyras Augen schweiften zu ihm hin, und er erstarrte.

»Zwei Wächterinnen folgten dem Mann, der das Schiff verlassen hat«, bemerkte Rendel. »Sie werden auch die übrigen Leute Eurer Besatzung finden. Bri, Ihr wolltet doch sowieso zum Erlenstern-Berg. Ihr habt es selbst gesagt.«

»Ihr – Ihr habt mich doch nicht ernst genommen!«

»Möglich, daß es Euch nicht ernst war. Mir aber ist es ernst.«

»Denkt an Euren Vater! Er wird mir die Haare einzeln vom Kopf reißen, wenn er erfährt, daß ich mich dazu herbeigelassen habe, seine Tochter und die Landerbin von Herun auf eine solche Irrsinnsfahrt mitzunehmen. Die Morgol wird ganz Herun zu den Waffen rufen.«

»Wenn Ihr das Schiff nicht führen wollt, werden wir schon einen anderen finden. In den Gasthäusern im Hafen gibt es Männer genug, die bereit wären, gegen Bezahlung Euren Platz einzunehmen. Wenn Ihr es so wünscht, lassen wir Euch und diesen Händler hier gefesselt zurück, damit keiner an Eurer Unschuld zweifeln kann.«

»Was! Mich von meinem eigenen Schiff verjagen!« Die Stimme schnappte ihm über.

»Hört mir zu, Bri Corvett«, sagte sie ruhig. »Irgendwo zwischen dem Isig-Paß und dem Erlenstern-Berg habe ich einen Freund verloren, den ich liebte, und einen Mann, den ich vielleicht geheiratet hätte. Sagt mir, was sollte mich nach Hause locken? Grabesstille und endloses Warten in Anuin? Das Gekeife der Ritter der Drei Teile von An, die sich meinetwegen herumzanken, während die Welt aus den Fugen geht wie Morgons Geist? Raith von Hel?«

»Ich weiß ja.« Seine Hand berührte ihren Arm. »Ich verstehe es ja. Aber Ihr könnt doch nicht –«

»Ihr habt selbst gesagt, Ihr hättet dieses Schiff vor das Haus des Erhabenen gesegelt, wenn mein Vater Euch darum gebeten hätte. Habt Ihr Euch je überlegt, daß mein Vater sich der gleichen Gefahr ausgesetzt sehen könnte, mit der Morgon zu kämpfen hätte? Wollt Ihr seelenruhig nach Anuin zurücksegeln und ihn dort im Stich lassen? Wenn es Euch irgendwie gelingen sollte, uns mit Zwang von diesem Schiff zu vertreiben, werden wir andere Mittel finden, diese Reise zu unternehmen. Wollt Ihr nach Anuin zurückkehren und Duac das berichten müssen? Ich habe Fragen. Ich möchte Anworten auf diese Fragen. Ich will zum Erlenstern-Berg. Wollt Ihr dieses Schiff für uns führen, oder soll ich mir einen anderen suchen, der es an Eurer Stelle tut?«

Bri Corvett schlug mit der Faust auf den Tisch. Hochrot im Gesicht starrte er einen Moment lang wortlos darauf nieder. Dann hob er den Kopf langsam. Er blickte Rendel an, als wäre sie gerade erst durch die Tür gekommen, und er wäre überrascht, sie zu sehen.

»Oben im Kraal braucht Ihr ein anderes Schiff. Das habe ich Euch gesagt.«

»Ich weiß.« Ihre Stimme zitterte ein wenig bei dem Ausdruck in seinen Augen.

»Ich kann Euch eines besorgen. Ihr laßt es dann durch mich den Winter hinaufsegeln?«

»Lieber – ja, lieber Euch als irgendeinen anderen.«

»Unsere Vorräte reichen nicht bis Kraal. Wir müssen in Caerweddin oder Hlurle anlegen.«

»Ich war noch nie in Caerweddin.«

»Es ist eine schöne Stadt. Und Kraal – schöne Städte. Ich war nicht mehr dort, seit – wir brauchen mehr Wein. Die Besatzung ist gut, die beste, die ich je unter mir hatte, aber die Leute wollen versorgt sein.«

»Ich habe etwas Geld und etwas Schmuck. Ich dachte mir, daß ich sie vielleicht brauchen würde.«

»Ah ja!« Er holte tief Atem. »Ihr erinnert mich an jemanden. An jemanden Hinterhältigen.«

Der Händler stieß einen unartikulierten Laut des Protests aus, und Bris Augen richteten sich auf Lyra.

»Was wollt Ihr nun mit dem da tun?« erkundigte er sich respektvoll. »Wenn Ihr ihn gehen laßt, dann trommelt er schon oben an die Tür der Schule, noch ehe wir aus dem Hafen heraus sind.«

Lyra betrachtete nachdenklich den Mann.

»Wir könnten ihn fesseln und ihn unten an den Docks lassen. Dann findet man ihn morgen früh.«

»Ich sag' kein Sterbenswörtchen«, beteuerte der Händler, und Bri lachte.

»Bri«, warf Rendel hastig ein, »er ist der einzige, der bezeugen kann, daß Ihr für dieses Unternehmen nicht verantwortlich seid; wollt Ihr nicht an Euren eigenen Ruf denken?«

»Fräulein, entweder lasse ich mich auf diese Reise ein, weil ein halbes Dutzend unausgegorener junger Frauen auf meinem Schiff das Kommando übernommen hat, oder weil ich so verrückt bin, Mathoms Tochter und die Landerbin der Morgol ohne Schutz zum Gipfel der Welt bringen zu wollen. So oder so bleibt von meinem Ruf nicht viel übrig. Laßt mich lieber nachsehen, ob die Besatzung vollständig ist; wir sollten auslaufen.«

Einige von der Besatzung kamen gerade, von zwei Leibwächterinnen der Morgol begleitet, den Laufsteg herauf. Beim Anblick von Bri Corvett brachen die Männer in wirre Erklärungen aus; Bri sagte ganz ruhig: »Wir werden entführt. Ihr bekommt zusätzliche Bezahlung für diese hohe Ehre. Wir nehmen Kurs nach Norden. Seht nach, wer noch fehlt, und sagt den übrigen Männern, die unten im Laderaum sind, sie möchten so freundlich sein und heraufkommen, und wieder an ihre Arbeit gehen. Sagt ihnen, daß sie das Weinfaß verkorken sollen; in Imris holen wir uns noch ein paar Fässer. Und sagt ihnen auch, das sie von mir nichts Gutes zu erwarten haben, wenn sie den Leibwächterinnen der Morgol auch nur ein Härchen krümmen.«

Die beiden Wächterinnen warfen Lyra einen fragenden Blick zu. Diese nickte.

»Eine von euch bleibt an der Luke stehen; die andere behält die Docks im Auge. Das Schiff hier bleibt unter Bewachung, bis es den Hafen hinter sich gelassen hat.« Zu Bri Corvett gewandt fügte sie hinzu: »Ich vertraue Euch. Aber ich kenne Euch nicht, und man hat mich gelehrt, stets vorsichtig zu sein. Ich werde Euch also bei der Arbeit zusehen. Und vergeßt eines nicht: Ich habe mehr Nächte als ich zählen kann im Freien verbracht und ich weiß, welche Sterne im Norden stehen.«

»Und ich«, erwiderte Bri, »habe die Leibwächterinnen der Morgol bei der Ausbildung gesehen. Von mir habt Ihr keine Widerreden zu erwarten.«

Verärgert und verwirrt kamen die Seeleute aus dem Laderaum herauf, um unter den Augen der Wachen ihre Arbeit aufzunehmen. Ein letzter Mann kam singend den Laufsteg herauf. Mit dreistem Blick beäugte er die Wächterinnen, zwinkerte Lyra zu und beugte sich zu Imer hinunter, die kniend dem Händler die Handgelenke band, hob ihr Kinn und küßte sie auf den Mund.

Sie stieß ihn weg, verlor dabei das Gleichgewicht, und der Händler, der sich eilig den Strick von den Händen streifte, erwischte sie mit dem Kopf unter dem Kinn, als er aufstand. Mit einem Plumps sackte sie an Deck zusammen. Der Händler stürzte zum Laufsteg.

Ein feines Glitzern, das er kaum sah, schlängelte sich durch die Luft und fiel vor ihm nieder, als er den Laufsteg hinunterhastete. Einen Pfeil, der sich direkt vor seinem Fuß ins Holz bohrte und zitternd steckenblieb, übersprang er einfach. Die Seeleute drängten sich neugierig an die Reling zu den Wachen, während diese schossen. Bri Corvett fluchte.

»Treffen solltet ihr ihn wohl besser nicht«, sagte er bekümmert.

Lyra, die dem Schießen Einhalt gebot, erwiderte nichts. Plötzlich erscholl ein Schrei, gefolgt vom Klatschen des Wassers; sie beugten sich noch weiter über die Reling hinaus.

»Was ist mit dem Mann? Ist er verletzt?«

Sie hörten ihn fluchen, während er im Wasser herumpaddelte, vernahmen dann das Klirren einer Ankerkette, mit der er sich nach oben zog. Sein Schritt wurde wieder laut, schnell und zielstrebig, dann kam wieder ein Platschen.

»Bei Madir«, stieß Bri hervor. »Er sieht ja nicht einmal, wohin er geht. Er kommt zu uns zurück. Er muß betrunken sein. Der kann erzählen, was er will, kein Mensch wird ihm glauben. Jetzt fällt er gleich wieder hinein.« Ein gedämpfter Fall war zu hören. »Nein, er ist in ein Ruderboot gefallen.«

Er sah Rendel an, die unterdrückt zu lachen angefangen hatte.

»Der arme Mann. Das Wasser hatte ich ganz vergessen.«

Lyra blickte ihr unsicher ins Gesicht.

»Was – habt Ihr denn etwas getan? Was habt Ihr getan?«

Sie zeigte ihnen ihren ausgefransten Ärmel.

»Die Schweinehirtin hat es mich gelehrt. Man braucht dazu nur ein verwursteltes Fädchen . . .«

Endlich setzte sich das Schiff in Bewegung, glitt wie ein Traum aus dem dunklen Hafen, ließ die Lichter der Stadt und die Feuer der Leuchttürme, die auf den beiden Landspitzen der Bucht glitzerten, hinter sich. Als das Schiff sich unbeirrt nordwärts wandte und der Westwind ihre Wangen streichelte, gab Lyra ihre scharfe Wachsamkeit auf und gesellte sich zu Rendel. Eine Zeitlang sprachen sie nichts. Die letzten flimmernden Lichter verschwanden hinter den Felsklippen. Die zackige Küste unbekannten Landes, die wie ein gekräuselter schwarzer Faden vor dem Nachthimmel lag, war das einzige, was zu sehen war. Rendel fröstelte ein wenig im kühlen Nachtwind, und ihre Hände legten sich fester um die Reling.

»Seit zwei Jahren«, sagte sie leise, »wollte ich das tun. Seit er irgendwo hier diese Krone auf dem Grund des Meeres verloren hat. Aber allein hätte ich es niemals wagen können. In meinem ganzen Leben bin ich nicht weiter als bis Caithnard gekommen, und das Reich scheint unermeßlich groß zu sein.« Sie schwieg, die Augen auf einen schäumenden Strudel gerichtet, der im Mondlicht aufleuchtete. »Ich wünschte nur, ich hätte es früher getan«, fügte sie dann mit Qual in der Stimme hinzu.

Unruhige Bewegung durchzuckte Lyra, die bis dahin reglos dagestanden hatte.

»Wie hätte einer von uns wissen sollen, daß es ihm zu folgen galt? Er war der Sternenträger; er hatte eine Bestimmung. Solche Menschen haben ihren eigenen Schutz. Und er reiste zum Erhabenen, in Begleitung des Harfners des Erhabenen. Wie hätten wir wissen sollen, daß nicht einmal der Erhabene ihm helfen würde? Daß er nicht einmal seinem eigenen Harfner helfen würde?«

Rendel blickte auf ihr beschattetes Gesicht.

»Thod? Glaubt die Morgol, daß er tot ist?«

»Sie weiß es nicht. Sie – das war der Grund, weshalb sie hierherkam. Sie wollte sehen, ob die Großmeister etwas darüber wissen, was ihm zugestoßen sein könnte.«

»Warum ist sie nicht zum Erlenstern-Berg gereist?«

»Das habe ich sie gefragt. Sie sagte, von dem letzten Landherrscher, der den Erhabenen aufsuchte, sei nie wieder etwas gehört oder gesehen worden.«

Rendel schwieg. Ein kalter Schauder, nicht vom Wind, durchrann sie.

»Ich habe immer geglaubt, der Erlenstern-Berg müßte der sicherste und schönste Ort der Welt sein.«

»Ich auch.« Lyra drehte sich um, als das kleine, dunkelhaarige Mädchen ihren Namen sprach. »Was ist, Kia?«

»Der Kapitän hat uns die Kabine des Königs als Unterkunft zugeteilt; er sagt, es wäre die einzige Kabine, die für uns alle groß genug ist. Willst du während der Nacht eine Wache an Deck lassen?«

Lyra sah Rendel an. Es war zu dunkel, um ihr Gesicht zu sehen, doch Rendel ahnte die Frage, die in ihren Augen lag.

»Ich würde ihm vertrauen«, sagte sie langsam. »Aber warum sollen wir ihn auch nur in Versuchung führen umzukehren? Könnt Ihr wach bleiben?«

»Abwechselnd.« Sie wandte sich wieder Kia zu. »Eine Wache am Steuer. Jeweils zwei Stunden bis zum Morgen. Die erste Wache übernehme ich.«

»Ich komme mit«, sagte Rendel.

Den größten Teil der zwei Stunden brachte sie in dem Bemühen zu, Lyra den einfachen Zauber zu lehren, mit dem sie zuvor den Händler belegt hatte. Sie verwendeten ein Stück Schnur, das der verwunderte Steuermann ihnen gab. Lyra drehte es ein Weilchen stirnrunzelnd in den Händen, warf es dann einem Seemann in den Weg, der darüber hinwegschritt und unbehelligt seiner Arbeit nachging.

Der Steuermann protestierte. »Ihr werdet uns noch alle über Bord befördern!«

Doch sie schüttelte den Kopf.

»Ich kann es nicht. Ich kann die Schnur anstarren, solange ich will, sie bleibt nur ein Stück Schnur. Ich habe keine Zauberkräfte im Blut.«

»Doch, das habt Ihr«, widersprach Rendel. »Ich habe es gefühlt. In der Morgol.«

Lyra betrachtete sie neugierig.

»Ich habe das nie gefühlt. Eines Tages werde ich ihre Gabe besitzen, hinter die Dinge zu sehen. Doch das ist eine praktische Gabe, etwas ganz anderes als dies hier. Dies hier verstehe ich nicht.«

»Seht doch die Schnur an in Eurem geistigen Auge, bis sie keine Schnur mehr ist, sondern ein Pfad, der sich in endlosen Windungen und Biegungen um sich selbst schlängelt und der denjenigen, dessen Fuß ihn berührt, an seinen verschlungenen Lauf fesselt . . . Seht es. Dann gebt ihm Euren Namen.«

»Wie?«

»Wißt, daß Ihr Ihr selbst seid, und daß das Ding es selbst ist; das ist das Band zwischen Euch, dieses Wissen.«

Wieder beugte sich Lyra über das Stück Schnur. Lange Zeit schwieg sie, während Rendel und der Steuermann sie beobachteten. Dann kam Bri Corvett aus dem Kartenhaus, und Lyra warf ihm die Schnur vor den Stiefel.

»Wohin, in Hels Namen«, fragte er den Steuermann,

»bringt Ihr uns? Bug voraus an die Küste von Ymris?«

Ohne auch nur zu schwanken, trat er zum Steuer und berichtigte den Kurs des Schiffes.

Seufzend stand Lyra auf.

»Ich bin ich selbst, und das hier ist ein altes Stück Schnur. Weiter komme ich nicht. Was könnt Ihr sonst noch?«

»Nur weniges. Ich kann aus Gras ein Netz flechten, einen Dornenstengel wie ein unüberwindliches Gestrüpp erscheinen lassen, und kann immer aus Madirs Wald herausfinden, wo die Bäume unentwegt die Plätze zu wechseln scheinen ... Kleinigkeiten. Die Gabe erbte ich von der Zauberin Madir und einem – einem, der Ylon hieß. Aus irgendeinem Grund konnte keiner meiner Brüder je so etwas zustande bringen. Die Schweinehirtin sagte, daß die Zauberkraft sich ihr eigenes Medium sucht. Aber die beiden waren immer ganz verbittert, als wir noch Kinder waren, und ich stets aus Madirs Wald herausfand, während es ihnen nie gelang.«

»An muß ein seltsames Land sein. In Herun gibt es kaum zauberische Kräfte. Dort lebt nur jene Magie weiter, die die Zauberer vor langer, langer Zeit ins Land getragen haben.«

»In An brodelt die Erde selbst von Zauberkräften. Darum ist es eine so ernste Sache, daß mein Vater sein Land auf unbestimmte Zeit verlassen hat. Wenn er diese Kräfte nicht in Schranken hält, dann befreien sie sich, und die Toten werden von ihren Erinnerungen geweckt.«

»Was tun sie?« Ihre Stimme war gedämpft in ehrfürchtiger Scheu.

»Sie erinnern sich alter Fehden, uralter Feindschaften und Kriege und verspüren Lust, sie wieder aufleben zu lassen. Die Kriege, die in den frühen Tagen zwischen den Drei Teilen von An ausgetragen wurden, waren wild und leidenschaftlich; die alten Könige und Edelleute starben in Eifersucht und Zorn, jedenfalls viele von ihnen, deshalb entwickelte sich der den Königen eigene Sinn für die Sicherheit und das Wohl des Landes in solchem Maße, daß sie selbst die Toten mit geistigen Banden fesselten und die Zauberbücher jener bannten, die sich in der Kunst der Hexerei übten, wie Madir und Peven ...«

»Und Ylon? Wer war er?«

Rendel bückte sich, um das Stück Schnur aufzuheben. Sie wand es um ihre Finger und zog leicht die Brauen zusammen, als sie spürte, wie die Schlingen ihr trügerisch glatt und ohne Widerstand durch die Hände liefen.

»Ein Rätsel.«

Wenig später kam Imer, um Lyra abzulösen. Dankbar legten sich Lyra und Rendel zu Bett. Das sachte Schlingern des Schiffs auf der ruhigen See schläferte Rendel rasch ein. Bei Tagesanbruch, noch ehe die Sonne aufgegangen war, erwachte sie. Sie zog sich an und ging an Deck. Das Meer, die Luft, die lange zackige Linie der Küste von Ymris schimmerten grau unter dem morgendlichen Himmel; die Nebel am weiten, öden östlichen Horizont färbten sich langsam weiß im Licht der tastenden Sonnenstrahlen. Die letzte der Wächterinnen, die mit schläfrigen Augen auf ihrem Posten stand, warf einen Blick zum Himmel und machte sich auf den Weg zur Kabine.

Rendel, die in dieser Welt ohne Farbe das Gefühl hatte, richtungslos dahinzutreiben, trat an die Reling. Sie sah ein winziges Fischerdorf, eine Handvoll von Häusern, die sich von den knochenbleichen Felsen abhoben, namenlos in fremdem Land; eine kleine Flotte von Booten schob sich langsam aus dem Hafen zum offenen Meer hinaus. Ein Möwenschwarm kreiste kreischend über dem Schiff, blitzte grau und weiß im Morgenlicht, schoß dann südwärts davon. Sie fragte sich, ob die Vögel wohl nach An flögen. Ihr war kalt, und sie fühlte sich ohne Sinn und Ziel, als hätte sie ihren Namen zusammen mit all ihren Besitztümern in Anuin zurückgelassen.

Würgendes Husten an der Reling veranlaßte sie, sich umzudrehen. Stumpf starrte sie auf das fremde Gesicht, fürchtete einen Moment lang, sie hätte ein Schiff voll von Gestaltwandlern aus dem Hafen entführt. Aber kein Gestaltwandler, sagte sie sich, hätte sich absichtlich in ein so unglückseliges junges Mädchen verwandelt. Sie wartete, bis das Mädchen sich den Mund wischte und sich dann bleich niedersetzte wie ein Häufchen Unglück. Die Augen des Mädchens schlossen sich. Rendel, die sich erinnerte, welche Qualen Rood ausstand, wenn er zu Schiff reiste, machte sich auf die Suche nach einem Eimer. Als sie mit dem Kübel zurückkehrte, erwartete sie beinahe, daß sich die Erscheinung in Luft aufgelöst haben würde, doch das Mädchen hockte noch da, klein und unauffällig, wie ein Bündel alter Lumpen.

Rendel kniete nieder, und das Mädchen hob den Kopf. Sie öffnete die Augen und machte ein beinahe zorniges Gesicht, als hätten sich See und Schiff gegen sie verschworen. Ihre Hand zitterte, als sie den Eimer nahm. Es war eine schmale Hand, kräftig, braun gebrannt und schwielig, zu groß noch für den gertenschlanken Körper. Das Mädchen leerte den Eimer und lehnte sich wieder an die Reling.

»Ich danke Euch«, flüsterte sie und schloß wieder die Augen. »Nie in meinem ganzen Leben habe ich mich so gräßlich gefühlt.«

»Das geht vorbei. Wer bist du? Wie bist du auf dieses Schiff gekommen?«

»Ich kam – ich kam gestern abend. Ich versteckte mich in einem der Ruderboote unter der Persenning bis – bis ich es nicht mehr aushalten konnte. Das Schiff schwankte auf die eine Seite und das Boot auf die andere. Ich dachte, ich müßte sterben . . .«

Sie schluckte krampfhaft, öffnete die Augen und drückte sie rasch wieder zu. Die wenigen Sommersprossen auf ihrem Gesicht hoben sich scharf von der bleichen Haut ab. Rendel entdeckte etwas in den Linien ihres Gesichts, in dem anmutigen und doch ausgeprägten Schnitt ihrer Züge, das ihr plötzlich den Atem stocken ließ.

Das Mädchen sog einen Windhauch ein und fuhr fort: »Ich suchte gerade nach einer Unterkunft für die Nacht, als ich Euch bei den Lagerhäusern sprechen hörte. Und da bin ich – da bin ich Euch einfach an Bord gefolgt, weil ihr dorthin fahrt, wo ich hin möchte.«

»Wer bist du?« flüsterte Rendel.

»Tristan von Hed.«

Rendel kauerte sich nieder. Ein Bild von Morgons Gesicht, klarer, als sie es seit Jahren gesehen hatte, überlagerte flüchtig die Züge Tristans; sie verspürte einen brennenden

Schmerz, der nur allzu vertraut war. Tristan betrachtete sie mit einem seltsam sehnsuchtsvollen Ausdruck; dann wandte sie hastig ihr Gesicht ab und kuschelte sich ein wenig tiefer in ihren einfachen, formlosen Umhang. Sie stöhnte auf, als das Schiff einen Wellenberg hinunterstürzte, und stieß zwischen zusammengebissenen Zähnen hervor: »Ich glaube, ich sterbe. Ich habe gehört, was die Landerbin der Morgol sagte. Ihr habt das Schiff gestohlen; Ihr habt keinem in Eurem eigenen Land etwas gesagt. Ich habe die Seeleute gestern nacht reden gehört – daß die Wachen sie gezwungen haben, nach Norden zu segeln und daß – und daß es besser wäre, sie täten so, als hätten sie das sowieso gewollt. Wenn sie protestierten, sagten sie, würden sie sich nur zum Gespött machen. Dann redeten sie über den Erhabenen, und ihre Stimmen wurden leiser; ich konnte nichts mehr hören.«

»Tristan –«

»Wenn Ihr mich an Land setzt, dann gehe ich zu Fuß. Ihr habt selbst gesagt, daß Ihr zu Fuß gehen würdet. Nacht für Nacht mußte ich zuhören, wie Eliard im Schlaf weinte, wenn er von Morgon träumte; ich mußte dann aufstehen und ihn wecken. Und eines Nachts sagte er – eines Nachts hätte er Morgons Gesicht im Traum gesehen und er konnte – er konnte ihn nicht wiedererkennen. Da wollte er auf der Stelle aufbrechen zum Erlenstern-Berg, aber es war mitten im Winter, und es war der schlimmste Winter, den Hed seit siebzig Jahren erlebt hatte, sagte der alte Tor Eichenland, und sie überredeten ihn zu warten.«

»Er wäre niemals über den Paß gekommen.«

»Das hat Grim Eichenland ihm auch gesagt. Beinahe wäre er trotzdem gegangen. Aber Meister Cannon versprach ihm, daß er mit ihm ziehen würde im Frühling. Und dann kam der Frühling . . .« Sie verstummte. Einen Moment lang saß sie völlig reglos und starrte auf ihre Hände hinunter. »Dann kam der Frühling, und Morgon starb. Und ganz gleich, was Eliard tat, ich sah immer nur eine Frage in seinen Augen: Warum? Und deshalb gehe ich jetzt zum Erlenstern-Berg, um das herauszufinden.«

Rendel seufzte. Die Sonne hatte endlich den Nebel durchdrungen und warf durch das Kreuz und Quer von Stütztauen ein Lichtgitter auf das Deck. Unter ihrer warmen Berührung wirkte Tristan etwas weniger wächsern; sie richtete sich sogar ein wenig auf, ohne zu stöhnen.

»Ihr braucht gar nichts zu sagen«, fügte sie hinzu, »ich lasse mich nicht davon abbringen.«

»Es geht nicht um mich, es geht um Bri Corvett.«

»Er hat Euch und Lyra doch auch mitgenommen –«

»Mich kennt er, und es ist recht schwierig, sich den Wachen der Morgol zu widersetzen. Es kann aber sein, daß er sich weigern wird, die Landerbin von Hed mitzunehmen, schon gar, wenn kein Mensch weiß, wo, in aller Welt, du bist. Es kann sein, daß er das Schiff wendet und direkten Kurs auf Caithnard nimmt.«

»Ich habe Eliard eine Nachricht hinterlassen. Außerdem könnten die Wachen ihn daran hindern zu wenden.«

»Nein. Nicht auf offener See, wenn kein anderer da ist, der das Schiff übernehmen könnte.«

Tristan starrte voller Qual auf das Ruderboot, das neben ihr festgemacht war.

»Ich könnte mich ja wieder verstecken. Niemand hat mich gesehen.«

»Nein. Warte.« Sie schwieg und überlegte. »Meine Kabine. Dort kannst du bleiben. Ich bringe dir zu essen.« Tristan wurde bleich.

»Ich glaube nicht, daß ich in nächster Zeit etwas essen kann.«

»Kannst du gehen?«

Sie nickte mit Anstrengung. Rendel ließ rasch ihren Blick über das Deck schweifen, half ihr dann auf die Beine und führte sie die Stufen hinunter zu ihrem eigenen kleinen Gemach. Sie flößte Tristan ein wenig Wein ein, und als Tristan bei einem plötzlichen Schlingern des Schiffes zum Bett torkelte, breitete sie ihren Umhang über ihr aus. Schlaff lag Tristan da, kaum noch zu sehen, wie ohne Atem, doch Rendel hörte ihre Stimme, die hohltönend klang, als käme sie aus einem Grab, als sie die Tür schloß. »Ich danke Euch.«

Sie fand Lyra, in einen dunklen, weitwallenden Umhang

gehüllt am Heck, in die Betrachtung des Sonnenaufgangs vertieft. Mit einem der seltenen impulsiven Lächeln begrüßte sie Rendel, als diese zu ihr trat.

Leise, so daß der Steuermann sie nicht hörte, sagte Rendel: »Wir haben Schwierigkeiten.«

»Bri?«

»Nein. Tristan von Hed.«

Lyra starrte sie ungläubig an. Schweigend, die Stirne gekraust, hörte sie zu, während Rendel erklärte. Sie warf einen raschen Blick zu Rendels Kabine, als könnte sie durch die Wände die reglose Gestalt auf dem Bett sehen. Dann sagte sie mit Entschiedenheit: »Wir können sie nicht mitnehmen.«

»Ich weiß.«

»Die Leute von Hed haben an Morgons Abwesenheit schon genug gelitten; sie ist die Landerbin von Hed, und sie kann doch – wie alt ist sie eigentlich?«

»Dreizehn vielleicht. Sie hat eine Nachricht hinterlassen.« Sie rieb sich die Augen. »Wenn wir jetzt nach Caithnard zurückkehren, könnten wir auf Bri einreden, bis er Wurzeln schlägt, niemals würde er sich bereit erklären, uns nochmals nach Norden zu fahren.«

»Wenn wir umkehren«, versetzte Lyra, »kann es geschehen, daß wir uns plötzlich dem Schiff der Morgol gegenübersehen. Aber Tristan muß zurück nach Hed. Habt Ihr ihr das gesagt?«

»Nein. Ich wollte Zeit zum Nachdenken. Bri hat gesagt, wir müßten unterwegs anlegen, um Vorräte aufzunehmen. Wir könnten ein Handelsschiff ausfindig machen, das sie zurückbringt.«

»Würde sie das denn tun?«

»Im Augenblick ist sie gar nicht in der Lage, Widerspruch zu erheben. Ihr Leben lang hat sie Hed noch nie verlassen; ich bezweifle, daß sie auch nur die geringste Ahnung hat, wo der Erlenstern-Berg überhaupt ist. Wahrscheinlich hat sie noch nie in ihrem Leben einen Berg gesehen. Aber sie hat – sie ist so eigensinnig wie Morgon. Wenn es uns gelingt, sie von diesem Schiff auf ein anderes zu verfrachten, solange sie noch seekrank ist, dann merkt sie vielleicht nicht, in welcher

Richtung sie fährt, und erkennt den Schwindel erst, wenn sie wieder vor ihrem eigenen Haus steht. Das klingt herzlos, aber wenn sie – wenn ihr auf dem Weg zum Erlenstern-Berg etwas zustoßen sollte, dann wäre das für alle, ob sie nun in Hed leben oder außerhalb, unerträglich. Die Händler werden uns helfen.«

»Sollen wir Bri Corvett einweihen?«

»Er würde umkehren.«

»Wir sollten auch umkehren«, stellte Lyra objektiv fest, die Augen auf das weiße Spiel der Brandung vor der Küste von Ymris gerichtet. Sie wandte den Kopf und sah Rendel an. »Es wäre mir schwer, der Morgol gegenüberzutreten.«

»Ich kehre nicht nach Anuin zurück«, erklärte Rendel leise. »Tristan wird uns vielleicht niemals vergeben, aber sie soll ihre Antworten haben, das schwöre ich bei den Gebeinen der Toten von An. Ich schwöre es im Namen des Sternenträgers.«

Lyra schüttelte abwehrend den Kopf.

»Nicht«, flüsterte sie. »Das klingt so endgültig, als wäre das das einzige Ziel Eures Lebens.«

Tristan schlief fast den ganzen Tag. Am Abend brachte ihr Rendel etwas heiße Suppe; sie richtete sich auf, um ein wenig zu essen, dann kroch sie wieder unter ihre Decke. Als die Nachtwinde, die durchdrungen vom würzigen Geruch frisch umgegrabener Erde aus dem Westen herüberbliesen, mit harter Hand am Schiff rissen, stöhnte sie verzweifelt. Doch Bri Corvett, der im Kartenhaus stand, war erfreut.

»Wenn der Wind anhält, sind wir morgen am späten Vormittag in Caerweddin«, sagte er zu Rendel, als sie zu ihm ging, ihm gute Nacht zu wünschen. »Ein prachtvoller Wind ist das. Wir bleiben zwei Stunden, um Vorräte aufzunehmen, und sind dann immer noch jedem voraus, der uns vielleicht verfolgt.«

»Man könnte meinen«, bemerkte Rendel zu Lyra, als sie sich bei ihr eine Decke lieh, da Tristan auf der ihren schlief, »das ganze Unternehmen wäre sein Einfall gewesen.«

Sie machte sich ein notdürftiges Lager auf dem Boden und erwachte nach einer Nacht unruhigen Schlafs mit steifen

Gliedern und selbst ein wenig seekrank. Eilig lief sie hinauf ins Sonnenlicht und sog tief die milde Luft ein und stieß auf Bri Corvett, der am Bug stand und Selbstgespräche führte.

»Aus Kraal sind sie nicht, und es sind auch keine Handelsschiffe aus Ymris. Dazu sind sie zu niedrig und windschlüpfrig«, murmelte er, während er sich weit über die Reling hinauslehnte.

Rendel kämpfte mit ihrem Haar, das der Wind zu einer wilden Mähne aufzubauschen suchte, und starrte aus zusammengekniffenen Augen auf die sechs Schiffe, die ihnen in scharfer Fahrt entgegenkamen. Es waren flache, schlanke Einmaster; ihre windgeblähten Segel waren tiefblau, mit einem ausgezackten silbernen Rand umsäumt.

Bri stieß einen scharfen Ausruf aus und schlug mit der flachen Hand auf die Reling.

»Bei Madir! Seit zehn Jahren habe ich keines von denen mehr gesehen, seit ich im Dienst Eures Vaters bin. Aber in Caithnard habe ich kein Wörtchen davon gehört.«

»Wovon?«

»Von Krieg. Das sind Kriegsschiffe aus Ymris.«

Rendel war plötzlich hellwach.

»Sie haben doch gerade erst einen Krieg beendet«, protestierte sie. »Knapp ein Jahr ist es her.«

»Ich glaube, wir sind um Haaresbreite einem unerfreulichen Zusammenstoß entgangen. Es ist wieder so ein Küstenkrieg; sie halten wahrscheinlich nach Schiffen mit Waffenladungen Ausschau.«

»Werden sie uns anhalten?«

»Warum sollten sie? Sehen wir wie ein Handelsschiff aus?«

Doch da brach er ab. Von der gleichen Erkenntnis erschreckt, starrten sie einander an.

»Nein«, entgegnete Rendel. »Unser Schiff sieht aus wie das Privatschiff des Königs von An, und wir müssen hier genauso auffallen wie ein fliegendes Schwein. Wenn sie uns Begleitschutz nach Caerweddin geben wollen? Wie wollt Ihr die Anwesenheit der Leibwache der Morgol auf dem Schiff meines Vaters erklären?«

»Wie *ich* das erklären will? Ich? Hat sich vielleicht jemand über die Farbe meiner Segel beschwert, als Ihr mich kurzerhand überrumpelt und verlangt habt, daß ich Euch nach Norden bringe?«

»Woher hätte ich wissen sollen, daß Ymris einen Krieg anfängt? Ihr habt doch mit dem Händler geschwatzt; hat er nichts davon erwähnt? Außerdem hättet Ihr Euch ja nicht so nahe an der Küste zu halten brauchen; wenn Ihr einen größeren Abstand zwischen uns und Ymris gelegt hättet, dann wären wir den Schiffen des Königs von Ymris gar nicht begegnet. Woher wußtet Ihr von ihnen? Hofftet Ihr, daß man uns anhalten würde?«

»Beim Barte des alten Hagis!« kläffte Bri empört. »Wenn ich umkehren wollte, könnte mich hier an Bord keiner daran hindern. Diese Wachen haben doch von der Schiffahrt keine Ahnung. Ich segle nach Norden, weil ich es so will – und wer, in Hels Namen, ist denn das?«

Aus krebsrotem Gesicht blickte er mit aufgerissenen Augen auf Tristan, die an Deck torkelte, um sich über die Reling zu beugen und zu erbrechen. Bri starrte sie an, während er gleichzeitig unartikulierte Laute von sich gab, die seine ungläubige Überraschung ausdrückten. Als Tristan sich nebelbleich und schwitzend aufrichtete, fand er seine Stimme wieder.

»Wer ist das?«

»Sie ist nur eine – ein blinder Passagier«, erklärte Rendel furchtlos. »Bri, Ihr braucht Euch nicht aufzuregen. In Caerweddin verläßt sie das Schiff –«

»Nein, das tue ich nicht«, sagte Tristan langsam, aber deutlich. »Ich bin Tristan von Hed, und ich verlasse dieses Schiff nicht, bevor wir am Erlenstern-Berg sind.«

Bris Lippen bewegten sich lautlos. Er schien sich mit Luft zu füllen wie ein Segel; Rendel zog den Kopf zwischen die Schultern und wartete auf das Donnerwetter, doch er drehte sich um und entlud seinen Zorn über den Steuermann, der zusammenfuhr, als wäre hinter ihm ein Mast umgeknickt.

»Das reicht! Augenblicklich wendet Ihr das Schiff! Ab nach Tol, und zwar so geschwind, daß nicht mal unser Schatten uns folgen kann.«

Das Schiff drehte sich. Bleich, mit zusammengepreßten Lippen klammerte sich Tristan an die Reling. Lyra, auf dem Weg zu Rendel, rutschte die letzten Schritte über Deck, gewahrte Tristan und fragte resigniert: »Was ist geschehen?«

Rendel schüttelte nur hifllos den Kopf. Das grelle Blau der fremden Segel schob sich zwischen das königliche Schiff und die Sonne.

»Bri!« schrie Rendel heiser.

Eines der Kriegsschiffe glitt so nahe heran, daß sie die reine, salzige Schärfe seines Gischts schmecken konnte.

»Bri!« schrie sie wieder, während er immer noch seine Leute anbrüllte, und endlich zollte er ihr Aufmerksamkeit. »Bri! Die Kriegsschiffe! Sie glauben, daß wir fliehen wollen!«

»Was?«

Er warf einen ungläubigen, zornfunkelnden Blick auf das Schiff, das heranbrauste, ihnen den Weg abzuschneiden, und stieß so heftig, daß ihm die Stimme überschnappte, einen Befehl aus. Wieder drehte sich das Schiff schwankend, verlor an Geschwindigkeit, glitt ruhiger dahin. Als das Schiff aus Ymris sich ihnen an die Seite gesellte, konnten sie die silberglänzenden Kettenhemden und Schwerter der Männer sehen, die an Bord standen. Ihr eigenes Fahrzeug hielt an, lag schaukelnd auf dem Wasser. Ein zweites Kriegsschiff schob sich auf der Windseite neben sie; ein drittes hängte sich an ihr Heck.

Bri ließ den Kopf in die Hände sinken. Eine Stimme schwebte über das Wasser. Rendel wandte den Kopf, fing nur einige wenige kurze Worte von einem weißhaarigen Mann auf.

Bri rief sein Einverständnis zurück und sagte dann dumpf: »Also gut, nehmt wieder Kurs nach Norden. Wir haben königlichen Begleitschutz nach Caerweddin.«

»Wen?«

»Astrin Ymris.«

4

Von zwei Kriegsschiffen flankiert liefen sie in den Hafen von Caerweddin ein. Die Mündung des Flusses selbst wurde bewacht. Nur wenige Handelsschiffe segelten herein. Sie wurden alle angehalten und durchsucht, ehe ihnen gestattet wurde, ihre Fahrt den breiten, trägen Fluß hinauf zu den Docks fortzusetzen. Rendel, Tristan, Lyra und die Wachen standen an der Reling und betrachteten die Stadt, die an ihnen vorbeiglitt. Ein Gewirr von Häusern und gewundenen, mit Kopfsteinen gepflasterten Straßen uferten weit über ihre alten Mauern und Türme aus. Das Haus des Königs, auf einer Anhöhe im Herzen der Stadt, wirkte wie eine trutzige Festung der Macht mit seinen kantigen Türmen und den massigen Steinquadern; doch die sorgsam gewählten Farben des Gesteins gaben ihm eine seltene Schönheit. Rendel dachte an das Haus des Königs in Anuin, das nach dem Ende der Kriege in Erinnerung an einen Traum aus muschelweißen Mauern errichtet und mit hohen, schlanken Türmen geschmückt worden war; den Mächten, die gegen den König von Ymris stritten, hätte es sich zerbrechlich gezeigt.

Tristan, die neben ihr stand und sich auf der Fahrt durch das ruhige Wasser langsam erholte, starrte offenen Mundes auf das Königshaus, und Rendel drängte hastig die Erinnerung an ein kleines, stilles, aus schwerer Eiche erbautes Haus zurück, hinter dem sich fruchtbare, regennasse Felder dehnten.

Während Bri Corvett mit düsterer Miene seine Befehle

gab, sagte Lyra leise zu Rendel: »Das ist demütigend. Sie hatten kein Recht, uns einfach so ins Schlepptau zu nehmen.«

»Sie fragten Bri, ob wir nach Caerweddin wollten; er mußte bejahen. Seine Wendemanöver müssen verdächtig gewirkt haben. Sie dachten wahrscheinlich«, fügte Rendel hinzu, »er hätte das Schiff gestohlen. Und jetzt bereiten sie sich wohl darauf vor, meinen Vater in Caerweddin willkommen zu heißen. Sie werden eine Überraschung erleben.«

»Wo sind wir«, fragte Tristan, die bis dahin völlig stumm geblieben war. »Sind wir schon in der Nähe vom Erlenstern-Berg?«

Lyra blickte sie ungläubig an.

»Hast du dir denn noch nie eine Karte vom Reich angesehen?«

»Nein. Das war nie notwendig.«

»Wir sind noch so weit vom Erlenstern-Berg, daß wir ebensogut in Caithnard sein könnten. Und dort werden wir in zwei Tagen auch wieder sein . . .«

»Nein«, fiel Rendel ihr heftig ins Wort. »Ich kehre nicht um.«

»Ich auch nicht«, sagte Tristan.

Über Tristans Kopf hinweg blickte Lyra Rendel an.

»Gut. Aber habt Ihr irgendwelche Vorschläge?«

»Ich überlege.«

Sie gingen neben einem der Kriegsschiffe vor Anker; das andere wartete, halb aus Höflichkeit wohl, und halb aus Vorsicht, bis Bri den Anker in das tiefe Wasser hinuntergelassen hatte, dann wendete es und glitt wieder zum Meer hinaus davon. Das Aufklatschen des Eisens im Wasser, das Klirren und Scheppern der Ankerkette klang wie das letzte Wort eines Streits durch die Luft. Als der Laufsteg heruntergeschoben wurde, sahen sie eine kleine Gruppe von Reitern, die sich ihnen näherte. Die Männer waren prächtig gekleidet und bewaffnet. Bri Corvett ging ihnen entgegen. Ein Mann in einer blauen Uniform trug ein blau und silbern gemustertes Banner. Rendel, die wußte, was es war, spürte, wie ihr plötzlich heiß das Blut ins Gesicht stieg.

»Einer von ihnen muß der König sein«, flüsterte sie, und

Tristan warf ihr einen entsetzten Blick zu.

»Ich gehe nicht da hinunter. Seht Euch meinen Rock an.«

»Tristan, du bist die Landerbin von Hel, und wenn sie das erst hören, dann könnten wir ebensogut in Gras und Blättern gekleidet sein. Sie werden gar nicht darauf achten.«

»Sollen wir unsere Speere mitnehmen?« fragte Imer verwirrt. »Wenn die Morgol bei uns wäre, würden wir es tun.«

Lyra überlegte. Ihr Mund verzog sich ein wenig.

»Ich glaube, ich bin desertiert. Ein Speer in der Hand einer ehrlosen Leibwache ist kein Emblem, sondern eine Herausforderung. Doch da dies meine persönliche Sache ist, könnt ihr euch entscheiden, wie ihr wollt.«

Imer seufzte. »Du weißt, daß wir dich in der Kabine einsperren und Bri Corvett hätten befehlen können umzukehren. Wir besprachen das in der ersten Nacht, als du die Wache übernahmst. Das war ein Fehler, den du gemacht hast. Wir haben zu dem Zeitpunkt unsere Entscheidung getroffen.«

»Imer, bei mir ist das etwas anderes; mir wird die Morgol früher oder später verzeihen müssen, doch was wird euch zu Hause erwarten?«

»Wenn wir überhaupt nach Hause kommen und dich mitbringen«, versetzte Imer ruhig, »dann wird die Morgol wahrscheinlich bei weitem vernünftiger sein als du. Ich glaube, es ist ihr lieber, daß wir bei dir geblieben sind, anstatt uns von dir zu trennen. Der König«, fügte sie ein wenig nervös hinzu, während sie über Lyras Schulter spähte, »kommt an Bord.«

Rendel, die sich umdrehte, spürte, wie Tristan sie am Arm packte. Auf den ersten Blick wirkte der König furchterregend - dunkel, streng und mächtig. Sein Panzerhemd glitzerte wie das silberne Schuppenkleid eines Fisches unter einem blauschwarzen Umhang, der mit silbernen Stickereien durchwirkt war. Der weißhaarige Mann, der auf dem Kriegsschiff gestanden hatte, begleitete ihn. Nur eines seiner weißen Augen war sehend, das andere war geblendet von etwas, das er gesehen hatte. Wie sie so nebeneinanderstanden, spürte sie das feste Band zwischen ihnen, wie das Band zwischen Duac und Mathom, und sie erkannte mit einem Hauch von Bestürzung den wunderlichen Landerben des Königs von Ymris. Sein gesundes Auge glitt plötzlich zu ihrem Gesicht, als hätte er ihr Erkennen gefühlt.

Der König betrachtete sie einen Moment lang stumm. Dann sagte er mit schlichter, unerwarteter Güte: »Ich bin Heureu Ymris. Dies ist mein Landerbe, mein Bruder Astrin. Der Kapitän hat mir gesagt, wer Ihr seid, und daß Ihr unter seltsamen Umständen zusammen reist. Er hat um Begleitschutz für Eure Fahrt längs der Küste von Ymris gebeten, da wir uns ja im Kriegszustand befinden. Sieben meiner Kriegsschiffe sind gerüstet, bei Tagesanbruch nach Meremont in See zu stechen. Sie werden Euch südwärts begleiten. Bis dahin seid Ihr in meinem Land und in meinem Hause willkommen.«

Er schwieg abwartend.

»Hat Bri Corvett Euch gesagt, daß wir sein Schiff mit Gewalt genommen haben?« fragte Lyra abrupt, das Gesicht leicht gerötet. »Daß wir – daß ich – daß keine der Wachen der Morgol mit ihrem Wissen handelt? Ich möchte, daß Ihr Euch ganz klar darüber seid, wen Ihr in Eurem Hause willkommen heißt.«

Ein Funken von Überraschung flackerte in seinen Augen, dann sagte er freundlich: »Meint Ihr nicht, daß Ihr genau das tun wolltet, was viele von uns in diesem vergangenen Jahr tun wollten? Ihr habt gehandelt, wir nicht. Ihr werdet mein Haus mit Eurer Anwesenheit ehren.«

Sie folgten ihm und seinem Landerben den Laufsteg hinunter; er machte sie mit den Rittern von Marcher und Tor bekannt und mit dem rothaarigen Ritter von Umber, während ihre Pferde vom Schiff geführt wurden. In müdem, wenig ansehnlichem Zug folgten sie dem König.

Lyra, die neben Rendel ritt, flüsterte, die Augen auf den Rücken von Heureu Ymris geheftet: »Sieben Kriegsschiffe! Er läßt sich wirklich auf nichts ein. Wie wäre es, wenn Ihr vor ihnen einen goldenen Faden ins Wasser werft?«

»Ich überlege«, murmelte Rendel.

Im Hause des Königs führte man sie in kleine, helle, reichlich ausgestattete Gemächer, wo sie sich frischmachen und ruhen konnten. Rendel, besorgt, wie Tristan in diesem großen, fremden Haus zurechtkommen würde, blieb an der Seite des Mädchens. Ohne der Betulichkeit der Diener und der Üppigkeit zu achten, die sie umgab, kroch Tristan dankbar in ein Bett, das nicht schaukelte. In ihrem eigenen Gemach wusch sich Rendel den salzigen Schaum des Meeres aus dem Haar und ging dann, zum erstenmal seit Tagen mit dem Gefühl, sauber und frisch zu sein, zum offenen Fenster, um ihr Haar trockenzukämmen. Ihr Blick wanderte über das wirre Netzwerk belebter Straßen, fand die alte Stadtmauer, in die hier und dort Tore und Torbögen eingelassen waren. Die Stadt ging schließlich in Ackerland und Wälder über, in Obstpflanzungen, die wie mit sanftem Pinselstrich gefärbte Wolken in der Ferne standen. Als ihr Blick dann wieder nach Osten schweifte, zum Meer hin, sah sie etwas, das sie veranlaßte, ihren Kamm niederzulegen und sich weit aus der Fensteröffnung hinauszulehnen.

Auf einem Felsplateau unweit der Stadt erhob sich gigantisch und rätselhaft uraltes Mauerwerk. Wie eine halbvergessene Erinnerung stand es da oder wie die Bruchstücke eines unvollständig überlieferten Rätsels. Die Steine erkannte sie, schön, massig, sprühend von Farbe. Das Bauwerk selbst, in seiner Gewaltigkeit weit über die Bedürfnisse des Menschen hinausgehend, schien mit der Leichtigkeit, mit der sie reife Äpfel aus einem Baum geschüttelt hätte, zerschmettert worden zu sein. Sie schluckte trocken, während die Erinnerung an Sagen und Geschichten erwachte, die ihr Vater sie gelehrt hatte, an kurze Bemerkungen in einem von Morgons Briefen, vor allem aber an die Nachricht, die Elieu von Isig mit heruntergebracht hatte, das Erwachen der Kinder der Erdherren in den lautlosen Tiefen des Berges. Etwas, das tiefer lag als alles Verstehen, ein Gefühl von Sehnsucht, von absoluter Einsamkeit, von instinktivem Begreifen rührte sich in ihr und verwirrte sie mit dem schmerzlichen Erkennen, erschreckte sie mit der Intensität, die mit ihm einhergingen, bis sie es schließlich weder ertragen konnte, die namenlose Stadt anzusehen, noch, sich von ihr abzuwenden.

Leise klopfte es an ihrer Tür. Da erst wurde sie gewahr,

daß sie mit blinden Augen dastand, während ihr die Tränen über das Gesicht liefen. Wie unter einer körperlichen Anstrengung, als schöben sich zwei massige Steinbrocken nahtlos ineinander, einen Spalt zu schließen, rückte die Welt wieder in das Licht von Vertrautheit. Nochmals klopfte es. Sie wischte sich das Gesicht mit der Hand und ging zur Tür.

Der Landerbe von Ymris stand auf der Schwelle. Sein fremdartiges Gesicht mit dem einen sehenden weißen Auge erschreckte sie aus irgendeinem Grund. Dann sah sie, wie jung dieses Gesicht war, sah die Linien, die Schmerz und Geduld in seine Züge gezeichnet hatten.

»Was ist?« fragte er rasch und behutsam. »Ich bin gekommen, um mit Euch ein wenig über den – über Morgon zu sprechen. Ich kann später wiederkommen.«

Sie schüttelte den Kopf.

»Nein. Bitte, kommt herein. Ich war nur – ich –« Hilflos brach sie ab, nicht wissend, ob er die Worte verstehen konnte, die sie gebrauchen mußte. Ein Gefühl trieb sie, die Hand nach ihm auszustrecken, sich an ihm festzuhalten, als könnte sie nur so ihr Gleichgewicht bewahren. Halb blind wieder sagte sie: »Es heißt, Ihr hättet in den Ruinen einer anderen Zeit gelebt, Ihr wüßtet von geisterhaften Dingen. Es gibt – ich habe Fragen, auf die ich eine Antwort haben muß.«

Er trat in das Zimmer und schloß die Tür hinter sich.

»Setzt Euch«, sagte er, und sie ließ sich in einem der Sessel am kalten Kamin nieder.

Er brachte ihr einen Becher Wein und setzte sich dann neben sie. Noch immer im Kettenhemd und der dunklen Kriegstracht des Königs von Ymris, sah er aus wie ein Krieger, doch die nachdenkliche Verwunderung auf seinem Gesicht war nicht solch schlichten Geistes.

»Ihr habt Gaben«, sagte er unvermittelt. »Wißt Ihr das?«

»Ja, ich weiß – ich habe gewisse kleine Gaben. Aber jetzt glaube ich, daß in mir Dinge sind, von denen ich niemals – von denen ich niemals wußte.« Sie trank einen Schluck Wein. Ihre Stimme wurde ruhiger. »Kennt Ihr das Rätsel von Oen und Ylon?«

»Ja.« In seinem Auge blitzte etwas auf. »Ja«, sagte er nochmals leise. »Ylon war ein Gestaltwandler.«

Sie neigte sich nach hinten, als wollte sie einem Schmerz ausweichen.

»Sein Blut fließt in den Adern der Könige von An. Jahrhundertelang war er wenig mehr als eine traurige Mär. Aber jetzt will ich – ich muß es wissen. Er stieg aus dem Meer empor wie der Gestaltwandler, den Lyra sah, der, der Morgon beinah getötet hätte. Er war von der gleichen Farbe und von der gleichen Wildheit. Alle – alle Gaben, die ich habe, habe ich von Madir. Und von Ylon.«

Lange Zeit schwieg er, sann über das Rätsel nach, das sie ihm unterbreitet hatte, während sie von ihrem Wein trank. Der Becher in ihrer Hand zitterte leicht.

Schließlich sagte er stockend: »Was hat Euch zum Weinen gebracht?«

»Diese tote Stadt. Sie – irgend etwas in mir entfaltete sich und wußte – und wußte, was sie einmal gewesen war.«

Sein Auge glitt zu ihrem Gesicht. Seine Stimme klang brüchig, als er sprach.

»Und was war sie?«

»Ich war – ich stand im Weg. Es war wie die Erinnerung eines anderen in mir. Sie hat mir Angst gemacht. Ich dachte, als ich Euch sah, Ihr würdet das vielleicht verstehen.«

»Ich verstehe weder Euch noch Morgon. Vielleicht seid Ihr genau wie er ein wesentliches Glied eines großen Rätsels, das so alt und so schwer zu erfassen ist wie diese Stadt auf der Ebene von Königsmund. Alles, was ich von den Städten weiß, beschränkt sich auf die Scherben, die ich finde, die kaum eine Spur sind vom vergangenen Leben und Wirken der Erdherren. Morgon mußte seine eigene Macht suchen und finden, so wie Ihr das werdet tun müssen; was er jetzt ist, nach dem –«

»Wartet!« Ihre Stimme zitterte wieder. »Wartet!«

Er beugte sich vor, nahm ihr den schwankenden Becher aus den Händen und stellte ihn auf den Boden. Dann nahm er ihre Hände in die seinen.

»Ihr glaubt doch gewiß nicht, daß er tot ist.«

»Hab' ich denn eine Wahl? Ob er lebt oder ob er tot ist, ob

er tot ist oder ob sein Geist unter der Einwirkung dieser furchtbaren Macht zerbrochen ist –«

»Wer brach wessen Macht? Zum erstenmal seit sieben Jahrhunderten sind die Zauberer frei –«

»Weil der Sternenträger tot ist! Weil der, der ihn tötete, nun ihre Macht nicht mehr zu fürchten braucht.«

»Glaubt Ihr das? Genau das sagen Heureu und Rork Umber. Der Zauberer Aloil stand sieben Jahrhunderte lang als einsamer Baum auf der Ebene von Königsmund, bis ich sah, wie er wieder er selbst wurde und verwirrt war über seine Freiheit. Er sprach nur kurz zu mir; er wußte nicht, warum er befreit worden war; er hatte niemals vom Sternenträger gehört. Er hatte totenbleiches Haar und Augen, die seine eigene Vernichtung mitangesehen hatten. Ich fragte ihn, wohin er gehen würde, und er lachte nur und verschwand. Einige Tage später dann überbrachten Händler aus Hed die schreckliche Nachricht von Morgons Qualen, von dem Übergang der Landherrschaft an seinen Bruder an dem Tag, an dem Aloil befreit worden war. Ich habe nie geglaubt, daß Morgon tot ist.«

»Was – was ist dann von ihm übrig? Er hat alles verloren, was er liebte, er hat seinen eigenen Namen verloren. Als Borst – als Borst von An noch zu seinen Lebzeiten seine Landherrschaft verlor, gab er sich selbst den Tod. Er konnte nicht –«

»Ich lebte mit Morgon, als er namenlos war. Er fand seinen Namen wieder in den Sternen, die er trägt. Ich werde nicht glauben, daß er tot ist.«

»Warum nicht?«

»Weil das nicht die Lösung ist, die er suchte.«

Sie starrte ihn ungläubig an.

»Ihr glaubt nicht, daß er eine Wahl hatte?«

»Nein. Er ist der Sternenträger. Ich glaube, daß er zum Leben bestimmt war.«

»So wie Ihr das sagt, klingt es mehr wie ein Verhängnis«, flüsterte sie.

Er ließ ihre Hände los und stand auf, ging zum Fenster, von dem sie auf die namenlose Stadt hinausgeblickt hatte.

»Vielleicht. Aber ich würde diesen Bauern aus Hed nicht unterschätzen.« Er drehte sich plötzlich um. »Wollt Ihr mit mir zur Ebene von Königsmund reiten, um Euch die alte Stadt anzusehen?«

»Jetzt? Ich dachte, Ihr müßtet einen Krieg führen.«

Ein Lächeln erwärmte sein schmales Gesicht.

»So war es auch, bis ich Euer Schiff sichtete. Ihr habt mir eine Gnadenfrist bis zum Morgengrauen gegeben, wenn ich Euch und Eure Begleitung aus Caerweddin hinausgeleite. Sie ist kein sicherer Ort, diese Ebene. Heureus Frau wurde dort getötet. Keiner außer mir geht jetzt noch dort hinaus, und selbst ich bin stets auf der Hut. Aber es könnte sein, daß Ihr etwas findet – einen Stein, ein geborstenes Kunstwerk –, das zu Euch spricht.«

Sie ritt mit ihm durch Caerweddin, den steilen, felsigen Hang hinauf zu der Ebene über dem Meer. Hohltönend pfiffen die Winde darüber hin, jagten einander zwischen den massigen, starren Steinen, die seit zahllosen Jahrhunderten tief verwurzelt in dieser Erde standen. Impulsiv legte Rendel ihre Hand auf einen der Steine, als sie vom Pferd gestiegen war; klar und glatt lag er unter ihrer Hand, von smaragdgrünen Adern durchzogen.

»Wie schön er ist . . .« Sie blickte plötzlich zu Astrin auf. »Daher kommen die Steine Eures Hauses.«

»Ja. Die Muster, die diese Steine formten, sind hoffnungslos zerstört. Es war beinahe unmöglich, die Steine von der Stelle zu bringen, doch der König, der sie forttrug, Galil Ymris, war ein hartnäckiger Mann.«

Unvermittelt beugte er sich nieder, suchte im hohen Gras, das in der Spalte zwischen zwei Steinen wucherte, und richtete sich, etwas in der Hand haltend, wieder auf. Er wischte es sauber: Sternenblau funkelte es im Sonnenlicht. Sie blickte darauf nieder.

»Was ist das?«

»Ich weiß es nicht. Ein Stück geschliffenes Glas, ein Stein . . . Es ist hier manchmal schwer zu sagen, was die Dinge genau sind.« Er ließ den Scherben in ihre Hand fallen und schloß mit leichtem Druck ihre Finger darum. »Behaltet es.«

Sie drehte den Scherben im Licht, so daß er Feuer sprühte. »Ihr liebt diese großen alten Steine trotz aller Gefahr.«

»Ja. Das macht mich befremdlich in Ymris. Lieber würde ich wie ein alter einsiedlerischer Gelehrter in vergessenen Dingen graben, als sieben Kriegsschiffe in die Schlacht führen. Doch der Krieg an den südlichen Küsten ist eine alte Wunde, die immer weiter schwärt und niemals zu heilen scheint. Deshalb braucht Heureu mich dort, selbst wenn ich ihm begreiflich zu machen versuche, daß ich hier, an diesem Ort eine lebenswichtige Antwort schmecken und riechen und fühlen kann. Und Ihr? Was teilt sich Euch hier mit?«

Sie hob den Blick von den kleinen Scherben, sah über das weite Feld verfallenen Gesteins hinweg. Öde und leer war die Ebene, belebt nur von den steinernen Ruinen, dem silberngeränderten Gras und einer Gruppe von Eichen, die knorrig und verwittert im Wind standen. Der wolkenlose Himmel spannte sich in weitem Bogen in die Ferne, überzog die Ebene mit weitem blauem Nichts. Welche Kraft, dachte sie, würde je diese Steine wieder zum Himmel aufwachsen lassen, sie aus der Erde emporstoßen, einen auf den anderen schichten, um ihnen einen großen, halbwegs begreiflichen Sinn zu geben, der Macht und Schönheit und eine Freiheit wie die Freiheit des Windes verhieß. Doch die Steine lagen starr und schlafend in der Umarmung der Erde.

»Stille«, flüsterte sie, und der Wind starb.

Sie hatte das Gefühl, als wäre die Welt stehengeblieben. Unbewegt stand das Gras im Sonnenschein; die Schatten der Steine lagen wie abgesteckt auf dem Boden. Selbst die Brecher, die am Fuß der Felsklippen tosten, waren still. Ihr eigener Atem lag eingezogen in ihrem Mund. Dann berührte Astrin sie, und sie hörte das Zischen seines Schwerts, als er es aus der Scheide riß. Er zog sie an sich und hielt sie fest. Unter dem kalten Kettenpanzer spürte sie den harten Schlag seines Herzens.

Aus dem Mittelpunkt der Welt stieg ein Seufzer empor. Eine Woge, die in nicht enden wollendem Brausen anschwoll, erschütterte die Felsen, als sie sich brach und zurückwich. Astrins Arm fiel von ihrer Seite. Sie sah sein Gesicht, als er zurücktrat; es sah eingefallen und knochig aus, und es erschreckte sie. Eine Möwe, die über dem Felsrand schwebte, kreischte und verschwand. Sie sah, wie er schauderte.

»Ich bin starr vor Angst«, sagte er kurz. »Ich kann nicht denken. Gehen wir.«

Sie schwiegen beide, als sie den Hang wieder hinunterritten zu den untenliegenden Feldern und der geschäftigen Straße, die in die Stadt hineinführte. Als sie quer durch eine Wiese ritten, wo Schafe laut ihren Unwillen darüber herausblökten, daß sie geschoren wurden, wich das geheime Entsetzen aus Astrins Gesicht. Rendel spürte, daß er wieder zugänglich war.

»Was war?« fragte sie leise. »Alles schien plötzlich stehenzubleiben.«

»Ich weiß es nicht. Das letzte Mal – das letzte Mal, als ich das spürte, starb Eriel Ymris. Ich hatte Angst um Euch.«

»Um mich?«

»Fünf Jahre lang lebte der König nach ihrem Tod mit einem Gestaltwandler an seiner Seite, den er für seine Frau hielt.«

Rendel schloß die Augen. Sie spürte, wie sich plötzlich etwas in ihr aufstaute, wie ein Schrei, den sie auf ihn loslassen wollte und der selbst die Stimmen der Schafe verschlucken würde. Sie ballte die Hände in dem Bemühen, das Verlangen zu beherrschen; sie merkte gar nicht, daß sie angehalten hatte. Erst als er ihren Namen sprach, wurde es ihr bewußt.

Da öffnete sie die Augen und sagte: »Wenigstens hatte er keinen Landerben, den er in seinen Turm am Meer verbannen konnte. Astrin, ich glaube, in mir liegt ein schlafendes Tier, und wenn ich es wecke, werde ich es bis ans Ende der Welt bedauern. In meinen Adern fließt das Blut eines Gestaltwandlers, und in mir ist etwas von seinen Kräften. Es ist beschwerlich, so etwas in sich zu haben.«

Sein gesundes Auge, das wieder ruhig und gelassen war, schien kühl bis zum Herzen ihres Rätsels durchdringen zu wollen.

»Vertraut auf Euch selbst«, meinte er, und sie holte tief Atem.

»Das ist so, als träte ich mit geschlossenen Augen auf eines meiner eigenen wirren Fadenknäuel. Ihr habt eine tröstliche Art, die Dinge zu sehen.«

Er umfaßte leicht ihren Arm, ehe sie sich wieder in Bewegung setzten. Als sie ihre Hand öffnete, sah sie, daß sich der Abdruck des kleinen Steins, den sie hielt, tief in ihre Handfläche eingegraben hatte.

Lyra kam zu ihr, um mit ihr zu sprechen, als sie in das Haus des Königs zurückkehrte. Rendel saß am Fenster und blickte auf einen Gegenstand in ihrer Hand, der wie ein Wassertropfen glitzerte.

»Habt Ihr Euch schon einen Plan überlegt?« fragte Lyra.

Rendel hob den Kopf. Sie spürte die Unrast und die Gereiztheit in den gemessenen, beherrschten Bewegungen, die waren wie die eines Tieres, das man gefangen und gezähmt hatte. Mit beträchtlicher Anstrengung sammelte sie ihre Gedanken.

»Ich glaube, Bri Corvett könnte dazu überredet werden, wieder nach Norden zu schwenken, sobald wir den Fluß hinter uns gelassen haben, vorausgesetzt, es gelingt uns, Tristan auf den Weg nach Hause zu schicken. Aber Lyra, ich weiß nicht, was Astrin Ymris dazu bewegen könnte, uns gehen zu lassen.«

»Die Entscheidung liegt bei uns; sie hat mit Ymris nichts zu tun.«

»Es dürfte schwer sein, Astrin oder Heureu davon zu überzeugen.«

Mit einer heftigen Bewegung wandte sich Lyra vom Fenster ab, schritt zum kalten Kamin und wieder zurück.

»Wir könnten uns ein anderes Schiff suchen. Nein. Das würden sie beim Verlassen des Hafens durchsuchen.« Sie schien nahe daran, die Geduld zu verlieren. Dann aber, während sie Rendel ansah, sagte sie plötzlich: »Was ist los? Ihr seht bedrückt aus.«

»Ich bin es«, erwiderte Rendel überrascht. Sie senkte den Kopf. Ihre Hand schloß sich wieder um den Stein. »Astrin – Astrin sagte mir, er glaubt, daß Morgon noch am Leben ist.«

Sie hörte, wie Lyra ansetzte, etwas zu sagen, und wie ihr das Wort im Halse steckenblieb. Lyra setzte sich plötzlich neben sie und umfaßte das steinerne Sims mit den Händen. Ihr Gesicht war weiß.

»Was – wie kommt er darauf?« fragte sie, als sie ihre Stimme wiedergefunden hatte.

»Er sagte, Morgon hätte nach Lösungen gesucht, und der Tod wäre eine Lösung. Er sagte –«

»Das würde bedeuten, daß er die Landherrschaft verloren hat. Das war seine größte Angst. Aber keiner – keiner außer dem Erhabenen kann einem diesen Instinkt nehmen. Keiner –« Sie brach ab. Rendel hörte, wie sie plötzlich die Zähne zusammenbiß. Müde lehnte sie sich zurück, und der Stein in ihrer Hand schimmerte wie eine Träne. Wieder vernahm sie Lyras Stimme, die jetzt fremd klang, bar aller Leidenschaft. »Dafür werde ich ihn töten.«

»Wen?«

»Ghisteslohm.«

Rendel öffnete ihre Lippen und schloß sie wieder. Sie wartete darauf, daß das Frösteln, das die fremde Stimme in ihr ausgelöst hatte, verginge. Dann sagte sie vorsichtig: »Erst müßt Ihr ihn finden. Das könnte schwierig werden.«

»Ich werde ihn finden. Morgon wird wissen, wo er ist.«

»Lyra –« Lyras Gesicht wandte sich ihr zu, und die Mahnungen zur Vorsicht wollten nicht über Rendels Lippen. Sie blickte zu Boden. »Zuerst müssen wir aus Caerweddin herauskommen.«

Der Schatten der Fremdheit wich von Lyra. Mit ängstlicher Besorgnis drängte sie: »Sagt Tristan nichts von dem, was Ihr mir erzählt habt. Es ist zu ungewiß.«

»Nein, ich werde nichts sagen.«

»Gibt es denn nichts, was Ihr für uns tun könnt? Wir können jetzt nicht umkehren. Jetzt nicht. Macht, daß ein Wind die Kriegsschiffe fortbläst; macht, daß sie sich einbilden, uns südwärts segeln zu sehen –«

»Wofür haltet Ihr mich? Für eine Zauberin? Ich glaube, nicht einmal Madir konnte so etwas.« Ein Sonnenstrahl fing sich in dem merkwürdigen Stein; Rendel richtete sich plötzlich auf. »Wartet!«

Sie hielt den Stein zwischen Zeigefinger und Daumen hoch, so daß sich das Sonnenlicht in ihm brach. Lyra zwinkerte, als das Funkeln ihre Augen traf.

»Was? Was ist das?«

»Das ist ein Stein, den Astrin auf der Ebene von Königsmund gefunden hat, in der Stadt der Erdherren. Er hat ihn mir geschenkt.«

»Was wollt Ihr damit anfangen?«

Ihre Augen verengten sich wieder, als das grelle Licht sie berührte, und Rendel ließ den Stein sinken.

»Er blitzt wie ein Spiegel . . . Alles, was ich von der Schweinehirtin gelernt habe, hat mit Trugbildern zu tun; da werden kleine Dinge über alles Maß hinaus aufgeblasen: Eine Handvoll Wasser scheint ein See zu sein, ein Ästchen ein riesiger umgestürzter Baumstamm, ein Dornenstiel ein unüberwindbares stacheliges Gestrüpp. Wenn ich – wenn ich die Kriegsschiffe mit diesem Stein hier blenden könnte, wenn ich machen könnte, daß sein Licht wie eine Sonne grell in ihre Augen strahlt, dann könnten sie es nicht sehen, wenn wir uns nordwärts wenden, dann könnten sie uns nicht einholen.«

»Damit? Der Stein ist ja nicht größer als ein Daumennagel. Außerdem«, fügte sie mit Unbehagen hinzu, »woher wollt Ihr wissen, was er ist? Ihr wißt, daß eine Handvoll Wasser eine Handvoll Wasser ist, aber Ihr wißt nicht, wozu dieser hier bestimmt war, wie wollt Ihr also genau wissen, was aus ihm vielleicht werden kann?«

»Wenn Ihr nicht wollt, daß ich es versuche, dann will ich es auch nicht tun. Es ist eine Entscheidung, die uns alle betrifft. Es ist aber auch das einzige, was mir einfällt.«

»Ihr seid es, die mit diesen Dingen umgehen muß. Woher wollt Ihr wissen, welchen Namen die Erdherren ihm gegeben haben? Ich habe keine Angst um uns oder das Schiff, aber Euer Geist ist es –«

»Habe ich Euch Rat angeboten?« unterbrach Rendel sie.

»Nein«, gestand Lyra widerstrebend. »Aber ich weiß, was ich tue.«

»Ja. Ihr werdet von einem Zauberer getötet werden. Bin ich zu streitsüchtig?«

»Nein. Aber –« Sie seufzte. »Nun gut. Jetzt brauchen wir nur noch Bri Corvett zu sagen, wohin er segeln wird, damit er Vorräte an Bord nehmen kann. Und wir müssen Tristan nach Hause schicken. Fällt Euch ein Mittel ein, dies zu bewerkstelligen?«

Sie überlegten beide. Eine Stunde später schlüpfte Lyra unbemerkt aus dem Haus des Königs, ging zum Hafen hinunter, um Bri mitzuteilen, daß er weiter nach Norden segeln würde. Rendel ging derweilen in den Saal des Königs, um mit Heureu Ymris zu sprechen.

Sie fand ihn inmitten seiner Edlen, vertieft in eine Besprechung der Lage in Meremont. Als er sie gewahrte, wie sie zögernd auf der Schwelle des großen Saales stand, kam er zu ihr. Sie traf seinen klaren, direkten Blick und wußte, daß sie und Lyra recht hatten: Ihn zu täuschen würde weniger schwierig sein als Astrin. Sie war erleichtert, daß Astrin nicht an seiner Seite war.

»Braucht Ihr etwas?« fragte er. »Kann ich Euch irgendwie helfen?«

Sie nickte. »Könnt' ich einen Augenblick mit Euch sprechen?«

»Natürlich.«

»Könntet Ihr – wäre es Euch möglich, eines Eurer Kriegsschiffe zu entbehren, um Tristan nach Hause zu bringen? Bri Corvett muß in Caithnard anlegen, um Lyra abzusetzen und meinen Bruder an Bord zu nehmen. Tristan ist hartnäckig entschlossen, zum Erlenstern-Berg zu reisen, und wenn sie in Caithnard eine Möglichkeit sieht, Bris Schiff zu verlassen, dann wird sie es tun. Sie wird erneut nordwärts reisen, entweder auf einem Handelsschiff oder zu Fuß, und wie auch immer, sie wird dann mitten in Euren Krieg hineingeraten.«

Seine dunklen Brauen zogen sich zusammen. »Sie scheint starrköpfig zu sein. Wie Morgon.«

»Ja. Und wenn sie – wenn auch ihr etwas zustößt, so wäre

das für die Leute von Hed ein entsetzliches Unglück. Bri könnte sie nach Hed bringen, ehe er mit uns nach Caithnard segelt, aber in jenen Wassern, die er dann durchsegeln muß, ertranken Athol und Spring von Hed, wurde Morgon beinahe getötet. Mir wäre leichter ums Herz, wenn sie besseren Schutz hätte als nur einige Leibwachen und Seeleute.«

»Das hatte ich gar nicht bedacht«, sagte er hastig. »Nur fünf der Kriegsschiffe führen Männer und Waffen in großen Mengen; zwei dienen als Patrouillenboote und sind leichter bemannt. Eines davon kann ich entbehren, um sie zurückzubringen. Wenn ich könnte, würde ich Euch bis nach Caithnard von diesen Kriegsschiffen begleiten lassen. Nie habe ich erlebt, daß sich so viele Menschen edelsten Geblüts auf ein so unüberlegtes, verfehltes Unternehmen eingelassen haben.«

Sie errötete leicht.

»Ich weiß. Es war falsch von uns, Tristan auch nur bis hierher mitzunehmen.«

»Tristan! Was ist mit Euch und der Landerbin der Morgol?«

»Das ist etwas anderes –«

»Inwiefern, in Yrths Namen?«

»Wir wissen wenigstens, daß es zwischen Hed und dem Erhabenen eine Welt gibt.«

»Ja«, versetzte er grimmig. »Und sie ist dieser Tage nicht der rechte Ort für Euch. Ich habe dafür gesorgt, daß auch Eurem Kapitän das klargeworden ist. Ich weiß nicht, was ihn dazu verleiten konnte, den Hafen von Caithnard mit Euch zu verlassen.«

»Es war nicht seine Schuld. Wir haben ihm keine Wahl gelassen.«

»Wieviel Druck könnt ihr denn schon auf ihn ausgeübt haben? Die Wachen der Morgol sind geschult, aber vernünftigen Argumenten doch wohl kaum unzugänglich. Und vor der Küste von Ymris hätte Euch leicht Schlimmeres begegnen können als meine Kriegsschiffe. Es gibt Zeiten, da habe ich den Eindruck, als bekämpfte ich nur die Rebellen in meinem eigenen Land; zu anderen Zeiten jedoch scheint sich der ganze Krieg unter meinen Augen zu verwandeln, und mir wird klar, daß ich nicht einmal selbst mit Sicherheit sagen kann, wie weit er sich ausbreiten wird, oder ob ich ihn beschränken kann. Noch ist es ein kleiner Krieg, aber es stekken erschreckende Möglichkeiten in ihm. Bri Corvett hätte keine ungünstigere Zeit wählen können, mit Euch an Bord so nahe an Meremont vorbeizusegeln.«

»Er wußte nichts von dem Krieg –«

»Hätte er Euren Vater auf diesem Schiff gehabt, so hätte er es sich angelegen sein lassen, davon zu wissen. Auch daran habe ich ihn erinnert. Und daß Astrin heute mit Euch zur Ebene von Königsmund hinausgeritten ist – das war die Höhe der Torheit.«

Er schwieg. Weiß schimmerte das Licht auf seinen Backenknochen, ehe er die Hände zu den Augen hob und einen Moment lang so verharrte. Sie blickte zu Boden.

»Ich nehme an, Ihr habt ihm das gesagt.«

»Ja. Er schien mir zuzustimmen. Für intelligente Menschen wie Astrin, Euch und Bri Corvett ist dies nicht der Zeitpunkt, das Denken zu vergessen.« Er legte seine Hand auf ihre Schulter, und seine Stimme wurde milder. »Ich verstehe, was Ihr tun wolltet. Ich verstehe auch, warum. Aber überlaßt es jenen, die fähiger sind.«

Sie verschluckte eine Antwort und senkte den Kopf. Rendel ließ ihm stillschweigend das letzte Wort. Dann sagte sie mit echter Dankbarkeit: »Ich danke Euch für das Schiff. Werdet Ihr Tristan morgen früh Bescheid sagen?«

»Ich werde sie persönlich an Bord geleiten.«

Später, als sie zum Nachtmahl hinuntergingen, traf Rendel wieder mit Lyra zusammen.

»Bri hat sich gesträubt«, berichtete Lyra leise, »aber ich schwor ihm bei dem, was von meiner Ehre noch übrig ist, daß er sich nicht auf eine Wettfahrt mit den Kriegsschiffen einlassen muß. Die ganze Sache gefiel ihm nicht, aber er erinnerte sich noch gut daran, was Ihr mit dem Stück Faden anstelltet. Er sagte nur, er hoffte von Herzen, das, was Ihr morgen tun wollt, hätte Wirkung, weil er nicht wagen würde, Heureu Ymris noch einmal gegenüberzutreten, wenn es danebengeht.«

»Ich auch nicht«, murmelte Rendel.

In diesem Augenblick trat Tristan aus ihrem Zimmer, verwirrt und ein wenig ängstlich, als wäre sie eben erst geweckt worden. Ihr Gesicht entspannte sich, als sie Lyra und Rendel sah. Ihr vertrauensvoller Blick machte Rendel ein schlechtes Gewissen.

»Seid Ihr hungrig?« fragte sie. »Wir gehen hinunter in den Königssaal, um zu essen.«

»Vor anderen Leuten?«

Vergeblich mühte sie sich, ihren zerknitterten Rock glattzustreichen. Dann hielt sie inne, blickte sich um, sah aus großen Augen auf die Mauern aus prächtigem Stein, die im Fakkelschein schimmerten, auf die alten Schilde aus Bronze und Silber, die dort hingen, auf die juwelenfunkelnden Waffen. Sie flüsterte: »Morgon war in diesem Haus«, und ihre Schultern strafften sich, als sie Lyra und Rendel in den Saal folgte.

Am folgenden Morgen wurden sie vor Sonnenaufgang geweckt. In kostbare, warme Umhänge gehüllt, die Heureu ihnen geschenkt hatte, ritten sie mit ihm, Astrin, den Rittern von Umber und Tor und dreihundert Bewaffneten durch die stillen Straßen von Caerweddin. Fenster öffneten sich hier und dort, oder Licht floß aus einem Türspalt, durch den ein Gesicht hinausspähte auf den langen, rasch marschierenden Zug der Krieger. Am Hafen hoben sich die dunklen Masten aus perlmuttschimmerndem Nebel, der über dem Wasser lag; Stimmen und Schritte schienen gedämpft, körperlos. Die Männer lösten sich aus den geordneten Reihen, um an Bord der Schiffe zu gehen. Bri Corvett kam den Laufsteg herunter, warf Rendel einen düsteren, gehetzten Blick zu und führte dann ihr Pferd aufs Schiff. Die Wachen der Morgol folgten ihm mit ihren Rössern.

Rendel wartete einen Moment ab, um noch zu hören, wie Heureu zu Tristan sagte: »Ich schicke Euch auf einem der Kriegsschiffe mit Astrin nach Hause. In seinem Schutz seid Ihr sicher, und die Männer, die ihn begleiten, werden Euch wohl behüten. Es ist ein schnelles Schiff; Ihr werdet rasch daheim sein.«

Rendel, die die Szene beobachtete, hätte nicht sagen können, wer überraschter aussah, Tristan oder Astrin. Tristan öffnete den Mund, um zu protestieren, sah dann, daß Rendel zuhörte, und ein Ausdruck empörter Erkenntnis huschte über ihr Gesicht.

Doch ehe sie sprechen konnte, sagte Astrin: »Das sind mehr als zwei Tage für die Hinfahrt und ein Tag zurück nach Meremont – du brauchst doch das Schiff, um die Küste zu bewachen.«

»Für die wenigen Tage kann ich es entbehren. Wenn die Rebellen Waffenlieferungen erwarten, so werden sie höchstwahrscheinlich aus dem Norden kommen, und ich kann versuchen, sie in Caerweddin aufzuhalten.«

»Waffen«, widersprach Astrin, »sind nicht das einzige, wonach wir Ausschau halten.« Dann glitten seine Augen langsam von Heureus Gesicht zu Rendel. »Wer bat um dieses Schiff?«

»Ich habe die Entscheidung getroffen«, erwiderte Heureu kurz, und bei seinem Ton klappte Tristan, die eben wieder den Mund geöffnet hatte, ihn rasch wieder zu.

Die Stirn argwöhnisch und verwundert gekraust, betrachtete Astrin Rendel.

»Nun gut«, sagte er dann kurz zu Heureu. »Ich schicke dir Nachricht aus Meremont, wenn ich zurück bin.«

»Danke.« Seine Finger umschlossen flüchtig Astrins Arm. »Sei vorsichtig.«

Rendel ging an Bord. Sie eilte zum Heck, hörte Bris Stimme, die hinter ihr merkwürdig lahme Befehle gab. Das erste der Kriegsschiffe glitt wie ein großer dunkler Vogel zur Mitte des Flusses; als es sich in Bewegung setzte, begannen sich die Nebel über dem stillen grauen Wasser zu drehen und rissen in Fetzen. Die ersten Sonnenstrahlen brachen sich an den hohen Mauern des königlichen Hauses.

Lyra trat zu Rendel. Sie schwiegen beide. Das Schiff, auf dem Tristan nach Hause fahren sollte, schob sich neben sie, und Rendel sah Astrins Gesicht, hager und geisterhaft bleich. Er stand auf Deck und sah zu, wie die anderen Kriegsschiffe sich hinter ihm einreihten. Bri Corvett mit seinem langsameren, schwerfälligeren Fahrzeug kam als letzter der gestaffelten Flotte. Und hinter ihnen kam die Sonne.

Sie lag glühend auf dem Gischt hinter ihnen.

Bri sagte leise zum Steuermann: »Haltet Euch bereit, auf mein Wort zu wenden. Wenn diese Schiffe langsamere Fahrt machen und uns auf offener See einkreisen, dann können wir ebensogut unsere Stiefel ausziehen und nach Kraal wandern. Genau das werde ich übrigens tun, wenn sie uns verfolgen und anhalten sollten. Astrin Ymris würde mir mit seiner ätzenden Zunge das eine Ohr abbrennen und Heureu das andere, und das, was dann von meinem Ruf noch übrig ist, könnte ich in einem durchlöcherten Stiefel mitten in Anuin tragen.«

»Keine Sorge«, murmelte Rendel. Der Stein funkelte wie ein königliches Juwel in ihrer Hand. »Bri, ich muß ihn hinter uns hertreiben lassen, sonst blendet er uns alle. Habt Ihr ein Stück Holz oder etwas Ähnliches?«

»Ich besorge etwas.«

Das träge Seufzen des Wassers drang an ihre Ohren; er drehte den Kopf. Das erste Schiff glitt schon aufs offene Meer hinaus. Unruhig wie der salzige Wind, der an ihren Segeln zupfte, sagte er nochmals: »Ich besorge etwas. Tut Ihr, was Ihr zu tun habt.«

Rendel senkte den Kopf und blickte auf den Stein in ihrer Hand. Er blitzte wie ein Stück sonnendurchglühten Eises. Von kunstvoll geschliffener Fläche zu kunstvoll geschliffener Fläche sprang das Licht. Sie machte sich Gedanken darüber, was er wohl einmal gewesen war, sah ihn im Geist als Edelstein in einem Ring, als prächtiges Mittelstück einer Krone, als Zierde eines Schwertknaufs vielleicht, der sich in Zeiten der Gefahr verdunkelte. Doch hatten die Erdherren je solche Dinge verwendet? Hatte der Stein ihnen gehört oder einer edlen Dame des Hofes von Ymris, die ihn beim Ausritt verloren hatte, oder einem Händler, der ihn in Isig gekauft und dem er dann bei dem Ritt über die Ebene von Königsmund blitzend aus der Tasche gefallen war? Wenn er unter dem Licht der Sonne in ihrer Hand wie ein winziger Stern blitzen konnte, dann würde er, das wußte sie, verzaubert mit seinem Feuer das ganze Meer entzünden, und kein Schiff würde den blendenden Glanz durchdringen können, selbst wenn es das wagen sollte. Doch was war der Stein gewesen?

Mit sanften Fingern spielte das Licht in ihrem Geist, vertrieb all die nächtlichen Schatten, nagende Erinnerungen aus verschwommenen Träumen. Ihre Gedanken schweiften zu der weiten Ebene, wo der Stein gefunden worden war und wo sich wie Denkmäler an die Toten der Vergangenheit die massigen, verfallenen Quader erhoben. Sie sah die Morgensonne in Farbadern eines Steins aufblitzen, sich an einer seiner Ecken in einem winzigen silbernen Funken sammeln. Sie behielt dieses winzige Licht im Auge, näherte es langsam mit dem Sonnenlicht, das sich in dem Stein in ihrer Hand fing. Sachte begann der Stein auf ihrer Handfläche zu glühen. Sie speiste das Licht in ihrem Geist; es ergoß sich über die uralten Steinquadern, versagte ihre Schatten. Sie spürte die Wärme des Lichts in ihrer Hand, in ihrem Gesicht. Der helle Schein umhüllte allmählich die Steine in ihrem Geist, breitete sich in wallenden Schleiern am klaren Himmel aus, bis es weiß glühte; sie hörte wie aus einer anderen Zeit einen leisen Ausruf von Bri Corvett. Die beiden Lichter zehrten voneinander: das Licht in ihrer Hand, das Licht in ihrem Geist. Hinter ihr regnete es Worte und Schreie, fern und ohne Bedeutung. Das Schiff schlingerte heftig, so daß sie schwankte; sie streckte den Arm aus, um sich zu fangen, und das Licht, das auf ihrem Gesicht lag, brannte ihr in den Augen.

»Gut«, sagte Bri atemlos. »Gut. Ihr habt es. Legt ihn nieder – darauf wird er schwimmen.«

Seine eigenen Augen waren fast ganz geschlossen, krampfhaft zusammengekniffen gegen das Licht.

Sie ließ ihn ihre Hand führen, hörte, wie der Stein mit leisem Klirren in die kleine hölzerne Schale fiel, die er hielt. Seeleute ließen ihn in einem Netz zu Wasser. Es war, als ließen sie die Sonne ins Meer gleiten. Die sachten Wellen trieben die kleine Holzschale tänzelnd fort. Sie folgte ihr in Gedanken, sah, wie das weiße Licht in ihrem Geist unzählige Facetten bildete, sich in Kanten und Flächen erhärtete, bis ihr ganzer Geist ein einziger blitzender Edelstein zu sein schien, und während sie in ihn hineinblickte, bekam sie ganz langsam ein Gefühl für seinen Sinn.

Sie sah jemanden, der wie sie dastand und den Edelstein in der Hand hielt. Er befand sich mitten auf einer Ebene in irgendeinem fremden Land, zu irgendeiner fremden Zeit, und während der Stein in seiner Handfläche blitzte, begann alle Bewegung rund um den, der dort stand, auf den Mittelpunkt des Steins zuzufließen. Sie hatte den, der dort stand, nie zuvor gesehen, doch sie wußte plötzlich, daß seine nächste Geste, eine Linienführung in seinem Gesicht, wenn er sich umdrehte, ihr seinen Namen verraten würde. Neugierig wartete sie auf diesen Moment, beobachtete ihn, während er den Stein nicht aus den Augen ließ, war gefangen in einem zeitlosen Augenblick seiner Existenz. Und dann spürte sie in ihrem eigenen Geist den eines fremden, der mit ihr wartete.

Die Neugier dieses fremden Geistes war drängend, gefährlich. Erschreckt versuchte sie, sich ihm zu entziehen, doch das bestürzende, unvertraute Bewußtsein, daß da ein fremder Geist in ihren eingedrungen war, ließ sich nicht abschütteln. Sie spürte die gespannte Aufmerksamkeit, mit der er auf den namenlosen Fremden gerichtet war, dessen nächste Bewegung, ein Neigen des Kopfes, ein Spreizen der Finger, ihr sagen würde, wer er war. Hilfloses und unvernünftiges Entsetzen wuchs in ihr bei dem Gedanken an diesen Moment des Erkennens, der Preisgabe des Namens, den der Fremde trug, an den finsteren, machtvollen Geist, der so gespannt darauf wartete, ihn zu entdecken. Sie mühte sich, das Bild in ihrem Geist zu vertreiben, ehe er sich bewegte. Doch die geheimnisvolle, fremde Macht hielt sie fest; sie konnte das Bild nicht verändern und konnte es nicht auslöschen. Es war, als blickten die Augen ihres Geistes lieblos mitten in das Herz eines unverständlichen Geheimnisses. Dann schlug ihr plötzlich eine Hand rasch und hart ins Gesicht; sie fuhr zurück vor dem Zugriff einer kräftigen Hand.

Das Schiff, das vor dem Winde lief, flog krachend über eine Woge, und sie zwinkerte sich den feinen Gischt aus den Augen.

Lyra hielt sie fest umschlungen und flüsterte: »Verzeiht mir. Es tut mir leid. Aber Ihr habt geschrien.«

Das Licht war erloschen; die Kriegsschiffe des Königs umkreisten einander weit hinter ihnen in heilloser Verwirrung.

Bris Gesicht war blutlos, als er sie ansah und sagte: »Soll ich Euch zurückbringen? Ihr braucht es nur zu sagen, und ich kehre um.«

»Nein. Es ist gut.« Lyra ließ sie los. Die Hand auf dem Mund, sagte Rendel nochmals: »Es ist gut jetzt, Bri.«

»Was war das?« fragte Lyra. »Was war dieser Stein?«

»Ich weiß es nicht. Etwas, das für irgend jemanden wichtig ist. Aber ich weiß nicht, was es war, und ich weiß nicht, warum –« Wortlos schüttelte sie den Kopf. »Es war wie ein Traum, so wichtig in jenem Augenblick, und jetzt – jetzt ergibt es keinen Sinn. Ich weiß nur, daß es insgesamt zwölf waren.«

»Zwölf was?«

»Der Stein hatte zwölf Seiten. Wie ein Kompaß.« Sie bemerkte Bri Corvetts verwirrten Blick. »Ich weiß. Es ergibt keinen Sinn.«

»Aber was, in Hels Namen, hat Euch dazu gebracht, so zu schreien?« fragte er.

Sie erinnerte sich wieder des machtvollen, erbarmungslosen Geistes, der den ihren in seiner Neugier gefangengehalten hatte, und wußte, daß es im ganzen Reich nicht einen Ort gab, wo sie vor ihm wirklich sicher sein würde.

»Diesem Stein wohnt eine Macht inne«, sagte sie leise. »Ich hätte etwas Schlichteres nehmen sollen. Ich will mich jetzt eine Weile ausruhen.«

Erst am Abend kam sie wieder aus ihrer Kabine. Sie stellte sich an die Reling und betrachtete die Sterne, die wie im fernen Abglanz des Lichts schimmerten, das sie gezaubert hatte. Etwas veranlaßte sie, plötzlich den Kopf zu drehen. Da sah sie Tristan von Hed, die wie eine Galionsfigur am Bug des Schiffes stand.

5

Zwei Tage lang sprach Tristan mit keinem. Bri Corvett, hin- und hergerissen zwischen dem drängenden Gefühl, sie zurückbringen zu müssen, und dem Verlangen, den genasführten Begleitschiffen und dem einäugigen Fürsten von Ymris um jeden Preis aus dem Weg zu gehen, erging sich einen Tag lang in unwilligem Geschimpf und Fluchen, dann gab er Tristans stummer, vorwurfsvoller Entschlossenheit nach und ließ sich auf seiner eigenen Unschlüssigkeit weiter nach Norden treiben. Am Ende jener zwei Tage ließen sie die Küste von Ymris hinter sich. Die unbesiedelten Wälder, die lange Kette nackter, unfruchtbarer Hügel zwischen Herun und dem Meer waren eine Zeitlang alles, was sie sahen, und allmählich wurden sie entspannter. Der Wind ging scharf; Bri Corvett hielt seine Seeleute auf Trab. Die Leibwachen der Morgol, die Müßiggang nicht gewöhnt waren, übten sich im Messerwerfen auf eine Zielscheibe an der Wand des Kartenhauses. Als ein plötzliches starkes Schlingern des Schiffes zu einem Fehlwurf wurde, dem beinahe ein Stütztau zum Opfer gefallen wäre, gebot Bri diesem Zeitvertreib Einhalt. Statt dessen begannen nun die jungen Frauen zu fischen, indem sie lange Angelleinen vom Heck des Schiffes aus ins Wasser schleuderten. Die Seeleute, die ihnen zusahen, erinnerten sich der tödlichen Genauigkeit, mit der die Messerspitze jedesmal in die Wand des Kartenhauses eingeschlagen war, und näherten sich mit Vorsicht.

Rendel bemühte sich vergeblich, Tristan zu beschwichtigen, die unzugänglich und stumm abseits stand, den Blick unverwandt nordwärts gerichtet, als wollte sie sie ständig an den Sinn ihrer Reise erinnern. Schließlich gab Rendel auf und ließ das Mädchen in Ruhe. Auch sie zog sich zurück, las in Roods Büchern oder spielte auf der Flöte, die sie aus Anuin mitgebracht hatte, jene, die Elieu von Hel für sie gemacht hatte.

Eines Nachmittags saß sie mit dem Instrument an Deck und spielte Lieder und höfische Tänze von An und klagende Balladen, die Cyone sie Jahre zuvor gelehrt hatte. Sie glitt unversehens in eine schlichte, traurige Weise hinein, an deren Namen sie sich nicht erinnerte, und sah, als sie endete, daß Tristan sich von der Reling abgewandt hatte und sie betrachtete.

»Das war aus Hed«, sagte sie abrupt.

Rendel legte die Flöte auf ihre Knie. Sie erinnerte sich plötzlich.

»Thod hat mich das Lied gelehrt.«

Tristan schwankte einen Moment, dann trat sie endlich von der Reling weg und setzte sich neben Rendel auf das sonnenwarme Deck. Ihr Gesicht war ausdruckslos, sie sagte nichts.

Rendel hielt die Augen auf ihre Flöte gerichtet und bat leise: »Bitte, versuch zu verstehen. Als Morgons Tod bekannt wurde, erlitten damit nicht nur die Leute von Hed einen Verlust, sondern Menschen im ganzen Reich, die ihm geholfen hatten, die ihn geliebt und sich um ihn gesorgt hatten. Lyra und Bri und ich wollten nur dem Reich, ganz besonders Euren eigenen Leuten, zusätzliche Furcht und Sorge um dich ersparen. Hed scheint mir dieser Tage ein ganz besonderes und leicht verletzbares Fleckchen Erde zu sein. Wir wollten dir nicht weh tun, aber wir wollten auch nicht selbst wieder Schmerz erleiden müssen, falls dir etwas zustoßen sollte.«

Tristan schwieg. Langsam hob sie den Kopf und lehnte sich an die Reling.

»Mir wird nichts zustoßen.« Einen Moment lang sah sie Rendel an, dann fragte sie ein wenig scheu: »Hättet Ihr Morgon geheiratet?«

Rendel verzog traurig den Mund.

»Zwei Jahre habe ich darauf gewartet, daß er nach Anuin kommen und mich fragen würde.«

»Ich wünschte, er hätte es getan. Er war nie sehr vernünftig.« Sie zog die Beine an, legte ihr Kinn auf die Knie und starrte mit grüblerischem Gesicht zu Boden. »Die Händler haben gesagt, er könnte sich in ein Tier verwandeln. Das machte Eliard Angst. Könnt Ihr das auch?«

»Die Gestalt wechseln? Nein.« Ihre Hände, die auf der Flöte lagen, verkrampften sich ein wenig. »Nein.«

»Und dann sagten sie – sie sagten, im letzten Frühjahr hätte er ein gestirntes Schwert gefunden und mit ihm getötet. Das klang gar nicht nach ihm.«

»Nein.«

»Aber Grim Eichenland sagte, wenn jemand versuchen sollte, ihn zu töten, dann könnte er schließlich nicht einfach ruhig dastehen und es sich gefallen lassen. Das kann ich verstehen; das ist einleuchtend, aber – aber danach, nachdem ihm eine Harfe und ein Schwert gegeben worden waren, die ihm allein zugehören wegen der Sterne, die er auf seinem Gesicht trägt, war es, als gehörte er nicht mehr nach Hed. Uns schien, er könnte nicht mehr zurückkehren und die einfachen Dinge tun, die er immer getan hatte – die Schweine füttern, mit Eliard streiten, im Keller Bier brauen. Es schien, als hätte er uns schon für immer verlassen, weil wir ihn im Grunde nicht mehr kannten.«

»Ich weiß«, flüsterte Rendel. »So empfand ich es auch.«

»Und deshalb – in dieser Hinsicht – war es nicht so schwer, als er starb. Schwer war es zu wissen – zu wissen, was er durchmachen mußte, bevor er starb, ohne ihm – ohne ihm –« Ihre Stimme zitterte; sie drückte den Mund fest auf einen Arm.

Rendel neigte den Kopf leicht nach hinten, die Augen auf den Schatten gerichtet, den der Baum auf das Deck warf.

»Tristan. In An ist der Übergang der Landherrschaft etwas Verwirrendes und Bestürzendes, heißt es, so, als wüchse einem plötzlich ein zusätzliches Auge, mit dem man im Dunklen sehen kann, oder ein Ohr, mit dem man hören kann, was unter der Erde vorgeht . . . Ist es in Hed auch so?«

»Es schien nicht so.« Ihre Stimme wurde wieder ruhig, während sie der Frage nachhing. »Eliard war draußen in den Feldern, als es geschah. Er sagte nur, er hätte plötzlich das Gefühl gehabt, daß alles – die Bäume und die Tiere, die Flüsse, die Samenkörner – daß er mit einem Schlag das Wesen all dieser Dinge begriff. Er wußte, was sie waren und warum sie tun, was sie tun. Er versuchte, es mir zu erklären. Ich sagte, er müßte das doch alles schon vorher begriffen haben, aber er erklärte, es wäre etwas ganz anderes. Er konnte alles sehr klar sehen, und das, was er nicht sehen konnte, das spürte er. Er konnte es mir nicht sehr gut erklären.«

»Fühlte er Morgons Tod?«

»Nein. Er –« Sie brach ab. Sie schob die Hände hoch und drückte sie auf ihre Knie. Dann fuhr sie flüsternd fort: »Eliard sagte, Morgon müßte vergessen haben, wer er war, als er starb.«

Rendel zuckte zusammen. Sie legte ihre Hand auf Tristans angespannten Arm.

»Es tut mir leid. Ich wollte nicht grausam sein. Ich war nur –«

»Neugierig. Wie Morgon.«

»Nein!«

Die Qual in ihrer Stimme veranlaßte Tristan, den Kopf zu heben, um sie überrascht anzusehen. Stumm musterte sie Rendel, beinahe so, als hätte sie sie nie zuvor gesehen.

»Seit dem erstenmal, als ich von Euch hörte«, sagte sie, »hat mich eine Frage eigentlich unablässig beschäftigt.«

»Was für eine?«

»Wer ist die schönste Frau in An?« Sie errötete ein wenig bei Rendels plötzlichem Lächeln, doch in ihren Augen war ein scheues Lächeln der Erwiderung. »Ich war immer schon neugierig.«

»Die schönste Frau in An ist Map Hwillions Schwester Mara, die den Herrn Cyn Croeg auf Aum heiratete. Man nennt sie die Blume von Aum.«

»Und wie nennt man Euch?«

»Einfach die zweitschönste Frau.«

»Ich habe nie eine Frau gesehen, die schöner war als Ihr. Als Morgon uns das erste Mal von Euch erzählte, bekam ich es mit der Angst. Ich glaubte, Ihr könntet niemals in Hed leben, in unserem Haus. Aber nun ... Ich weiß nicht. Ich wünschte – ich wünschte, es wäre alles anders gekommen.«

»Ja, ich auch«, murmelte Rendel leise. »Und willst du mir jetzt eine Frage beantworten? Wie, um alles in der Welt, hast du es geschafft, von dem Kriegsschiff herunterzukommen und hier an Bord zu gehen, ohne daß irgendeiner, Astrin, Heureu, Bri oder all diese Krieger dich sahen?«

Tristan lächelte. »Ich folgte ganz einfach dem König auf das Schiff und dann folgte ich ihm wieder zum Pier. Keiner erwartete mich da zu sehen, wo ich nichts zu suchen hatte, und deshalb sah mich auch keiner. Es war ganz einfach.«

Als sie Hlurle passierten, war es Nacht. Bri Corvett, der gerne noch ein Faß Wein gehabt hätte, schlug einen kurzen Aufenthalt vor, doch darauf erinnerte ihn Lyra an die zwanzig Wachen, die dort warteten, um die Morgol nach Herun zurückzubegleiten. Ohne Widerspruch gab er den Gedanken auf und legte statt dessen weiter nördlich an, wo die Ose schäumend ins Meer mündete. Der kurze Aufenthalt war ihnen allen willkommen.

Der Ort war klein, bevölkert von Fischern und Fallenstellern, die ihre Felle und Häute zweimal im Jahr aus der Wildnis hierherbrachten, um sie den Händlern zu verkaufen. Bri kaufte Wein ein, frische Eier, so viele er bekommen konnte, und füllte ihre Wasservorräte auf. Lyra, Rendel und Tristan übergaben den Händlern Briefe, die nach Süden gehen sollten. Niemand erkannte sie, doch die allgemeine Neugier schlug hohe Wellen, als sie wieder ausliefen, und die Briefe mit den verwunderlichen Adressen taten nichts, diese Neugier zu stillen.

Drei Tage später, am späten Vormittag, erreichten sie Kraal.

Die Häuser des Städtchens, das sich auf beiden Ufern des Winter ausbreitete, waren rohe Bauten aus dem Stein und dem Holz von Osterland. Jenseits sahen sie zum ersten Mal aus unmittelbarer Nähe das wilde, fichtengrüne Land und die fernen dunstverschleierten Berge. Im Hafen wimmelte es von Handelsschiffen, Barken mit blankblitzenden Reihen senkrecht gestellter Ruder, Flußboote, die gemächlich die tiefen, grünen Wasser hinaufkrochen.

Bri, der das Schiff mit äußerster Vorsicht durch das Gewühl manövrierte, schien jedes auch noch so leichte Erzittern des Holzes unter seinen Füßen, jedes Fältchen, das sich in den Segeln zeigte, in seine Berechnungen miteinzubeziehen. Einmal nahm er dem Steuermann das Rad ab. Rendel hörte ihn sagen: »Bei dieser Strömung muß es einem ja Entenmuscheln vom Rumpf reißen. So hoch habe ich das Wasser noch nie erlebt. Da oben am Paß muß der Winter fürchterlich gewesen sein . . .«

Ganz unerwartet fand er im überfüllten Hafen einen Anlegeplatz; der Anblick der blau-violetten Segel des Königs von An und der sonderbar zusammengewürfelten Gesellschaft an Bord des Schiffes gab unter den scharfäugigen Händlern zu allerlei Mutmaßungen Anlaß. Die Frauen, die an der Reling standen, waren schon erkannt, noch ehe das Schiff richtig vertäut war. Tristan blieb der Mund offen stehen, als von einem benachbarten Schiff ein Ruf über das Wasser schallte, in dem ihr Name in Verbindung mit einer wenig schmeichelhaften Frage nach Bri Corvetts Geisteszustand genannt wurde.

Bri ignorierte den Rufer, doch sein sonnenverbranntes Gesicht schien sich noch tiefer zu röten. Als der Laufsteg herabglitt, sagte er zu Rendel: »Ihr werdet in dieser Stadt keinen Frieden haben, aber wenigstens habt Ihr guten Begleitschutz, wenn Ihr das Schiff verlassen wollt. Ich will versuchen, eine Barke und Ruderer zu besorgen; es wird eine langsame Fahrt werden und teuer dazu. Aber wenn wir warten, bis die Schmelzwasser versiegen und ein halbwegs anständiger Wind zum Segeln aufkommt, dann könnten wir es erleben, daß die Morgol selbst sich zu uns gesellt. Und das wäre für diese schwachköpfigen, schnattermäuligen Klatschbasen, denen bald alle Zähne aus dem Mund fallen, wirklich gefundenes Fressen.«

Mit der Tatkraft, die, wie Rendel vermutete, der Angst entsprang, im Getümmel plötzlich die leuchtenden Segel eines Kriegsschiffes von Ymris zu entdecken, gelang es ihm, bis zum Abend eine Barke samt Besatzung und Vorräten zu besorgen. Als sie, Lyra, Tristan und die Wachen nach einem geschäftigen Nachmittag unter neugierigen Fallenstellern, Händlern und Bauern zurückkehrten, sahen sie gerade noch, wie ihre Pferde und ihr Gepäck auf die Barke verladen wurden. Sie gingen an Bord des niedrigen, uneleganten Fahrzeugs und fanden nur eng zusammengepfercht genug Schlafplatz. Das Boot glitt in den düsteren Morgenstunden, während sie noch schliefen, aus Kraal hinaus.

Die Fahrt stromaufwärts ging nur langsam voran, war mühsam und beschwerlich. Die Schmelzwasser hatten Dörfer und Bauernhöfe überflutet. Erst jetzt versickerten sie langsam, ließen entwurzelte Bäume, tote Tiere, Felder von Schlamm und Morast zurück. Immer wieder mußte Bri anhalten, um Wurzelwerk, Zweige und zertrümmerte Möbelstücke loszureißen, die ihnen den Weg versperrten. Einmal befreite ein Ruderer, der sie von einem finsteren, aufgeschwemmten Erdhügel abstieß, etwas, das aus einem totenbleichen, formlosen Gesicht flüchtig zur Sonne hinaufstarrte, ehe die Strömung es fortspülte. Rendel zog es die Kehle zusammen und sie hörte Tristans erstickten Schrei. Die Wasser selbst schienen unter den flirrenden Schatten der Bäume leblos und grau, wie sie vom Haus des Erhabenen herbeiströmten. Nachdem sie eine Woche lang zwischen Bäumen hindurch zugesehen hatten, wie Männer die Bretter zerstörter Scheunen und die Kadaver von Tieren aus ihren Feldern räumten, wie namenlose Dinge sich beim Schlag eines Ruders bis zur Augenhöhe aus dem tiefen Wasser hoben, zeichneten Furcht und Unbehagen selbst die Gesichter der Wachen.

Lyra flüsterte Rendel einmal zu: »Kommt es so vom Erlenstern-Berg herunter? Das macht mir Angst.«

An der Gabelung, wo der Winter sich von der Ose trennte, wurde das Wasser endlich klar, sprudelte in weißschäumender Strömung rasch dahin. Bri ging dort vor Anker, denn weiter hinauf konnte das Boot nicht. Ihre Sachen wurden abgeladen, und die Barke glitt wieder den schweigenden, dunklen Strom hinunter.

Tristan sah ihr nach, wie sie in den Bäumen verschwand, und murmelte: »Und wenn ich zu Fuß nach Hause laufen muß – auf diesem Fluß fahre ich nie wieder.«

Dann drehte sie sich um, und als sie den Kopf hob, sah sie die grünen Hänge des Berges Isig, der wie ein ewiger Wächter vor dem Paß emporragte. Sie schienen von Bergen umgeben, dem hohen Gipfel, zu dessen Füßen der König von Osterland lebte, und den kalten, fernen Spitzen jenseits der toten nördlichen Einöde. Über dem Haupt des Erlenstern-Bergs, auf dem noch Schnee glänzte, strahlte feurig die Sonne. Das Licht schien die Schatten, die Täler und die zakkigen Granitfelsen, die den Paß bildeten, in die Mauern eines blendend schönen Hauses zu verwandeln, das der Welt offen lag.

Bri, dessen Mund überfloß von Namen und Geschichten, die ihm seit Jahren nicht mehr über die Lippen gekommen waren, führte sie zu Pferd das letzte Stück Fluß vor dem Paß hinauf. Die frischen, warmen Winde, die aus dem Hinterland des Reichs herüberwehten, bliesen die Erinnerungen an den grauen, trägen Fluß und die geheimnisvollen, unerwarteten Dinge, die aus seinen Tiefen emporgestiegen waren, fort.

Unterkunft für die Nacht fanden sie in einem kleinen Dorf, das im Schatten des Berges Isig lag. Am folgenden Nachmittag erreichten sie Kyrth und sahen endlich die hohen Granitsäulen von der Ose geglättet und geschliffen, die das Tor zum Isig-Paß bildeten. Gemsenhaft schien das Sonnenlicht von Felsspitze zu Felsspitze zu springen; die Luft knisterte vom Geruch schmelzenden Eises. An einer Biegung der Straße, die in einer Richtung nach Kyrth, in der anderen über eine Brücke zum Berg Isig führte, machten sie halt. Rendel hob den Kopf. Still stand die unermeßliche Zahl uralter Bäume, Kopf an Kopf die Berghänge hinauf bis zum Himmel, wo sie miteinander zu verschmelzen schienen. Fast verborgen zwischen ihnen stand ein Haus mit dunklen, rohbehauenen Mauern und Türmen, Fenstern, die in farbigen Facetten glitzerten wie Edelsteine. Rauchfäden stiegen von jenseits der Mauern auf; auf der Straße rollte ein Wagen zwischen Bäumen hindurch auf das Haus zu. Die Wölbung seines Tores, massig und beeindruckend wie das Tor zum Paß, führte in das Herz des Berges hinein.

»Ihr werdet Vorräte brauchen«, meinte Bri Corvett, und Rendel riß sich mit Anstrengung aus ihrer Betrachtung der Bäume.

»Wozu?« fragte sie ein wenig verdrossen.

Sein Sattel knarrte, als er sich umdrehte, um zum Paß hinzudeuten. Lyra nickte.

»Er hat recht. Wir können unterwegs jagen und fischen, aber wir brauchen einige Nahrungsmittel, zusätzliche Dekken und ein Pferd für Tristan.« Ihre Stimme klang müde, seltsam tonlos im Schweigen der Berge. »Unterwegs gibt es kein Haus, in dem wir übernachten können.«

»Weiß der Erhabene, daß wir kommen?« fragte Tristan unvermittelt, und unwillkürlich blickten sie alle zum Paß hin.

»Ich denke schon«, erwiderte Rendel nach einem kurzen Schweigen. »Er muß es wissen. Darüber hatte ich noch gar nicht nachgedacht.«

Bri, der etwas nervös schien, äußerte sich.

»Ihr wollt einfach so durch den Paß reiten?«

»Wir können nicht segeln und wir können nicht fliegen; habt Ihr bessere Vorschläge?«

»Ja. Ich schlage vor, Ihr unterrichtet jemanden von Eurem Vorhaben, ehe Ihr kopfüber in unbekanntes Land hineinreitet, das für den Fürsten von Hed zu einer Todesfalle wurde. Ihr könntet ja Danan Isig wissen lassen, daß Ihr Euch in seinem Land befindet und beabsichtigt, den Paß zu überqueren. Wenn wir nicht zurückkommen, wird wenigstens jemand im Reich wissen, wo wir verschwunden sind.«

Rendel blickte wieder auf das gewaltige Haus des Königs, das unzerstörbar in beschaulicher Ruhe unter dem flirrenden Himmel stand.

»Ich habe nicht die Absicht zu verschwinden«, murmelte sie. »Ich kann es noch immer nicht glauben, daß wir hier sind. Dies ist die Gruft, in der die Kinder der Erdherren begraben sind, der Ort, wo die Sterne geschaffen und in eine Bestimmung eingebunden wurden, die älter ist als das Reich selbst ...«

Sie spürte, daß sich Tristan hinter ihr regte, und sah im Schatten auf dem Boden ihr stummes Kopfschütteln.

»Dies alles kann mit Morgon nichts zu tun haben!« brach es aus Tristan hervor. »Von einem Land wie diesem hat er nie etwas gewußt. Man könnte Hed wie einen Wassertropfen in diesem Land fallen lassen und es niemals sehen. Wie soll – wie soll etwas sich so weit gespannt haben, über Berge und Flüsse und über das Meer hinweg bis nach Hed, um ihm diese Sterne auf die Stirn zu drücken?«

»Das weiß keiner«, sagte Lyra mit unerwarteter Sanftmut. »Deshalb sind wir hier. Um den Erhabenen danach zu fragen.« Sie sah Rendel an und zog fragend die Brauen hoch. »Sollen wir Danan Bescheid geben?«

»Er könnte Einwendungen machen. Ich bin nicht in Stimmung, mich auf Erörterungen einzulassen. Dies ist ein Haus mit nur einer Tür, und keiner von uns weiß, was Danan Isig für ein Mann ist. Weshalb sollten wir ihn mit Dingen belasten, an denen er doch nichts ändern kann?« Sie hörte Bris Seufzer und fügte hinzu: »Ihr könntet in Kyrth bleiben, während wir den Paß durchqueren. Wenn wir dann wirklich nicht zurückkehren sollten, werdet Ihr wenigstens Bescheid wissen.«

Seine Erwiderung war knapp und markig; sie zog die Brauen hoch.

»Nun, wenn Ihr es so seht ...«

Lyra wendete ihr Pferd nach Kyrth hin.

»Wir schicken Danan eine Botschaft.«

Bri warf die Hände in die Luft.

»Eine Botschaft!« brummte er griesgrämig. »Die Stadt ist doch gerammelt voll mit Händlern, da wird der Klatsch ihm eher zu Ohren kommen als jede Botschaft.«

Bei ihrer Ankunft in dem kleinen Ort stellten sie bald fest, daß seine Einschätzung der Zungenfertigkeit der Händler wohlbegründet war. Das Städtchen lag in sanftem Bogen an ein Ufer der Ose geschmiegt; im Hafen schaukelten Flußschiffe und Barken, die schwer beladen waren mit Pelzen und Häuten, Metallbarren, Waffen, edlem Silbergeschirr,

Bechern und Geschmeide aus Danans Werkstätten. Lyra sandte drei der Wachen aus, ein Pferd für Tristan aufzutreiben, die anderen beauftragte sie, Nahrungsmittel und Kochgeschirr für den Zug durch den Paß zu kaufen. In einer von scharfen Gerüchen durchzogenen Straße, wo sich eine Gerberei an die andere reihte, erstand sie Felle, in einem Tuchladen pelzgefütterte Decken. Entgegen Bris Vorhersagen wurden sie nur selten erkannt, doch ihre Gesichter gaben den Kaufleuten, Händlern und Handwerkern, die einen langen, bitteren Winter untätig in dem Städtchen festgesessen hatten, immer wieder Anlaß zu freundlichen und neckischen Bemerkungen. Bri, der ohne viel Wirkung knurrend seinen Unwillen kundtat, wurde selbst von einem alten Bekannten angerufen und rief, während Rendel die Decken bezahlte, über die Straße, um sich in der Türnische eines Gasthauses mit dem Mann zu unterhalten. Sie verweilten noch ein wenig in dem Tuchladen und sahen sich die prächtigen Pelze und fremdartigen, grobgewebten Wollstoffe an. Tristan umkreiste mit sehnsüchtigem Blick einen Ballen blaßgrünen Wollstoffes, bis plötzlich ein Ausdruck grimmiger Entschlossenheit auf ihrem Gesicht erschien und sie genug für drei Röcke von dem Tuch kaufte. Bis unter das Kinn mit Paketen und Bündeln beladen, traten sie schließlich wieder auf die Straße und hielten nach Bri Corvett Ausschau.

»Er muß ins Gasthaus gegangen sein«, meinte Rendel. Ein wenig gereizt, denn ihre Füße brannten und sie hätte selbst gern einen Becher Wein gehabt, fügte sie hinzu: »Er hätte ruhig auf uns warten können.«

Dann aber gewahrte sie über dem niedrigen Gasthaus die finsteren, schier endlos ansteigenden Granitnadeln und den Paß selbst, der in einem eisigen Licht funkelte, während die letzten Strahlen der Sonne die schneebedeckten Gipfel streichelten. Von einem kalten Schauder der Furcht ergriffen bei dem überwältigenden Anblick, holte sie tief Atem und fragte sich zum erstenmal, seit sie An verlassen hatte, ob sie wirklich den Mut hatte, dem Erhabenen von Angesicht zu Angesicht gegenüberzutreten.

Das Licht erlosch langsam, noch während sie auf die Gipfel blickten; Schatten glitten in seinem Gefolge über die Kette der Berge und warfen bläulichviolette und graue Schleier über den Paß. Nur ein einziger Gipfel in weiten Fernen stand noch weißglühend. Die Sonne versank schließlich hinter den Grenzen der Welt, und die gewaltigen Hänge und Spitzen der Berge nahmen eine öde Blässe an wie der Mond.

»War das der Erlenstern-Berg?« flüsterte Lyra.

»Ich weiß es nicht.«

Rendel sah Bri Corvett aus dem Gasthaus treten und über die Straße kommen. Eine seltsame Düsterkeit lag über seinen Zügen; und als er sie erreichte, schien er um Worte verlegen. Stumm blickte er sie an, während sich auf seinem Gesicht trotz der kühlen Luft feine Schweißperlen bildeten. Er nahm seine Mütze ab, fuhr sich mit den Fingern durch das Haar und setzte sie wieder auf.

Aus irgendeinem Grund wandte er sich dann an Tristan und sagte: »Wir reiten jetzt zum Berg Isig hinauf und sprechen mit Danan Isig.«

»Bri, was ist los?« fragte Rendel hastig. »Ist – hat es etwas mit dem Paß zu tun?«

»Ihr reitet nicht durch den Paß. Ihr kehrt nach Hause zurück.«

»Was?«

»Ich bringe Euch morgen nach Hause; ich weiß von einem Boot, das die Ose hinunterfährt –«

»Bri«, fiel Lyra ruhig ins Wort. »Wenn Ihr uns keine Erklärung gebt, dann bringt Ihr keine von uns auch nur bis zum Ende dieser Straße.«

»Ich denke, Danan wird Euch Erklärung genug geben.« Unversehens beugte er sich nieder und legte seine Hände auf Tristans Schultern. Der vertraute eigensinnige Ausdruck auf ihrem Gesicht geriet ein wenig ins Wanken. Bri hob eine Hand, griff wieder zu seiner Mütze und schob sie vom Kopf, so daß sie auf die Straße fiel. »Tristan ...«, sagte er leise, und Rendel drückte sich erschreckt die Hand auf den Mund.

»Was ist?« fragte Tristan mißtrauisch.

»Ich weiß nicht – ich weiß nicht, wie ich es Euch sagen soll.«

Das Blut wich ihr aus dem Gesicht. Aus großen Augen starrte sie Bri an und flüsterte: »Sagt es mir einfach. Geht es um Eliard?«

»Nein. Oh, nein. Es geht um Morgon. Er ist in Isig gesehen worden und vor drei Tagen am Hof des Königs von Osterland. Er lebt.«

Schmerzhaft bohrten sich Lyras Finger in Rendels Arm. Tristan ließ den Kopf sinken. Das Haar fiel ihr ins Gesicht und verdeckte es. Sie stand so still, daß die anderen gar nicht merkten, daß sie weinte. Erst als ein herzzerbrechendes, röchelndes Schluchzen aus ihrer Kehle drang, wurden es die anderen gewahr, und Bri legte seinen Arm um sie.

»Bri?« hauchte Rendel, und er sah sie an.

»Danan Isig selbst hat es den Händlern berichtet. Er kann Euch mehr sagen. Der Händler, mit dem ich sprach, erzählte – noch anderes. Ihr solltet es aus Danans eigenem Mund hören.«

»Gut«, sagte sie wie betäubt. »Gut.«

Sie nahm Tristan das Stoffbündel ab, als Bri sie zu den Pferden führte. Als sie sich noch einmal umdrehte, sah sie den dunklen, bestürzten Ausdruck in Lyras Augen und hinter ihr die Finsternis, die sich, der silberglitzernden Ose folgend, den Paß hinunterwälzte.

Es gelang ihnen, noch zwei der Wachen ausfindig zu machen, ehe sie das Städtchen verließen. Lyra trug ihnen mit kurzen Worten auf, für alle ein Nachtquartier zu suchen; sie nahmen die veränderte Situation ohne Fragen hin, doch ihre Gesichter zeigten Verwirrung.

Die vier folgten der Straße über die Brücke den Berghang hinauf, über den sich schon das Schweigen der Nacht gesenkt hatte. Nicht einmal das Hufgetrappel ihrer Pferde, die auf abgefallenen Fichtennadeln wie über einen Teppich trotteten, konnte es durchdringen. Die Straße endete schließlich unter dem steinernen Torbogen zu Danans Vorhof. Die Arbeit in den vielen Werkstätten, an den Schmelz- und Brennöfen schien zu ruhen, und alles war still. Doch als sie durch den in Dunkel gehüllten Hof ritten, öffnete sich plötzlich eine der Werkstattüren. Fackelschein fiel flackernd nach draußen; ein Junge, den Blick auf eine Metallarbeit in seinen Händen gerichtet, trat Bris Pferd in den Weg.

Bri riß scharf an den Zügeln, als das Pferd erschreckt scheute; verdutzt blickte der Junge auf und legte wie zur Entschuldigung eine Hand auf den Hals des Pferdes. Das Tier beruhigte sich. Der Junge, breitschultrig mit schwarzem, stumpfem Haar und ruhigen Augen, blickte blinzelnd zu ihnen auf.

»Sie sitzen alle beim Essen«, sagte er. »Gestattet Ihr, daß ich Danan melde, wer gekommen ist, und wollt Ihr mit uns essen?«

»Bist du vielleicht Rau Ilets Sohn?« fragte Bri ein wenig barsch. »Nur er hat solches Haar.«

Der Junge nickte. »Ich bin Bere.«

»Ich bin Bri Corvett, der Kapitän von Mathom von An. Dies ist Mathoms Tochter Rendel von An; die Landerbin der Morgol Lyra; und dies ist Tristan von Hed.«

Beres Augen wanderten langsam von Gesicht zu Gesicht. Er machte eine plötzliche Bewegung, als müßte er einen Impuls unterdrücken, Hals über Kopf zu Danan zu stürzen. Statt dessen sagte er: »Er ist im Saal. Ich hole ihn –«

Unvermittelt brach er ab, ein Zittern der Erregung in der Stimme. Er trat zu Tristan. Aufmerksam hielt er ihr den Steigbügel; einen Moment lang blickte sie verwundert auf seinen gesenkten Kopf hinunter, dann stieg sie vom Pferd. Da erst gab er seinem Impuls nach und rannte durch den dunklen Hof, stieß das Tor zum Saal auf, aus dem Licht und Lärmen ins Freie drangen. Sie hörten seine laute Stimme. »Danan! Danan!«

Bri, der das Erstaunen in Tristans Gesicht sah, erklärte mit gesenkter Stimme: »Dein Bruder hat ihm das Leben gerettet.«

Der König von Isig kam mit Bere nach draußen. Er war ein mächtiger, breiter Mann, dessen aschgraues Haar hier und dort golden schimmerte. Sein Gesicht war braun und verwittert wie die Rinde eines Baums, von einer unerschütterlichen Ruhe, die jetzt jedoch, als er sie ansah, ins Wanken zu geraten schien.

»Seid willkommen in Isig«, sagte er. »Bere, nimm die Pferde. Ich bin erstaunt, daß ich nichts von Eurem Kommen gehört habe, obwohl Ihr doch eine so lange gemeinsame Reise hinter Euch habt.«

»Wir waren auf dem Weg zum Erlenstern-Berg«, erklärte Rendel. »Wir haben niemanden von unserer Abreise unterrichtet. Wir stockten in Kyrth gerade unsere Vorräte auf, als Bri – als Bri uns eine Nachricht überbrachte, die wir kaum glauben konnten. Darum sind wir zu Euch gekommen, um Euch zu fragen. Wegen Morgon.«

Sie spürte, wie die Augen des Königs in der Dunkelheit forschend ihr Gesicht abtasteten, und ihr fiel ein, daß er auch bei Nacht sehen konnte.

»Tretet ein«, forderte er sie auf, und sie folgten ihm in den Seitensaal. Feuerschein und Schatten malten in rastlosem Spiel ständig sich verändernde Bilder an die gewaltigen Steinmauern. Die lebhaften Stimmen der Bergleute und Handwerker schienen gedämpft, wie zerrissen im reinen Schweigen des Steins. Wasser schlängelte sich in lichtlodernden, gewundenen Kanälen, die in den Boden gehauen waren, versickerte in Finsternis; das Feuer von Fackeln glitt funkelnd über unbearbeitete Edelsteine, die in den Steinwänden eingebettet waren.

Danan machte nur kurz halt, um einer Magd Anweisungen zuzumurmeln, dann führte er sie die Treppe hinauf, die sich im Inneren eines Steinturms in die Höhe schraubte. Vor einer Tür blieb er stehen, zog Vorhänge aus weißem Fell auseinander.

»Setzt Euch«, lud er sie ein, als sie das Gemach betraten. Sie ließen sich in Sesseln und Sitzkissen nieder, die mit Fellen und Tierhäuten überzogen waren. »Ihr seht müde und hungrig aus; gleich werden Speisen heraufgebracht werden, und während Ihr eßt, will ich Euch erzählen, was ich weiß.«

Tristan, deren Gesicht wieder still war, aber immer noch voller Verwunderung, sagte plötzlich zu Danan: »Ihr habt ihn gelehrt, wie man sich in einen Baum verwandelt.«

Danan lächelte. »Ja.«

»Das klang uns in Hed so befremdlich in den Ohren.

Eliard konnte nicht begreifen, wie Morgon das machte. Oft blieb er stehen und blickte auf die Apfelbäume; er sagte, er hätte keine Ahnung, wie Morgon das mit – mit seinem Haar machte, und wie er atmen könnte.« Ihre Hände umklammerten fester die Armlehnen ihres Sessels. Sie sahen ein Aufblitzen von Freude in ihren Augen, das sogleich von Furcht gedämpft wurde. »Geht es ihm gut? Geht es Morgon gut?«

»Es schien so.«

»Aber ich verstehe das nicht«, sagte sie beinahe flehend. »Er hat die Landherrschaft verloren. Wie kann er noch am Leben sein? Und wenn er am Leben ist, wie kann es ihm dann gutgehen?«

Danan öffnete den Mund und schloß ihn wieder, als Bedienstete mit großen Platten eintraten, auf denen dampfende Schüsseln standen, Weinkaraffen, Schalen mit Wasser. Er schwieg, während ein Feuer entzündet wurde, den kühlen Abend zu erwärmen. Er wartete, bis die kleine Gesellschaft der Reisenden sich frischgemacht hatte und zu essen begann.

Dann sagte er sanft und ruhig, als erzählte er einem seiner Enkel ein Märchen: »Vor einer Woche, als ich gegen Abenddämmerung durch meinen leeren Hof ging, sah ich jemanden auf mich zukommen. Er schien sich im Herankommen aus dem Zwielicht und den Schatten der Nacht zu formen. Ich hätte nie geglaubt, daß ich diesen Mann in dieser Welt je wiedersehen würde ... Im ersten Augenblick, als ich Morgon erkannte, hatte ich das Gefühl, als hätte er gerade erst mein Haus verlassen und wäre zurückgekommen. So vertraut sah er aus. Doch als ich ihn dann ins Licht geleitete, sah ich, daß er ausgemergelt war bis auf die Knochen, wie ausgebrannt von innen, und daß sein Haar hier und dort weiß schimmerte. Bis tief in die Nacht hinein sprach er mit mir, berichtete mir vieles, und doch schien es, als wäre da stets eine dunkle Kammer der Erinnerung, die er mir nicht öffnen wollte. Er sagte, er wüßte, daß er die Landherrschaft verloren hatte, und er fragte nach Neuigkeiten aus Hed, aber ich konnte ihm beinahe nichts berichten. Er bat mich, die Händler wissen zu lassen, daß er am Leben ist, damit auch Ihr es erfahren würdet.«

»Kommt er nach Hause?« fragte Tristan begierig.

Danan nickte. »Früher oder später gewiß, aber – er sagte mir, er müßte jeden Funken geistiger Kraft, den er sich angeeignet hatte, darauf verwenden, am Leben zu bleiben –«

Lyra beugte sich vor. »Was meint Ihr, wenn Ihr sagt ›angeeignet‹? Hat Ghisteslohm ihn etwas gelehrt?«

»Nun ja, in gewisser Weise. Unabsichtlich.« Dann zogen sich seine Brauen zusammen. »Aber woher wußtet Ihr das? Wer es war, der Morgon in die Falle lockte?«

»Meine Mutter vermutete es. Ghisteslohm war einer der Großmeister in Caithnard, als Morgon dort studierte.«

»Ja. Das sagte er mir.« In die friedvollen Augen trat ein harter Glanz. »Seht Ihr, es war offenbar so, daß der Gründer von Lungold in Morgons Geist etwas suchte, irgendein Wissen, und indem er jede Erinnerung erforschte, jeden einzelnen Gedanken, indem er bis in die geheimsten Tiefen vordrang, öffnete er seinen eigenen Geist, und Morgon gewahrte seine ungeheuren Reserven an übersinnlicher Kraft. So gelang es ihm schließlich, sich von Ghisteslohm loszureißen, indem er dem Geist des Zauberers das Wissen und seine Stärken und Schwächen entzog und seine eigene geistige Kraft gegen ihn einsetzte. Er sagte, dem Ende zu hätte er manchmal nicht gewußt, welcher Geist wem gehörte, insbesondere, nachdem der Zauberer ihn seines Instinkts für die Landherrschaft beraubt hatte. Doch in jenem Moment, als er schließlich zum Angriff überging, erinnerte er sich seines Namens und wußte, daß er in dem langen, schwarzen, furchtbaren Jahr stärker und mächtiger geworden war als selbst der Gründer von Lungold ...«

»Und was ist mit dem Erhabenen?« fragte Rendel.

Sie spürte, daß in dem Turmgelaß etwas geschehen war; die massigen Steine, die das Feuer umstanden, die Berge, die den Turm und das Haus einschlossen, schienen seltsam zerbrechlich; das Licht, selbst eine Laune der Dunkelheit, kauerte am Rand der Welt. Tristans Kopf war gesenkt, ihr Gesicht hinter ihrem Haar verborgen. Rendel wußte, daß sie weinte. Sie spürte, wie etwas in ihrer eigenen Kehle aufspringen wollte, und sie ballte die Hände, es zu verhindern.

»Was – warum hat der Erhabene ihm nicht geholfen?«
Danan holte tief Atem.
»Morgon sagte es mir nicht, aber aus dem, was er mir berichtet hat, glaube ich, es zu wissen.«
»Und Thod? Der Harfner des Erhabenen?« flüsterte Lyra. »Hat Ghisteslohm auch ihn getötet?«
»Nein«, erwiderte Danan, und bei dem Ton, der in seiner Stimme lag, hob selbst Tristan den Kopf. »Soviel ich weiß, ist er am Leben. Thod hat Morgon verraten. Er führte ihn direkt in Ghisteslohms Hände. Morgon will ihn töten. Das, sagte er mir, wäre eines, was er noch tun wollte, ehe er nach Hed zurückkehrt.«
Tristan drückte beide Hände auf den Mund. Lyra zerbrach die Stille, die spröde war wie Glas, als sie aufstand und im Umdrehen über ihren Sessel stolperte. Wie blind schritt sie durch das Zimmer, bis ein Fenster sich ihr in den Weg stellte, und sie hob beide Hände und legte sie flach gegen die Scheiben. Bri Corvett flüsterte etwas Unhörbares. Rendel spürte, wie die Tränen sich lösten, obwohl sie sich dagegen stemmte.
»Ich kann weder das eine noch das andere glauben«, stieß sie hervor, ihre Stimme mühsam beherrschend.
»Nein«, sagte Danan Isig, und wieder hörte sie die Härte in seiner Stimme. »Die Sterne auf Morgons Gesicht entsprangen einem Gedanken, der in diesem Berg geboren wurde; die Sterne auf seinem Schwert und auf seiner Harfe wurden tausend Jahre vor seiner Geburt hier geschliffen. Wir stehen am Rande des Untergangs, und vielleicht ist das Höchste, das wir erhoffen können, ein Verstehen dieses Untergangs. Ich habe mich entschlossen, alle Hoffnung, die ich hege, in jene Sterne und in den Sternenträger von Hed zu setzen. Aus diesem Grund habe ich mich seinem Wunsch gefügt, den Harfner des Erhabenen in meinem Hause nicht mehr willkommen zu heißen, ihm auch nicht zu gestatten, den Fuß über die Grenzen meines Landes zu setzen. Ich habe diese Warnung an meine eigenen Leute und an die Händler weitergegeben, damit sie sie verbreiten.«
Lyra drehte sich um. Ihr Gesicht war bleich und ohne Trä-

nen.

»Wo ist er? Morgon?«

»Er sagte mir, er wollte nach Yrye, um mit Har zu sprechen. Gestaltwandler sind ihm auf den Fersen. Er wandert von Ort zu Ort und nimmt aus Furcht immer neue Gestalten an. Sobald er um Mitternacht mein Haus verlassen hatte, war er verschwunden – ein Eschengesträuch, ein kleines Nachttier – ich weiß nicht, was für eine Gestalt er annahm.« Einen Moment lang schwieg er, dann fügte er müde hinzu: »Ich riet ihm, Thod einfach zu vergessen. Ich sagte, die Zauberer würden ihn früher oder später töten, daß er selbst mit gewaltigeren Mächten in der Welt streiten müßte; doch er sagte mir, daß er manchmal, wenn er schlaflos, mit entleertem Geist dalag, ausgehöhlt von Ghistleslohms Schürfen, und sich an seine Verzweiflung klammerte wie an einen Fels in der Brandung, weil das das einzige war, von dem er wußte, daß es ihm gehörte, das er dann manchmal hören konnte, wie Thod auf seiner Harfe neue Lieder zusammensuchte ... Ghistleslohm, die Gestaltwandler, die kann er bis zu einem gewissen Grad begreifen; Thod aber kann er nicht begreifen. Er ist tief verletzt worden, er ist sehr bitter ...«

»Ihr sagtet doch, es ginge ihm gut«, flüsterte Tristan. Sie hob den Kopf. »Wo liegt Yrye?«

»Kommt nicht in Frage!« rief Bri Corvett mit Nachdruck. »Oh, nein. Außerdem hat er Yrye inzwischen gewiß verlassen. Nicht einer von Euch geht auch nur einen Schritt weiter nach Norden. Wir segeln schnurstracks wieder den Winter hinunter zum Meer und dann nach Hause. Wir alle. In dieser Geschichte stinkt etwas wie ein ganzer Schiffsbauch voll verfaulter Fische.«

Keiner sagte etwas. Tristans Augen waren verborgen, doch Rendel sah den eigensinnigen Trotz in ihrem vorgeschobenen Kinn. Lyras Rücken war wie ein unausgesprochener, hartnäckiger Widerspruch. Bri legte das Schweigen auf seine Art aus und machte ein befriedigtes Gesicht.

Ehe ihm jemand die Illusion rauben konnte, sagte Rendel hastig: »Danan, vor mehr als einem Monat verließ mein Vater in der Gestalt einer Krähe An, um herauszufinden, wer den Sternenträger getötet hat. Habt Ihr etwas von ihm gesehen oder gehört? Ich glaube, er wollte zum Erlenstern-Berg; es könnte sein, daß er hier vorbeigekommen ist.«

»Eine Krähe?«

»Nun, ja, er – er hat etwas von einem Gestaltwandler.«

Danan krauste die Stirn.

»Nein. Es tut mir leid. Ist er geradewegs zum Erlenstern-Berg gezogen?«

»Das weiß ich nicht. Bei ihm weiß man nie, was er vorhat. Aber warum? Ghistleslohm hält sich doch gewiß jetzt nicht in der Nähe des Passes auf.«

Plötzlich erwachte eine Erinnerung in ihr von den stillen grauen Wassern des Winter, die, vom Paß herunter fließend, gesichtslose, gestaltlose Formen des Todes aus ihren Tiefen emporgespült hatten.

»Danan«, flüsterte sie, »ich verstehe das alles nicht. Wenn Thod dieses ganze Jahr bei Ghistleslohm war, warum hat uns dann nicht der Erhabene selbst vor ihm gewarnt? Wenn ich Euch sagte, daß wir vorhaben, morgen aufzubrechen, um den Paß zu überqueren und zum Erlenstern-Berg zu ziehen, um mit dem Erhabenen zu sprechen, welchen Rat würdet Ihr uns dann geben?«

Seine Hand hob sich in einer kleinen, beschwichtigenden Geste.

»Geht nach Hause«, sagte er sanft. Doch er sah ihr dabei nicht in die Augen. »Laßt Euch von Bri Corvett nach Hause bringen.«

Nach dem Gespräch und nachdem Danans Tochter Vert ihnen ihre Schlafräume im Turm gezeigt hatte, saß sie bis spät in die Nacht hinein in Gedanken versunken. Klamme Kälte ging von den schweren Steinen aus; der Berg war noch nicht ganz in der Hand des Frühlings, und sie hatte im Kamin ein kleines Feuer angemacht. Die Arme um die Knie geschlungen, starrte sie in die unruhigen Flammen. Wie Gedanken flatterte ihr Widerschein in ihren Augen. Bruchstücke von Wissen, das sie besaß, stiegen empor; auf immer neue Art verwob sie sie miteinander, ohne daß sie Gestalt gewannen. Irgendwo unter ihr, das wußte sie, waren die toten

Kinder der Erdherren; das Feuer, das unter ihren Händen flackerte, hätte vielleicht ihre Gesichter aus der Finsternis gehoben, doch es hätte sie niemals erwärmt. Die Sterne, die in derselben Finsternis geboren und in Danans Haus ans Licht gebracht worden waren und ihre Gestalt erhalten hatten, hätten wie Fragen in der Flamme gebrannt, doch losgelöst aus einem größeren Zusammenhang boten sie kaum eine Antwort. Der Gedanke an sie entzündete ihren Geist wie der blauweiße Stein, den Astrin ihr gegeben hatte; wieder sah sie das fremde Gesicht, noch immer kurz davor, sich ihr zuzuwenden, sich ihr zu erkennen zu geben. Ein anderes Gesicht schob sich in ihre Gedanken: das verschlossene strenge Gesicht eines Harfners, der ihr die ungeübten Finger auf ihre erste Flöte gelegt hatte, der, betörender Musikant und wachsamer Wächter, jahrhundertelang der Abgesandte des Erhabenen gewesen war. Das Gesicht war eine Maske gewesen; der Freund, der Morgon aus Hed hinausgeführt und an den Rand der Zerstörung geleitet hatte, war ein Fremder.

Sie senkte den Kopf; die Flammen strebten züngelnd auseinander und vereinigten sich wieder. Nichts paßte zusammen, nichts schien logisch. Ylon kam ihr in den Sinn; das Meer, dem er entstiegen war, hatte ihr und Mathom Gaben von besonderer Kraft geschenkt; Morgon hatte es beinahe den Tod gegeben. Tief in ihr hatte wie in Erinnerung etwas geweint beim Anblick der zerfallenen Stadt auf der Ebene von Königsmund; etwas in ihr hatte an ihrem Geist gerüttelt, das gefährliche Wissen herauszulassen, das im Herzen des kleinen blauen Steins verschlossen lag. Morgon war zum Hause des Erhabenen geritten, und der Harfner des Erhabenen hatte seinen Weg zu einem Pfad des Schreckens verzerrt. Ein Zauberer hatte seiner Seele das Recht entrissen, mit dem er geboren worden war; das Landrecht, das keiner außer dem Erhabenen ändern konnte, und der Erhabene hatte nichts dagegen getan.

Sie schloß die Augen und spürte die feinen Schweißperlen an ihrem Haaransatz. Über fünf Jahrhunderte hinweg hatte Thod im Namen des Erhabenen gehandelt; und in dieser langen Zeit war ihm nicht weniger als absolutes Vertrauen entgegengebracht worden. Und dann hatte er sich, einem geheimen Weg folgend, den nur er kannte, in nie gehörter, unvorstellbarer Handlungsweise verschworen, einen Landherrscher zu vernichten. In den frühen Zeiten hatte der Erhabene gelegentlich allein schon für solche Absicht tödliche Strafe verhängt. Warum hatte er nichts gegen diesen Mann unternommen, der nicht nur den Sternenträger verraten hatte, sondern auch ihn selbst? Warum hatte der Erhabene nichts gegen Ghistleslohm getan? Warum ...

Sie öffnete die Lider, und die lodernden Flammen stachen ihr schmerzhaft in die Augen. Zwinkernd sah sie sich in dem von rötlichem Flammenschein überfluteten Gemach um. Warum hatte Ghistleslohm, der doch das Bedürfnis hätte haben müssen, sich zu verstecken, und der sich überall im öden Hinterland des Reiches hätte verbergen können, Morgon so nahe dem Erlenstern-Berg festgehalten? Wie kam es, daß der Erhabene niemals das Harfenspiel gehört hatte, mit dem Thod sich in jenem langen Jahr, in dem Morgon sich an die Verzweiflung klammerte, die sein Leben war, die Zeit vertrieben hatte? Oder hatte er es doch gehört?

Taumelnd sprang sie auf, floh die heißen Flammen, floh eine Antwort, die sich, undenkbar, entsetzlich, in ihrem Geist in Worte fassen wollte. So lautlos teilten sich die Vorhänge an der Tür, daß ihre Bewegung beinahe wie eine durch das Feuer hervorgerufene Täuschung schien. Undeutlich sah sie eine dunkelhaarige Frau im Dämmerlicht und glaubte, es wäre Lyra. Als sie dann in die dunklen, stillen Augen der Frau blickte, fand tief in ihrem Inneren etwas seinen Platz: Es war, als fiele ein Stein hinunter in das lastende Schweigen auf dem Grund des Berges Isig.

»Ich dachte es mir«, flüsterte sie, sich selbst kaum bewußt, daß sie sprach.

6

Sie spürte, wie die Türen zu den Gemächern ihres Geistes geöffnet, wie die Räume dahinter routiniert durchforscht wurden. Als diesmal, aus der Erinnerung emporgezogen, das Bild des fremden, nicht greifbaren Gesichts aus dem Stein wieder auftauchte, wehrte sie sich nicht. Sie wartete wie die Frau auf eine Bewegung, auf die Drehung des Kopfes, die dem Gesicht einen Namen geben, einen Namen auch dem unwiderruflichen Verhängnis geben würde, das auf es wartete. Doch der Fremde schien gefroren in jenem letzten Blick, den sie auf ihn erhascht hatte; das unsichtbare Hineilen zu ihm wurde abgefangen, erstarrte in der Bewegung. Schließlich verblaßte das Bild. Die Frau zog andere Erinnerungen hervor, lebendige Szenen aus Rendels Vergangenheit.

Rendel sah sich wieder als Kind, wie sie mit den Schweinen sprach, während Cyone sich mit der Schweinehirtin unterhielt; wie sie durch Madirs Wald eilte, mühelos Baum von Trugbild unterschied, und während Duac und Rood wütend und verärgert hinter ihr herschimpften; wie sie mit ihrem Vater stritt, weil sie endlose Rätsel lernen mußte, während die Sommersonne wie eine goldene Scheibe auf den Steinen zu ihren Füßen lag.

Die Frau hielt sich lange bei ihrer Beziehung zu der Schweinehirtin auf, beschäftigte sich eingehend mit den kleinen Zauberstücken, die die Schweinehirtin sie gelehrt hatte; auch die Pläne, die Mathom zu ihrer Heirat gemacht hatte, schienen die Frau zu faszinieren, ebenso der unerschütterliche Starrsinn, mit der er allen Widerreden von seiten der Edlen von An, Duacs, Cyones, Rendels selbst, als diese begriff, was er getan hatte, die Stirn bot. Ein finsterer, altersmüder Turm in Aum tauchte ungebeten vor ihr auf, ein einsamer Schatten in einem Eichenwald. An dieser Stelle gab die Frau sie frei, und zum erstenmal spürte Rendel, daß sie überrascht war.

»Ihr wart dort. Bei Pevens Turm.«

Rendel nickte. Das Feuer war zu glühender Asche zusammengesunken; sie zitterte so sehr vor Müdigkeit wie vor Kälte. Die Frau schien, einem Nachtschmetterling ähnlich, am Rande des schwachen Lichtkreises zu schweben. Sie blickte auf das Feuer und es loderte auf, schlank und weiß, hob das ruhige, zarte Gesicht wieder aus der Dunkelheit.

»Ich mußte. Ich mußte wissen, welchen Preis mein Vater auf meinen Namen gesetzt hatte, noch ehe ich geboren war. Deshalb ging ich hin. Hineingehen konnte ich aber nicht. Es war vor langer Zeit; ich hatte Angst . . .« Sie schüttelte leicht den Kopf, um ihre Gedanken aus der Erinnerung zu reißen. Über das seltsam brennende Feuer hinweg blickte sie auf die Frau; die weiße Flamme züngelte und brannte in den Tiefen der stillen Augen. »Wer seid Ihr? Etwas in mir kennt Euch.«

»Ylon.« Die Flamme schien zu lächeln. »Wir sind Verwandte, Ihr und ich.«

»Ich weiß.« Ihre Stimme klang spröde, hohl; der hämmernde Schlag ihres Herzens schien ihre Brust auszuhöhlen. »Ihr habt viele Verwandte in der Linie der Könige von An. Aber was seid Ihr?«

Die Frau setzte sich neben der Feuerstelle nieder; mit einer Geste, die zugleich schön und kindlich war, hob sie eine Hand zu der Flamme.

Dann sagte sie: »Ich bin ein Gestaltwandler. Ich tötete Eriel Ymris und nahm ihre Gestalt an. Ich blendete Astrin Ymris auf einem Auge. Ich war nahe daran, den Sternenträger zu töten, wenn es auch nicht sein Tod war, an dem mir lag. Damals nicht. Und mir liegt auch nicht an dem Euren, falls Ihr Euch das gefragt habt.«

»Ja, das habe ich mich gefragt«, flüsterte Rendel. »Was – was ist es dann, woran Euch liegt?«

»Mir geht es um die Lösung eines Rätsels.«

»Was für ein Rätsel?«

»Das werdet Ihr noch bald genug selbst sehen.« Sie schwieg, die Augen ins Feuer gerichtet, die Hände ruhig im Schoß. Erst als Rendels Augen ebenfalls zu den Flammen wanderten und sie hinter sich nach einem Sessel tastete, begann die Frau wieder zu sprechen.

»Es ist ein Rätsel, das so alt ist wie die Runzeln alter Baumwurzeln, wie die Stille, die die Eingeweide des Berges Isig erfüllt, wie die steinernen Gesichter der toten Kinder. Es ist so elementar wie Wind oder Feuer. Die Zeit hat für mich keine Bedeutung, nur der lange Augenblick, der zwischen der Frage und ihrer Lösung liegt. Auf dem Schiff damals hättet Ihr sie mir beinahe gegeben, doch es gelang Euch, das Band zwischen Euch und dem Stein zu zerreißen, obwohl Ihr unter meiner Macht ward. Das überraschte mich.«

»Ich tat es nicht – ich konnte es gar nicht zerreißen. Ich erinnere mich. Lyra schlug mich. Ihr – Ihr also wart in meinem Geist. Und das Rätsel: Ihr müßt diesem Gesicht einen Namen geben?«

»Ja.«

»Und dann – und dann was? Was wird dann geschehen?«

»Ihr versteht Euch selbst ein wenig auf die Kunst des Rätselratens. Weshalb sollte ich Euer Spiel für Euch spielen?«

»Es ist kein Spiel – Ihr spielt mit unserem Leben!«

»Eure Leben bedeuten mir nichts«, versetzte die Frau leidenschaftslos. »Der Sternenträger und ich suchen Antworten auf dieselben Fragen. Er tötet, wenn er muß; unsere Methoden sind nicht anders. Ich muß den Sternenträger finden. Er ist mächtig geworden und flüchtig wie Rauch. Ich dachte daran, Euch oder Tristan als Lockvogel zu nehmen, ihn zu fangen, aber eine Weile noch will ich ihn seinen eigenen Weg gehen lassen. Ich glaube, ich kann sehen, wohin er ihn führt.«

»Er will Thod töten«, sagte Rendel dumpf.

»Es wäre nicht der erste große Harfenspieler, den er getötet hat. Aber auch von Ghistleslohm darf er seine Aufmerksamkeit nicht allzu lange abwenden. Morgon oder die Zauberer müssen den Gründer töten. Nach der Art zu urteilen, wie die Zauberer in aller Stille Lungold zustreben, scheint mir, daß sie selbst Rache suchen. Zweifellos werden sie einander vernichten, doch das wird ohne Bedeutung sein; sieben Jahrhunderte lang waren sie kaum am Leben.« Sie fing den Ausdruck auf Rendels Gesicht auf, erriet die Worte, die sie hinunterschluckte, und lächelte. »Die Zauberin Nun? Ich habe sie in Lungold gesehen, die Mächtige, die Schöne. Schweine zu hüten und Grasnetze zu flechten würde ich kaum Leben nennen.«

»Wie würdet Ihr das nennen, was Ihr tut?«

»Warten.« Sie schwieg einen Augenblick, die Augen, in denen sich keine Unruhe rührte, waren auf Rendels Gesicht gerichtet. »Seid Ihr nicht neugierig auf Euch selbst? Auf das Ausmaß Eurer eigenen Gaben? Sie sind beträchtlich.«

»Nein.«

»Ich war ehrlich mit Euch.«

Rendels Hände, die die Armlehnen des Sessels festhielten, lockerten sich. Sie senkte den Kopf. Wieder spürte sie bei den Worten der Frau ein seltsames Gefühl von Verwandtschaft, wenn nicht Vertrauen, ein unentrinnbares Einverständnis.

Leise, während Verzweiflung sie wieder durchdrang, sagte sie: »Ylons Blut fließt seit Generationen in den Adern meiner Familie; keiner, wie sehr er auch von dieser Blutsverwandtschaft geplagt und beunruhigt wurde, erkannte je, daß er mehr war als der Sohn einer Sage des Meeres, mehr als nur eine von vielen unerklärlichen Formen des Zaubers von An. Jetzt weiß ich, was sein Vater war. Aber von Euch. Dadurch bin ich mit Euch verwandt. Sonst aber habe ich nichts von Euch, nichts von Eurer Mitleidlosigkeit, Eurem Hang zur Zerstörung –«

»Nur unsere besonderen Gaben.« Sie neigte sich ein wenig vor. »Ylons Vater und ich versuchten, das gleiche zu tun: die Landherrschaft von An und Ymris zu unterwühlen, indem wir den Königen dieser Länder Erben gemischten Blutes und entarteten Instinkts gaben. Es hatte einen Sinn, und es mißlang. Das Land sorgte für sich selbst. Ylon allein ertrug die Folter der Landherrschaft; seine Gaben verkamen in seinen Nachkömmlingen, rosteten wie altes Eisen. Nur in Euch nicht. Eines Tages vielleicht könntet Ihr der Macht, die Ihr dank dieser Gaben besitzt, einen Namen geben, und dieser Name würde Euch überraschen. Aber so lange werdet Ihr nicht leben. Ihr wißt nur von Ylons Traurigkeit. Aber habt Ihr Euch je gefragt, was ihn, wenn wir wirklich so schrecklich sind, dazu trieb, aus seinem Gefängnis auszubrechen und zu uns zurückzukehren?«

»Nein«, flüsterte Rendel.

»Nicht Mitleid, sondern Leidenschaft . . .«

Bei diesen Worten enthüllte sich etwas in ihrer Stimme, so wie ein Lichtstrahl in den Tiefen des Berges Isig eine Erzader von unerwartetem Reichtum hätte enthüllen können, und sie brach ab. Sie beugte sich nieder, berührte das weiße Feuer mit einer Hand, formte es mit zarten Fingern zu einem glänzenden Spinnennetz, einem mattleuchtenden Knochen, einem Regen glitzernder Sterne, einer mondbleich gewandeten Muschel, ließ ein Gebilde nach dem anderen aus ihren Händen fallen, einen Kranz leuchtender Blumen, ein feingeknüpftes Netz, das wie mit Tropfen von Meerwasser funkelte, eine Harfe mit hauchdünnen, schimmernden Saiten.

Während Rendel ihr zusah, wurde ein Verlangen in ihr wach, eine Sehnsucht, das Wissen um das Feuer, das Feuer selbst zu besitzen. Die Frau schien sie vergessen zu haben, war ganz in ihr Tun vertieft. Bei jedem der feurigen, schönen Gebilde, die unter ihren Händen hervorgingen, schien sie selbst voll staunender Verwunderung. Schließlich ließ sie das Feuer wie Wassertropfen oder Tränen in die Herdstelle zurückfallen.

»Ich ziehe meine Macht, so wie Ihr die Eure, aus dem Herzen der Dinge, indem ich jedes einzelne Ding erkenne. Aus der Biegung eines Grashalms, aus der Perle, die wie ein beunruhigendes Geheimnis im Inneren der Austernschale wächst, aus dem Duft der Bäume. Ist Euch das so fremd?«

»Nein.«

Ihre Stimme schien aus weiter Ferne zu kommen, von jenseits des kleinen Raums, der schattendunklen Steine.

»Ihr könnt es erfahren, das Wesen des Feuers«, fuhr die Frau leise fort. »Ihr habt die Gabe. Es zu erkennen, zu halten, zu formen, ja, selbst zu Feuer zu werden, in seiner großartigen Schönheit zu verschmelzen, an kein Menschengesetz gebunden. Ihr seid geschickt im Schaffen von Trugbildern; Ihr habt mit einem Traum vom Feuer der Sonne gespielt. Jetzt arbeitet mit dem Feuer selbst. Seht es. Versteht es. Nicht mit Euren Augen oder mit Eurem Geist, sondern mit der Gabe, die Ihr besitzt, furchtlos, fraglos, das Ding als das, was es ist, zu erkennen und anzunehmen. Hebt Eure Hand. Streckt sie aus, berührt das Feuer.«

Langsam bewegte Rendel ihre Hand. Einen Moment lang schien das wechselhafte, bleiche Ding, das keinem Gesetz gehorchte und das sie ihr Leben lang gekannt und doch nicht gekannt hatte, wie ein Kinderrätsel. Zaghaft, neugierig streckte sie die Hand danach aus. Da wurde ihr plötzlich klar, daß sie sich, indem sie sich ihm zuneigte, von ihrem eigenen Namen abwandte – dem vertrauten Erbe Ans, das sie vom Tag ihrer Geburt an bestimmt hatte –, zu einem Erbe hin, das ohne Frieden war, zu einem Namen hin, den keiner kannte. Ihre Hand, die sich schon der Flamme entgegenwölbte, schloß sich abrupt. Und da spürte sie die Hitze, die Sperre des Feuers, und zog den Arm hastig zurück.

»Nein!« brach es aus ihr hervor.

»Ihr könnt es, wenn Ihr Euch dafür entscheidet. Wenn Ihr Eure Furcht vor dem Quell Eurer Macht verliert.«

»Und dann?« Mit einer Anstrengung löste sie den Blick von ihrer Hand. »Warum sagt Ihr mir das? Warum kümmert es Euch?«

Eine winzige Regung huschte über die Flächen des Gesichts, so als hätte sich weit entfernt in der Dunkelheit die Tür zu einem Gedanken geschlossen.

»Es hat keinen Grund. Ich war neugierig. Ich wollte wissen, wer Ihr seid, was es mit dem Gelöbnis Eures Vaters, das Euch an den Sternenträger bindet, auf sich hat. War das Vorherwissen?«

»Ich weiß es nicht.«

»Den Sternenträger erwartete ich, aber nicht Euch. Wenn Ihr ihn je wiedersehen solltet, wollt Ihr ihm dann sagen oder wollt Ihr ihn erraten lassen, daß Ihr verwandt seid mit jenen, die ihn vernichten wollen? Wenn Ihr ihm je Kinder gebärt, wollt Ihr ihm dann sagen, wessen Blut in ihren Adern fließt?«

Rendel schluckte. Ihre Kehle war wie ausgetrocknet, ihre Haut spannte sich straff und spröde wie Pergament über ihr Gesicht. Sie mußte noch einmal schlucken, ehe ihre Stimme ihr wieder gehorchte.

»Er ist ein Rätselmeister. Keiner wird es ihm sagen müssen.« Sie merkte plötzlich, daß sie aufgestanden war, weil die Leere in ihr sich immer weiter ausbreitete und unerträglich wurde. Mit blinden Augen wandte sie sich von der Frau ab. »Mit dem einen Rätsel gewinnt er mich also und mit dem zweiten verliert er mich«, fügte sie hinzu, sich selbst kaum bewußt, was sie sagte. »Ist das denn Eure Sache?«

»Weshalb sonst bin ich hier? Ihr habt Angst davor, aus Ylons Macht zu schöpfen; dann erinnert Euch seiner Sehnsucht.«

Der Schmerz, für den es keinen Trost gab, schoß auf wie eine Flutwelle, überschwemmte Rendel, bis sie nichts mehr sah, nichts mehr hörte, nur noch den Kummer und die Sehnsucht spürte, die sie beim Anblick der Ebene von Königsmund erfüllt hatten. Aber sie konnte ihnen nicht entrinnen; ihr eigener Schmerz war mit ihnen verflochten. Sie roch den salzigen Geruch des Meeres, ausgetrockneten Tangs, von ewigem Gischt verrosteten Eisens, das Ylon gerochen haben mußte; hörte das hohltönende Tosen der Brandung, die gegen die Grundsteine seines Turmes schlug, das klagende Kreischen der Seevögel, die ziellos auf dem Wind segelten. Dann vernahm sie aus einer Welt, die das Auge nicht sehen konnte, aus einer Welt jenseits aller Hoffnung Harfenspiel, das auf ihren Schmerz eingestimmt war und mit Anteilnahme ihre eigene Klage wiedergab. Dünn und zitternd waren die Töne, verloren sich beinahe im Rauschen des Regens über dem Meer, im ewig gurgelnden Wechselspiel der Gezeiten. Sie lauschte angestrengt, folgte dem Locken der Töne, bis ihre Hände kaltes Glas berührten, so wie Ylons Hände wohl die Eisenstangen vor seinem Fenster berührt hatten. Augenzwinkernd verband sie das Harfenspiel und das Meer; es wich langsam. Und mit ihm verklang die Stimme der Frau.

»Wir sind alle auf dieses Harfenspiel eingestimmt. Morgon tötete den Harfner, Ylons Vater. Wo also, in einer Welt von so unerwarteter Gestalt, wollt Ihr Eure Sicherheit finden?«

Das Schweigen, das ihrem Weggang folgte, war wie die lastende, knisternde Stille vor einem Gewitter. Rendel, die noch immer am Fenster stand, ging einen Schritt auf die Tür zu. Doch Lyra konnte ihr nicht helfen, konnte sie vielleicht nicht einmal verstehen. Sie hörte, wie ein Laut sich von ihren Lippen löste, zitternd durch die Stille schwang, und sie hielt ihn mit den Händen zurück. Ein Gesicht drängte sich in ihre Gedanken: das Gesicht eines Fremden jetzt, müde, bitter, gequält. Auch Morgon konnte ihr nicht helfen, doch er hatte die Wahrheit gemeistert, und er konnte gemeinsam mit ihr noch eine weitere Konfrontation wagen.

Ihre Hände regten sich, noch ehe sie sich dessen bewußt wurde. Sie leerten die Kleider aus ihrem Bündel, stopften die Früchte, Nüsse und das süße Gebäck, das auf dem Tisch lag, hinein, schoben ein weiches Fell nach, das über einem der Sessel lag, schnallten das Ränzel wieder zu. Sie warf sich ihren Umhang über die Schulter und glitt lautlos aus dem Gemach, die weiße, sich drehende Flamme wie eine Botschaft zurücklassend.

Sie konnte im Dunkeln die Stallungen nicht finden, deshalb lief sie zu Fuß aus dem Hof des Königs, wanderte im dünnen Mondlicht die Bergstraße zur Ose hinunter. Von Bris Karten wußte sie, daß die Ose, sich zwischen den Hügeln zu Füßen des Berges Isig hindurchschlängelnd, ein Stück südwärts floß; sie konnte dem Flußlauf folgen, bis er sich nach Osten wandte. Morgon zog von Osterland aus sicherlich südwärts, um seine Botschaft nach Herun zu tragen; oder war er vielleicht wie die Zauberer auf dem Weg nach Lungold? Es spielte keine Rolle; südwärts mußte er auf jeden Fall, und da sein hellseherischer Geist auf Gefahr eingestimmt war, würde er es vielleicht spüren, daß sie allein und zu Fuß durch das Hinterland wanderte, und würde seiner Ahnung nachgehen.

Sie stieß auf einen alten Ziehweg, von tiefen Furchen

durchbrochen, mit Gras und Unkraut überwuchert. Er führte am Flußufer entlang, und sie folgte ihm. Bei ihrer Flucht aus dem Haus des Königs war ihr zunächst so gewesen, als machte ihr Schmerz sie unsichtbar, unangreifbar für Müdigkeit, Kälte, Furcht. Doch das sprudelnde, unaufhörliche Geplapper der Ose riß sie aus ihrer Versunkenheit, und sie fröstelte in der Dunkelheit. Schatten tanzten im Mondlicht auf dem Pfad, und die Stimme des Flusses überdeckte andere Stimmen, Geräusche, von denen sie nicht sicher war, ob sie sie wirklich hörte, Geraschel, das von irgendwo hinter ihr zu kommen schien. Die uralten Fichten mit ihren ruhigen, runzligen Gesichtern, die sie an Danans Gesicht erinnerten, gaben ihr Trost. Einmal hörte sie ganz in der Nähe knurrende Tiere durch das Gehölz brechen, und sie blieb wie angewurzelt stehen. Da ging ihr auf, daß es ihr im Grunde gleichgültig war, was mit ihr geschah, und wahrscheinlich auch den Tieren. Der Fluß trug die Geräusche ihres Kampfes fort. Sie lief weiter, bis der Ziehweg unvermittelt in einem Gestrüpp endete und der Mond sich zum Untergang neigte.

Sie packte das Fell aus, legte sich nieder und deckte sich zu. Erschöpft schlief sie ein und hörte in ihren Träumen über das unablässige Murmeln der Ose hinweg sanftes Harfenspiel.

Bei Sonnenaufgang erwachte sie; ihre Augen brannten unter der Berührung der Sonne. Sie benetzte ihr Gesicht mit Wasser aus dem Fluß, trank etwas, aß dann von dem, was sie in ihrem Bündel hatte. Ihre Glieder schmerzten; ihre Muskeln wehrten sich gegen jede Bewegung, bis sie wieder zu laufen begann und sie vergaß. Sie fand es nicht schwierig, sich ihren eigenen Weg am Fluß entlang zu bahnen; wo ihr Gestrüpp den Weg versperrte, schlug sie einen Bogen; wo die Flußböschung sich steil in die Höhe schwang, kletterte sie über Felsen; wo das Ufer unpassierbar war, raffte sie ihre zerfetzten Röcke und watete durch das Wasser. Sie wusch sich die zerschrammten und zerkratzten Hände im Fluß und spürte, wie die Sonne ihr ins Gesicht stach. Sie achtete nicht auf die Zeit, richtete alle ihre Sinne nur auf die Bewegungen ihres Körpers, bis ihr langsam und unausweichlich klar wurde, daß sie verfolgt wurde.

Da machte sie halt. Müdigkeit und Schmerz holten sie ein, höhlten sie aus, bis sie, auf einem Felsbrocken im Fluß stehend, zu schwanken begann. Sie beugte sich nieder, trank Wasser, blickte wieder hinter sich. Nichts regte sich in der trägen, heißen Mittagsstunde, und dennoch spürte sie Bewegung, fühlte, daß jemand ihren Namen dachte. Noch einmal trank sie, wischte sich den Mund mit dem Ärmel und machte sich daran, ein silbernes Fädchen aus dem Ärmel zu lösen.

Sie ließ mehrere kunstvoll verschlungene Fäden auf ihrem Weg zurück. Sie zog lange Grashalme aus der Erde und verknotete sie; ihr Auge sah sie als das, was sie waren, doch einem Menschen oder einem Pferd, die über sie stolperten, würden sie als straffgespannte Seile erscheinen. Sie legte widerspenstige kleine Dornenzweige in ihren Pfad, sah im Geist die abweisenden, stacheligen Hecken, als die sie sich jedem anderen darstellen würden. An einer Stelle grub sie ein faustgroßes Loch, legte es mit Blättern aus und füllte es dann mit Wasser, das sie in den Händen vom Fluß herantrug. Es blickte zum blauen Himmel auf wie ein Auge, wie eine kleine, unauffällige Pfütze, die sich wie ein Traum zu einem weiten, unüberwindlichen See dehnen konnte.

Das nagende Gefühl des Verfolgtwerdens wurde weniger bedrängend. Sie vermutete, daß der Verfolger auf einige ihrer Fallen gestoßen war. Darauf ließ sie sich selbst etwas mehr Zeit.

Es war später Nachmittag, die Sonne hing dicht über den Wipfeln der Fichten. Ein leichter Wind spielte in ihnen, der kühle Abendwind, der allmählich stärker wurde. Er brachte Einsamkeit mit, die Einsamkeit der Einöden. Plötzlich sah sie eine Reihe von Tagen und Nächten, die vor ihr lagen, sah den endlosen, einsamen Pfad durch unbevölkertes Land, das zu durchqueren für einen, der ohne Waffen war und zu Fuß, beinahe unmöglich war. Doch hinter ihr lag der Isig-Paß mit seinem dunklen Geheimnis. In An war keiner, nicht einmal ihr Vater, der ihr ein Quentchen Verständnis entgegenbringen konnte. Sie konnte nur hoffen, daß ihr blinder Drang sie von selbst zu einer Quelle des Trostes führen würde. Sie fröstelte leicht, nicht unter der Kälte des Windes, sondern unter dem Hauch öder Leere, mit dem er sie streifte, dann ging sie weiter. Die Sonne versank, sandte ihre letzten Strahlen durch die Bäume; das Zwielicht lag in unirdischer Stille über der Welt. Und immer noch ging sie weiter, ohne nachzudenken, ohne haltzumachen, um etwas zu essen, ohne sich bewußt zu sein, daß sie auf dem schmalen Grat der Erschöpfung dahinwanderte. Der Mond stieg auf; immer wieder stolperte sie über Wurzeln und Äste, die sie im Dunkeln nicht sehen konnte, so daß ihr Vorwärtskommen langsamer wurde. Einmal stürzte sie, scheinbar ohne jeden Grund, und war überrascht, als sie merkte, daß es ihr schwerfiel aufzustehen. Wenige Schritte weiter fiel sie wieder, war wieder verwundert. Sie spürte, daß Blut von ihrem Knie herabsickerte, und griff mit der Hand in ein Büschel Brennesseln, als sie aufstand. Sie blieb stehen, die beißende Hand unter einen Arm geklemmt, und fragte sich, warum sie am ganzen Körper zitterte, obwohl die Nacht doch gar nicht sehr kalt war. Da sah sie, wie einen Traum von Hoffnung, das warme, schlanke Züngeln von Flammen in den Bäumen. Sie ging auf das Feuer zu, nur einen Namen im Sinn. Als sie es erreichte, erblickte sie im Schein seines Lichts den Harfner des Erhabenen.

Während sie am Rand des Lichtkreises stand, sah sie einen Moment lang nur, daß es nicht Morgon war. Der Harfner saß an einen Felsbrocken gelehnt neben dem Feuer, den Kopf gesenkt; nur sein silberweißes Haar konnte sie erkennen. Dann hob er den Kopf und sah sie an.

Sie hörte, wie ihm der Atem stockte.

»Rendel?«

Sie trat einen Schritt zurück, und er machte eine plötzliche Bewegung, als wollte er aufspringen und sie aufhalten, ehe sie wieder in der Dunkelheit verschwand. Doch dann hielt er inne, lehnte sich mit Bedacht wieder an den Felsbrocken. Auf seinem Gesicht lag ein Ausdruck, den sie nie zuvor gesehen hatte, der sie am Rande des Lichts festhielt. Er wies auf das Feuer, auf den Hasen, der darüber am Spieß briet.

»Ihr seht müde aus; setzt Euch eine Weile.«

Er drehte den Spieß; der würzige Duft heißen Fleisches

wehte zu ihr hin. Sein Haar hing in wirren Strähnen; sein Gesicht sah verbraucht aus, von tiefen Linien durchzogen, seltsam offen. Die Stimme, melodisch und mit Ironie unterlegt, hatte sich nicht verändert.

Sie flüsterte: »Morgon sagte, daß Ihr – daß Ihr auf Eurer Harfe spieltet, während er halbtot in Ghistleslohms Banden schmachtete.«

Sie sah, wie die Muskeln seines Gesichts sich spannten. Er streckte den Arm aus und schob einen abgebrochenen Ast ins Feuer.

»Es ist wahr. Ich werde meinen Lohn für dieses Harfenspiel bekommen. Doch wollt Ihr nicht etwas essen? Ich bin dem Untergang geweiht; Ihr seid hungrig. Das eine hat sehr wenig mit dem anderen zu tun, es gibt also keinen Grund für Euch, nicht mit mir zu essen.«

Sie machte noch einen Schritt, diesmal zu ihm hin. Er ließ sie nicht aus den Augen, doch seine Miene blieb unverändert, und sie trat noch einen Schritt näher. Er holte einen Becher aus seinem Bündel, füllte ihn aus einem Weinschlauch. Da trat sie schließlich dicht heran und hielt ihre Hände über das Feuer. Sie taten ihr weh; sie drehte sie um und sah die Risse von den Dornen, die weißen Blasen von den Brennesseln.

»Ich habe Wasser . . .«, begann er und verstummte.

Sie blickte zu ihm hinunter, sah zu, wie er aus einem anderen Schlauch Wasser in eine Schale goß. Seine Finger zitterten ein wenig, als er den Schlauch verkorkte; er sagte nichts mehr.

Sie setzte sich schließlich, wusch sich den Schmutz und das verkrustete Blut von den Händen. Er reichte ihr Wein, Brot und Fleisch, immer noch schweigend, trank bedächtig von seinem Wein, während sie aß.

»Morgon«, sagte er dann, und seine Stimme glitt so ruhig in die Stille hinein, daß sie sie nicht erschreckte, »hätte ich wohl des Nachts an meinem Feuer zu sehen erwartet, oder auch einen der fünf Zauberer, kaum aber die zweitschönste Frau der Drei Teile von An.«

Zerstreut blickte sie an sich hinunter.

»Ich glaube nicht, daß ich das jetzt noch bin.« Ein plötzlicher Schmerz schnürte ihr die Kehle zu, als sie hinunterschluckte; sie legte das Brot weg und flüsterte: »Selbst ich habe mich verwandelt. Selbst Ihr.«

»Ich war immer ich selbst.«

Sie blickte auf das feingeschnittene, unergründliche Gesicht, auf dem ein ungekannter Schatten von Spott lag.

»Und der Erhabene?« fragte sie. »Für wen habt Ihr über so viele Jahrhunderte die Harfe gespielt?«

Beinahe heftig beugte er sich vor, das einschlafende Feuer anzuschüren.

»Ihr wißt genug, die Frage zu stellen; Ihr wißt die Antwort. Die Vergangenheit ist vergangen. Ich habe keine Zukunft.«

Ihre Kehle brannte. »Warum? Warum habt Ihr den Sternenträger verraten?«

»Ist es ein Rätselspiel? Ich gebe Antwort für Antwort.«

»Nein. Keine Spiele.«

Sie schwiegen wieder. Rendel trank ihren Wein und spürte, als sie langsam wieder zum Leben erwachte, das feine Brennen der Kratzer auf ihrer Haut, das Schmerzen der überanstrengten Muskeln. Er goß ihr frisch ein, als sie ihren Becher geleert hatte. Aus irgendeinem Grund fühlte sie sich leicht und unbefangen in seiner Gegenwart, als hockten sie zusammen in demselben schwarzen Loch des Kummers.

»Einen Harfenspieler hat er schon getötet«, sagte sie, das Schweigen brechend.

»Was?«

»Morgon.« Sie bewegte sich, rückte weg von dem Sehnen, das der Name in ihr wachrief. »Ylons Vater. Morgon tötete Ylons Vater.«

»Ylon«, sagte er tonlos, und sie hob den Kopf, sah ihm in die Augen. Dann lachte er, die Hände starr um seinen Becher gelegt. »So. Das also hat Euch in die Nacht hinausgetrieben. Und Ihr glaubt, daß es mitten in diesem Chaos von Bedeutung ist?«

»Es ist von Bedeutung! Ich habe die Gaben eines Gestaltwandlers geerbt – und ich kann es spüren! Wenn ich den Arm ausstreckte und das Feuer berührte, könnte ich es in meiner

Hand halten. Schaut . . .«

Der Wein vielleicht, seine Gleichgültigkeit, ihre eigene Hoffnungslosigkeit vielleicht machten sie leichtsinnig. Sie streckte die Hand aus, hielt sie in regloser Liebkosung an die Hitze und den schlängelnden Leib einer Flamme. Ihr Widerschein flackerte in Thods Augen; ihr Licht lag eingebettet in den Furchen und Mulden des Steinbrockens, an den er gelehnt saß, malte die Linien alter Baumwurzeln nach, so daß sie sich zu entwirren schienen. Sie ließ den Widerschein in sich hinein, folgte jedem Wechsel von Farbe und Bewegung, jedem Verbleichen und geheimnisvollen Wiederaufleben aus dem Nichts. Das Feuer war ein fremdartiger Stoff, der die Dunkelheit auffraß und niemals verging. Seine Sprache war älter als die Menschen. Es war ein Gestaltwandler; es suchte die Gestalt ihres Geistes anzunehmen, während sie es beobachtete, fühlte ihre Augen, und sie sah ein losgelöstes Blatt, das in einer schimmernden, brennenden Träne durch die Dunkelheit zu Boden fiel. Tief aus ihrem Inneren, aus dem Dunkel eines bis dahin verschütteteten Erbes, blitzte wie Feuerstrahl das Begreifen. Das klare, wortlose Wissen um das Feuer erfüllte sie; sachtes Knistern und Zischen wurde zur Sprache, unablässiges Züngeln und Flackern bekam einen Sinn, und die Farbe des Feuers wurde zur Farbe der Welt, zur Farbe ihres Geistes.

Da berührte sie eine Flamme, hielt sie in der Hand wie eine Blume. »Schaut«, sagte sie atemlos und schloß die Hand darum, löschte das Flämmchen, ehe das verwunderte Staunen in ihr das Band zwischen ihnen zerriß, und es tat ihr weh. Finsternis hüllte sie wieder ein, als das Flämmchen erstarb. Sie sah Thods Gesicht, das reglos und unergründlich war.

»Noch ein Rätsel«, flüsterte er.

Sie rieb sich die Handfläche an ihrem Knie. Obwohl sie vorsichtig gewesen war, schmerzte sie ein wenig. Ein Hauch von Erkenntnis streifte sie wie ein kühler Luftzug von den nördlichen Gipfeln; sie fröstelte und flüsterte langsam, sich erinnernd: »Sie sagte, ich sollte das Feuer in meine Hand nehmen, ihr Feuer . . .«

»Wer?«

»Die Frau. Die dunkle Frau, die fünf Jahre lang Eriel Ymris gewesen war. Sie kam zu mir, mir zu sagen, daß wir verwandt sind, doch ich hatte das schon erraten.«

»Mathom hat Euch gut darauf vorbereitet«, bemerkte er, »die Frau eines Rätselmeisters zu werden.«

»Ihr wart selbst ein Großmeister. Das habt ihr ihm einmal erzählt. Bin ich so gut im Rätselraten? Wohin führen die Rätsel, wenn nicht zu Verrat und Schmerz? Seht Euch an. Ihr habt nicht nur Morgon verraten, sondern auch meinen Vater und jeden im Reich, der Euch vertraute. Und seht mich an. Welcher unter den Rittern von An würde auch nur Luft holen, um um meine Hand anzuhalten, wenn er wüßte, wer sich auf Verwandtschaft mit mir beruft?«

»Ihr flieht vor Euch selbst, und ich fliehe vor dem Tod. Soviel zu den Grundsätzen der Rätselmeisterschaft. Nur einer, dessen Sinn und Herz unerbittlich sind, könnte es ertragen, an ihnen festzuhalten. Ich habe meine Entscheidung über den Wert von Rätseln vor fünf Jahrhunderten getroffen, als Ghistleslohm mich aufforderte, zum Erlenstern-Berg zu kommen. Ich glaubte, nichts im Reich könnte seine Macht brechcn. Aber ich habe mich getäuscht. Er zerbrach an den unerschütterlichen Grundsätzen des Lebens des Sternenträgers und floh, ließ mich allein zurück, schutzlos und ohne meine Harfe.«

»Wo ist Eure Harfe?« fragte sie überrascht.

»Ich weiß es nicht, noch immer im Erlenstern-Berg, vermute ich. Ich wage es jetzt nicht mehr, auf meiner Harfe zu spielen. Ihre Töne waren das einzige, was Morgon außer Ghistleslohms Stimme ein Jahr lang hörte.«

Sie fuhr zurück, wäre in diesem Augenblick am liebsten vor ihm geflohen, doch ihr Körper gehorchte ihr nicht.

»Euer Harfenspiel war ein Geschenk für Könige!« schrie sie ihn an.

Er erwiderte nichts. Er hob seinen Becher, der im Feuerschein aufblitzte. Als er schließlich doch sprach, schien seine Stimme verschleiert wie die Stimme des Feuers.

»Ich habe gegen einen Meister gespielt und verloren; er wird sich seine Rache nehmen. Aber der Verlust meiner

Harfe schmerzt mich.«

»So, wie Morgon der Verlust der Landherrschaft schmerzen muß?« Ihre Stimme zitterte. »Das interessiert mich. Wie konnte Ghistleslohm ihm das entreißen – das Gefühl für das Landrecht, das nur Morgon und dem Erhabenen bekannt ist? Was für einen Wissensschatz glaubte der Gründer unter Morgons Kenntnissen darüber zu finden, wann die Gerste keimt oder welche Bäume in seinen Obstpflanzungen eine Krankheit haben, die sie von innen heraus auffrißt?«

»Es ist geschehen. Könnt Ihr es dabei belassen und –«

»Wie könnte ich? Glaubtet Ihr, daß Ihr nur Morgon verrietet? Ihr habt mich auf meiner Flöte die ersten Weisen von Liebe gelehrt, als ich neun war. Ihr standet hinter mir und drücktet meine Finger auf die richtigen Tonlöcher, während ich spielte. Doch das ist kaum von Bedeutung im Vergleich zu dem, was die Landherrscher des Reiches empfinden werden, wenn ihnen klar wird, welche Ehre sie dem Harfner des Gründers von Lungold angedeihen ließen. Ihr habt Lyra schlimm genug verletzt, was aber wird die Morgol selbst denken, wenn Morgons Bericht ihr zu Ohren kommt? Ihr –«

Sie brach ab. Er hatte sich nicht gerührt; er saß so da, wie sie ihn zuerst gesehen hatte, den Kopf gesenkt, eine Hand auf dem hochgezogenen Knie, den Becher umfaßt. Irgend etwas war mit ihr in ihrem Zorn geschehen. Sie hob den Kopf, sog die klare, kühle, nach Fichten duftende Nachtluft ein, spürte die Finsternis, die sie umhüllte. Mit zerfetzten Gewändern, das Haar zerzaust und schmutzig, das Gesicht verkratzt und gewiß so müde und bleich, daß keiner der Ritter von An sie erkannt hätte, saß sie an einem winzigen Feuer, verloren in dieser unendlichen Schwärze. Sie hatte gerade erst ihr Hand in dieses Feuer gelegt und es festgehalten; seine Reinheit schien noch in ihrem Geist zu brennen.

Sie flüsterte: »Sagt meinen Namen.«

»Rendel.«

Da senkte sie selbst den Kopf. Lange saß sie stumm da und lauschte ihrem Namen nach, der in ihr war wie ein Herzschlag. Dann holte sie schließlich tief Atem.

»Ja«, sagte sie. »Diese Frau hat mich beinahe vergessen lassen. Ich bin mitten in der Nacht aus Isig geflohen, um irgendwo in der Einöde Morgon zu suchen. Es ist wohl unwahrscheinlich, daß ich ihn so finden werde, nicht wahr?«

»Ein wenig, ja.«

»Und keiner in Danans Haus weiß, ob ich lebe oder tot bin. Das scheint mir gedankenlos. Ich vergaß, daß ich, wenn ich auch Ylons Gaben habe, noch immer meinen eigenen Namen trage. Das allein ist eine starke Kraft. Die Kraft, zu sehen . . .«

»Ja.« Endlich hob er den Kopf, hob den Becher, als wollte er nochmals trinken, stellte ihn aber statt dessen mit merkwürdiger Vorsicht auf den Boden. Er lehnte sich zurück, und sein Gesicht leuchtete klar im Lichtschein; der Spott war verschwunden.

Sie zog die Knie ganz hoch an ihre Brust und schmiegte sich fröstelnd dagegen.

»Euch ist kalt«, sagte er. »Nehmt meinen Mantel.«

»Nein.«

Er verzog leicht den Mund, doch er erwiderte nur: »Was tut Lyra im Berg Isig?«

»Wir sind gekommen, um den Erhabenen zu befragen – Lyra, Tristan von Hed und ich –, doch Danan berichtete uns, daß Morgon lebt, und er riet uns davon ab, den Paß zu durchqueren. Ich brauchte Stunden, um darauf zu kommen, warum. Und so lange – einen Tag und zwei Nächte – dauerte es, ehe ich auf eine andere Frage kam. Aber es ist keiner da, den ich fragen kann, außer Morgon und Euch.«

»Ihr würdet mir eine Frage anvertrauen?«

Sie nickte ein wenig müde.

»Ich verstehe Euch nicht mehr; Euer Gesicht verwandelt sich jedesmal, wenn ich es ansehe, bald ist es das Gesicht eines Fremden, bald das einer Erinnerung . . . Aber ganz gleich, wer Ihr seid, Ihr wißt noch immer ebensoviel, wenn nicht mehr, wie jeder andere über das, was im Reich vor sich geht. Wenn Ghistleslohm den Platz des Erhabenen im Erlenstern-Berg eingenommen hat, wo ist dann der Erhabene? Es ist immer noch einer da, der Ordnung hält im Reich.«

»Wahr.« Er schwieg, um den Mund einen seltsam gespannten Zug. »Diese Frage stellte ich Ghistleslohm vor fünf Jahrhunderten. Er konnte sie mir nicht beantworten. Da verlor ich das Interesse. Jetzt, da mein eigener Tod unvermeidlich ist, ist mein Interesse noch immer gering, nicht größer als das des Erhabenen, wo immer er auch sein mag, an jenen Problemen im Reich, die über Fragen des Landrechts hinausgehen.«

»Vielleicht hat es ihn nie gegeben. Vielleicht ist er eine Legende, die sich aus dem Geheimnis um die verfallenen Städte gebildet hat und durch die Jahrhunderte weitergegeben wurde, bis Ghistleslohm in sie hineinschlüpfte . . .«

»Eine Legende wie Ylon? Legenden haben eine erbarmungslose Art, sich in Wahrheit zu verwandeln.«

»Warum hat er Euch dann niemals daran gehindert, in seinem Namen mit Eurer Harfe durch die Lande zu reisen? Er muß es doch gewußt haben.«

»Das weiß ich nicht. Zweifellos hat er seine Gründe. Ob er oder Morgon mich verdammen, spielt kaum eine Rolle; das Ergebnis wird das gleiche sein.«

»Es gibt keinen Ort, wohin Ihr gehen könnt?« fragte sie und überraschte sich selbst und ihn mit ihrer Frage.

Er schüttelte den Kopf.

»Morgon wird mir das Reich verschließen. Sogar Herun. Dort werde ich sowieso nicht hingehen. Aus Osterland wurde ich vor drei Nächten, als ich die Ose überquerte, schon fortgejagt. Der Wolfskönig sprach mit seinen Wölfen . . . Ein Rudel fand mich, als ich auf seinem Land mein Lager aufschlug, in einem fernen, abgelegenen Winkel seines Landes. Sie rührten mich nicht an, aber sie ließen mich wissen, daß ich nicht willkommen war. Wenn die Nachricht bis Ymris gereist ist, wird es dort dasselbe sein. Und in An . . . Der Sternenträger wird mich dorthin treiben, wo er mich haben will. Ich sah den Krater, den er aus dem Hause des Erhabenen machte, als er sich schließlich befreite; es schien, als wäre der Erlenstern-Berg selbst zu klein, ihn festzuhalten. Ehe er ging, nahm er sich die Zeit, die Saiten aus meiner Harfe zu reißen. Sein Urteil über mich fechte ich nicht an, aber – das wenigstens war eines in meinem Leben, was ich gut gemacht habe.«

»Nein«, flüsterte sie. »Ihr habt vieles gut gemacht. Gefährlich gut. Im ganzen Reich gab es keinen Mann, keine Frau und kein Kind, die Euch nicht vertrauten; auch das habt Ihr gut gemacht. So gut, daß ich noch immer neben Euch sitze und mit Euch spreche, obwohl Ihr einen Menschen, den ich bis zur Unerträglichkeit liebe, verletzt habt. Ich weiß nicht, warum.«

»Nein? Es ist einfach: Allein in der Einöde unter einem Himmel, der so schwarz ist wie die Augenhöhle eines toten Königs, bleibt uns nichts als unsere Ehrlichkeit. Und unsere Namen. Großer Reichtum wohnt in dem Euren«, schloß er beinahe leichthin, »aber nicht einmal Hoffnung in dem meinen.«

Wenig später schlief sie an seinem Feuer ein, während er still dasaß, Wein trank und immer wieder das Feuer schürte. Als sie am Morgen erwachte, war er fort. Sie hörte Rascheln und Knacken in den Büschen, Stimmengewirr; unter Schmerzen drehte sie sich um, befreite einen Arm, um die Decke über sich wegzuschieben. Dann hielt sie inne. Abrupt setzte sie sich auf und starrte auf ihre Hand hinunter, in der am Abend zuvor das Feuer wie ein Teil ihrer selbst gebrannt hatte. Weiß gezeichnet hoben sich auf ihrer Handfläche die zwölf Seiten und die zarten Linien im Inneren des Steins ab, den Astrin ihr auf der Ebene von Königsmund gegeben hatte.

7

Lyra, Tristan und die Wachen ritten unter den Bäumen hervor auf die kleine Lichtung, wo Rendel saß. Bei ihrem Anblick zügelte Lyra ihr Pferd scharf, sprang ohne ein Wort aus dem Sattel. Sie sah selbst recht mitgenommen, abgespannt und müde aus. Sie lief zu Rendel hin und kniete neben ihr nieder. Sie machte den Mund auf, um etwas zu sagen, aber ihre Stimme gehorchte ihr nicht. Stumm öffnete sie statt dessen ihre Hand und ließ drei verschmutzte, verworrene Silberfäden zwischen ihnen zu Boden fallen.

Rendel senkte den Blick zu ihnen hinunter, berührte sie.

»Ihr wart das hinter mir«, flüsterte sie.

Sie richtete sich auf, schob sich das Haar aus den Augen. Die Wachen stiegen von den Pferden. Tristan, noch immer im Sattel, blickte aus großen, verängstigten Augen auf Rendel. Ruckartig ließ sie sich plötzlich zu Boden gleiten und lief zu Rendel hin.

»Geht es Euch gut?« Ihre Stimme war schrill vor Sorge. »Geht es Euch gut?« Mit sanfter Hand zupfte sie Fichtennadeln und Borkenstücke aus Rendels Haar. »Hat Euch jemand etwas angetan?«

»Vor wem seid ihr geflohen?« fragte Lyra. »Vor einem Gestaltwandler?«

»Ja.«

»Was war denn? Ich war gleich auf der anderen Seite des Ganges; ich konnte nicht schlafen. Ich hörte Euch nicht einmal fortgehen. Ich hörte nicht einmal –«

Unvermittelt stand sie auf, wie plötzlich von einer Erinnerung getroffen. Rendel schob mit müden Händen den Umhang weg, mit dem sie sich zugedeckt hatte; er war heiß und schwer im hellen Morgen. Sie zog die Beine hoch und ließ ihren Kopf auf ihre Knie sinken. Jeder Knochen in ihrem Körper schmerzte bei den einfachsten Bewegungen. Die anderen schwiegen. Sie spürte, daß sie warteten, deshalb begann sie nach einem Augenblick des Schweigens stockend zu sprechen.

»Es war – einer von den Gestaltwandlern kam in mein Zimmer und sprach mit mir. Nachdem er – sie, es war eine Frau – fort war, wollte ich – ich wollte unbedingt Morgon finden, um mit ihm zu reden. Meine Gedanken waren nicht sehr klar. Ich schlich mich aus Danans Haus und wanderte die ganze Nacht, bis der Mond unterging. Dann schlief ich eine Weile und wanderte weiter, bis – bis ich hierherkam. Verzeiht mir, daß ich Euch die Fallen stellte.«

»Was hat sie gesagt? Was kann sie nur gesagt haben, daß Ihr so Hals über Kopf davonlaufen mußtet?«

Rendel blickte zu ihr auf.

»Lyra, ich kann jetzt nicht darüber sprechen«, flüsterte sie. »Ich möchte es Euch sagen, aber nicht jetzt.«

»Gut.« Sie schluckte. »Es ist gut. Könnt Ihr aufstehen?«

»Ja.«

Lyra half ihr auf die Beine; Tristan nahm den Umhang, drückte ihn in ihren Armen zusammen, während sie voller Sorge über ihn hinwegblickte.

Rendel sah sich um. Nirgends gewahrte sie eine Spur von Thod; wie ein Traum schien er durch die Nacht gezogen zu sein. Doch eine der Wachen, Goh, die geübt den Blick schweifen ließ, sagte: »Hier war ein Reiter.« Sie blickte südwärts, als verfolgte sie seinen Weg. »Er ist in dieser Richtung geritten. Das Pferd könnte in An gezüchtet worden sein, nach der Größe der Hufe zu urteilen. Ein Ackergaul ist es jedenfalls nicht, und auch kein Kampfpferd aus Ymris.«

»War es Euer Vater?« fragte Lyra ein wenig ungläubig.

Rendel schüttelte den Kopf. Plötzlich schien sie zum erstenmal den schweren, kostbaren, schwarzblauen Umhang in

Tristans Armen wahrzunehmen. Sie biß die Zähne aufeinander, nahm Tristan den Umhang ab, schleuderte ihn in das Aschehäufchen, das vom Feuer übriggeblieben war. Und während sie es tat, sah sie vor sich das Gesicht des Harfners, das sich mit jeder Schlängelbewegung der Flammen veränderte.

»Es war Thod«, sagte sie, ihre Stimme wieder ruhig.

»Thod«, hauchte Lyra, und Rendel sah die Sehnsucht in ihrem Gesicht. »Er war hier? Habt Ihr mit ihm gesprochen?«

»Ja. Er hat mir zu essen gegeben. Ich verstehe ihn nicht. Er sagte mir, daß alles, was Morgon über ihn berichtet hat, wahr ist. Alles. Ich verstehe ihn nicht. Er ließ mir seinen Umhang hier, während ich schlief.«

Mit einer heftigen Bewegung wandte sich Lyra ab und beugte sich nieder, die Spur zu erforschen, die Goh entdeckt hatte. Dann richtete sie sich wieder auf und blickte nach Süden.

»Wie lange ist es her, daß er aufgebrochen ist?«

»Lyra«, sagte Imer still, und Lyra drehte sich nach ihr um. »Wenn du vorhast, diesen Harfner durch die Einöden des Reiches zu verfolgen, dann wirst du es allein tun. Es ist Zeit, daß wir alle nach Herun zurückkehren. Wenn wir rasch genug abreisen, können wir vor Morgon dort sein, und du kannst ihm deine Fragen stellen. Ich denke, die Nachricht selbst wird Herun vor uns erreichen, und die Morgol wird dich brauchen.«

»Wozu? Um die Grenzen von Herun gegen Thod abzuriegeln?«

»Es könnte ja sein«, versetzte Goh beschwichtigend, »daß er eine Erklärung hat, die er nur der Morgol geben will.«

»Nein«, mischte sich Rendel ein. »Er sagte, er würde nicht nach Herun reisen.«

Sie schwiegen. Der Wind frischte auf, fegte südwärts. Lyra starrte auf den Umhang in der Asche.

»Daß er den Sternenträger verraten hat«, sagte sie tonlos, »kann ich glauben, wenn es sein muß; aber wie kann ich glauben, daß er die Morgol verraten würde? Er liebte sie.«

»Laß uns aufbrechen«, drängte Kia behutsam. »Laß uns

nach Herun zurückkehren. Keiner von uns weiß mehr, was zu tun ist. Diese Gegend ist wild und gefährlich; wir gehören nicht hierher.«

»Ich reise nach Herun«, verkündete Tristan plötzlich und verblüffte sie alle mit ihrer Entschiedenheit. »Ganz gleich, wo das ist. Wenn das der Ort ist, wo Morgon hingeht.«

»Wenn wir zu Schiff reisen«, sagte Rendel, »erreichen wir es vielleicht vor ihm. Ist Bri – wo ist Bri Corvett? Hat er Euch allein losreiten lassen, mich zu suchen?«

»Wir haben ihn nicht um Erlaubnis gebeten«, erwiderte Lyra. Die Wachen stiegen schon wieder auf ihre Pferde. »Ich habe Euer Pferd mitgebracht. Als ich Bri Corvett das letzte Mal sah, durchsuchte er mit Danan und den Bergleuten die Gruben.«

Rendel griff zu ihren Zügeln und stieg steifgliedrig in den Sattel.

»Nach mir? Wieso glaubten sie, ich könnte in die Gruben hinuntergelaufen sein?«

»Weil Morgon das tat, als er dort war«, versetzte Tristan.

Sie schwang sich geschmeidig auf das kleine, zottige Pony, das die Wachen für sie besorgt hatten. Ihr Gesicht war immer noch ängstlich und voller Sorge; mit düsterem Blick betrachtete sie das freundliche Profil des Berges Isig.

»Das sagte jedenfalls Danan. Ich stand gegen Morgen auf, um mit Euch zu sprechen, weil ich einen bösen Traum gehabt hatte. Und da wart Ihr fort. Nur dieses komische Feuer brannte noch. Es war so weiß wie eine Rübe. Ich bekam es mit der Angst zu tun, deshalb weckte ich Lyra. Und die weckte den König. Danan sagte, wir sollten im Haus bleiben, während er die Gruben durchsuchte. Er hatte außerdem Angst, daß man Euch entführt haben könnte. Aber Lyra meinte, das wäre nicht geschehen.«

»Woher habt Ihr das gewußt?« fragte Rendel überrascht.

Die Wachen bildeten einen lockeren, wachsamen Kreis um sie, während sie durch die Bäume zurückritten.

»Weshalb hättet Ihr Euer Bündel mitgenommen und auch noch zu essen, wenn Ihr entführt worden wärt?« versetzte Lyra. »Das schien mir unsinnig. Deshalb ritt ich, während

Danan in seinem Haus nach Euch suchte, zur Stadt hinunter und holte die Wachen. Ich hinterließ Danan eine Nachricht, in der ich ihm mitteilte, wohin wir wollten. Es war nicht schwierig, Eure Spur zu finden; der Boden ist noch weich, und an den dornigen Zweigen am Fluß hingen hie und dort kleine Fetzen von Eurem Rock. Aber dann trat Euer Pferd, das wir mitgenommen hatten, auf einen der Fäden, die Ihr uns in den Weg gelegt hattet, und riß sich von Goh los; wir brauchten eine Stunde, es wieder einzufangen. Und als wir es endlich hatten, ritt Kia wieder über so einen Faden und verschwand plötzlich im Unterholz, ehe wir es gewahr wurden. Wir vertaten also wiederum Zeit damit, sie zu suchen. Danach hielt ich nach Euren Fäden Ausschau. Aber es dauerte eine Weile, ehe mir klar wurde, warum unsere Pferde ständig über Dinge stolperten, die gar nicht da waren, und warum sich am Fluß dicke Dornenbüsche drängten, in denen Eure Schritte zu verschwinden schienen. Und schließlich kamen wir dann zu dem See . . .«

Sie hielt inne bei der Erinnerung, und in ihrem Schweigen lag Zorn.

»Es tut mir leid«, sagte Rendel, »daß Ihr es wart. War es – hat es geklappt?«

»O ja, es hat geklappt. Den halben Nachmittag ritten wir am Ufer entlang, in dem Bemühen, den See zu umrunden. Es war unvorstellbar. Er sah gar nicht so groß aus. Er zog sich nur immer mehr in die Länge. Schließlich bemerkte Goh, daß nirgends am Ufer Eure Fußspuren waren, und da ging mir auf, womit wir es zu tun haben mochten. Mir war schrecklich heiß, und müde war ich dazu. Ich stieg von meinem Pferd und watete einfach ins Wasser hinein; es war mir gleich, ob ich naß werden würde. Und da verschwand der See. Ich blickte hinter mich und sah nichts als trockenes Land, das wir stundenlang völlig sinnlos umkreist hatten.«

»Sie stand mitten im Wasser und fluchte«, bemerkte Imer mit einem Lächeln. »Es sah komisch aus. Als wir dann wieder zum Fluß kamen, um Eure Spur von neuem aufzunehmen, und die kleine Pfütze sahen, die nicht größer war als eine Faust, fluchten wir alle. Ich dachte immer, nur Zauberer könnten so etwas mit Wasser anstellen.«

Rendels Hand schloß sich plötzlich um ihr Geheimnis.

»Ich habe es nie zuvor getan.« Die Worte klangen nicht überzeugend in ihren Ohren. Sie fühlte sich merkwürdig beschämt, als zeigte sie, genau wie Thod, der Welt das Gesicht einer Fremden. Vor ihnen erhob sich ruhig und beschaulich der Berg Isig, freundlich im Morgenlicht. Mit plötzlicher Überraschung sagte sie: »Sehr weit bin ich nicht gekommen, nicht wahr?«

»Ihr seid weit genug gekommen«, versetzte Lyra.

Am Mittag des folgenden Tages waren sie wieder in Isig. Bri Corvett, dessen Erleichterung sich in Ärger Luft machte, blieb nur noch lange genug, um sich Lyras Bericht anzuhören, dann zog er los, um in Kyrth ein Boot zu besorgen. Rendel sprach wenig und war froh, daß der Bergkönig ihr keine Fragen stellte.

Er sagte nur mit einem Scharfblick, der sie verwunderte: »Isig ist mein Heim; das Heim meines Geistes und meiner Seele, und dennoch kann es mich selbst nach so langer Zeit noch überraschen. Was immer Ihr insgeheim in Eurem Herzen bewahrt, vergeßt dieses nicht: Isig birgt große Schönheit und großen Schmerz, und ich könnte nicht weniger wünschen, als daß es stets rückhaltlos seine Wahrheit hergibt.«

Am selben Abend noch kehrte Bri zurück. Er hatte sich den Mund fusselig geredet, um auf zwei Booten, die beim Morgengrauen nach Kraal abfahren wollten, noch Plätze für sie alle, ihre Pferde und ihr Gepäck zu bekommen. Der Gedanke an eine neuerliche Fahrt auf dem Winter flößte ihnen allen Unbehagen ein, aber es war dann doch nicht so schrecklich, wie sie gefürchtet hatten. Die Überschwemmung war zurückgegangen; das frische blaue Wasser der Oberose spülte den Schlamm meerwärts und befreite den Fluß von unerwarteten Hindernissen. Die Boote glitten rasch auf dem hohen Wasser dahin; während die Ufer an ihnen vorüberglitten, konnten sie die Bauern von Osterland sehen, die die Mauern ihrer Scheunen und Ställe wieder instand setzten. Ein würziger Wind strich über das Wasser, kräuselte es wie mit Vogelschwingen; die warme Sonne funkelte auf den Eisenbeschlägen der Lastkisten, glitzerte in den Wassertropfen an den Tauen.

Rendel, die kaum etwas sah, während sie Tag um Tag an der Reling stand, war sich ihres eigenen beunruhigenden Schweigens gar nicht bewußt. An dem Abend, bevor sie Kraal erreichen sollten, stand sie in der schattigen Abenddämmerung, während das Boot unter den ausladenden Ästen der Bäume dahinglitt, und merkte erst, als die Blätter mit der Dunkelheit verschmolzen, daß Lyra neben sie getreten war. Sie fuhr ein wenig zusammen.

Schwacher Lichtschein aus dem Kartenhaus lag unruhig auf Lyras Gesicht, als sie leise sagte: »Wenn Morgon Kronstadt schon hinter sich gelassen hat, wenn wir dort ankommen, was wollt Ihr dann tun?«

»Ich weiß es nicht. Ihm folgen.«

»Werdet Ihr nach Hause zurückkehren?«

»Nein.«

Der endgültige Ton in ihrer Stimme verblüffte sie selbst. Lyra blickte stirnrunzelnd ins dunkle Wasser hinunter. Ihr stolzes, klargeschnittenes Profil hätte auf eine Münze gehört. Mit Sehnsucht spürte Rendel das Selbstbewußtsein darin, die absolute Sicherheit, an einen bestimmten Platz zu gehören und an keinen anderen.

»Wie könnt Ihr das sagen?« fragte Lyra. »Wie könnt Ihr nicht nach Hause zurückkehren? Dort gehört Ihr doch hin, das ist der einzige Ort, wohin Ihr gehört.«

»Für Euch vielleicht. Ihr könntet niemals anderswo hingehören als nach Herun.«

»Aber Ihr seid aus An! Ihr seid beinahe eine Legende von An, selbst in Herun. Wohin sonst könntet Ihr gehen? Euer ist der Zauber von An, Ihr seid aus dem Geblüt seiner Könige; wo . . . was hat diese Frau zu Euch gesagt, das so schrecklich ist, Euch Eurem eigenen Heim fernzuhalten?«

Rendel schwieg. Nur ihre Hände regten sich, umklammerten fester die Reling. Lyra wartete. Doch Rendel sagte noch immer nichts.

»Seit wir Euch im Wald gefunden haben«, fuhr Lyra schließlich fort, »habt Ihr kaum mit einem Menschen gesprochen. Und seitdem haltet Ihr etwas in Eurer linken Hand. Etwas – das Euch weh tut. Ich würde es wahrscheinlich nicht verstehen. Ich habe kein Gefühl für solche Dinge, die mit dem Verstand nicht zu begreifen sind, wie Zauberei und Rätselei. Doch wenn es etwas gibt, das ich für Euch bekämpfen kann, so werde ich es bekämpfen. Wenn es etwas gibt, das ich für Euch tun kann, so werde ich es tun. Das schwöre ich bei meiner Ehre –«

Abrupt wandte Rendel den Kopf bei diesem Wort, und Lyra brach ab.

»Nie in meinem Leben«, flüsterte Rendel, »habe ich über Ehre nachgedacht. Vielleicht, weil nie jemand sie an mir oder an einem Mitglied meiner Familie in Frage gestellt hat. Aber jetzt frage ich mich, ob es das ist, was mich bedrückt. In An wäre jetzt nur noch wenig Ehre für mich übrig.«

»Warum?« hauchte Lyra ungläubig.

Rendels Hand glitt von der Reling und öffnete sich, aufwärts gewandt, zum Licht.

Lyra starrte auf den kleinen, kantigen Abdruck in der Handfläche.

»Was ist das?«

»Das ist das Mal jenes Steins. Des Steins, mit dem ich die Kriegsschiffe geblendet habe. Es kam zum Vorschein, als ich das Feuer in der Hand hielt –«

»Ihr – sie hat Euch gezwungen, Eure Hand ins Feuer zu legen?«

»Nein. Keiner hat mich gezwungen. Ich streckte einfach den Arm aus und sammelte das Feuer in meiner Hand. Ich wußte, daß ich das tun konnte, und da habe ich es getan.«

»Eine solche Gabe habt Ihr?« Ihre Stimme war beinahe ehrfürchtig vor Staunen. »Das ist die Gabe eines Zauberers. Aber warum seid Ihr so beklommen? Hat es mit dem zu tun, was das Mal auf Eurer Hand bedeutet?«

»Nein. Ich weiß kaum, was es bedeutet. Aber ich weiß, von wem ich die Gabe habe, und sie stammt nicht von irgendeiner Zauberin von An oder einem Zauberer aus Lungold. Sie wurde mir von Ylon gegeben, der einst König von An war, ein Sohn einer Königin von An und ein Gestaltwandler. Sein

Blut fließt in den Adern der königlichen Familie. Ich habe seine Gabe. Sein Vater war der Harfner, der Morgon in Eurem Haus zu töten versuchte.«

Wortlos starrte Lyra sie an. Das Licht im Kartenhaus erlosch plötzlich, und ihre Gesichter blieben in Dunkelheit; jemand zündete die Lampen am Bug an. Rendel wandte sich wieder dem Wasser zu. Sie hörte, daß Lyra etwas sagen wollte und abbrach. Einige Minuten später, noch immer neben Rendel an die Reling gelehnt, setzte sie nochmals an und unterbrach sich wieder. Rendel wartete darauf, daß sie gehen würde, aber sie rührte sich nicht von der Stelle. Eine halbe Stunde später, als sie beide in der Nachtluft zu frösteln begannen, machte Lyra nochmals einen Versuch und fand endlich die Worte.

»Das ist mir alles gleich«, sagte sie leise und heftig. »Ihr seid, wer Ihr seid, und ich kenne Euch. Was ich gesagt habe, gilt immer noch; ich habe es geschworen. Es ist das gleiche Versprechen, das ich Morgon gegeben hätte, wäre er nicht so starrsinnig gewesen. Eure Ehre ist es, nicht Euer Mangel an Ehre, die Euch davon abhält, nach An zurückzukehren. Und wenn es mich nicht kümmert, weshalb sollte es Morgon kümmern? Denkt daran, aus welchem Quell er einen großen Teil seiner Gaben schöpft. So, und jetzt laßt uns hinuntergehen, ehe wir erfrieren.«

Noch ehe sich die Morgennebel über dem Meer gehoben hatten, erreichten sie Kraal. Die Boote legten an; die Passagiere gingen mit Erleichterung von Bord, sahen zu, wie die Ladung gelöscht wurde, während Bri sich auf den Weg zu Mathoms Schiff und seiner Besatzung machte, um ihre Sachen holen zu lassen.

»Hoffentlich«, murmelte Kia müde vor sich hin, »muß ich nie wieder in meinem Leben einen Fuß auf ein Schiff setzen. Hoffentlich sehe ich nie wieder in meinem Leben ein Gewässer, das größer ist als die Fischteiche der Morgol . . .«

Mit seinen Seeleuten im Gefolge kehrte Bri zurück und führte sie zu dem langen königlichen Schiff, das sachte schaukelnd im Hafen lag. Nach den Flußbooten wirkte es weiträumig und behaglich. Sein Augenmerk auf den Stand der Flut gerichtet, kläffte Bri vom Bug her zufrieden seine Befehle, während seine Leute Vorräte und Gepäck an Bord brachten und die Pferde in den Bauch des Schiffes führten. Schließlich hob sich die lange Ankerkette klirrend aus dem Wasser; das Schiff wurde losgemacht, und die prächtigen blau-violetten Segel von An blähten sich stolz im Wind.

Zehn Tage später legten sie in Hlurle an. Die Wachen der Morgol erwarteten sie am Hafen.

Lyra, die mit den fünf Wachen den Laufsteg herunterkam, blieb stehen beim Anblick der schweigenden, bewaffneten Schar am Pier.

Eine der Wachen, ein hochgewachsenes, grauäugiges Mädchen, sagte leise: »Lyra ...«

Lyra schüttelte den Kopf. Sie hob ihren Speer, hielt ihn dem hochgewachsenen Mädchen in ihren offenen Händen entgegen, ruhig und ohne Drohung, wie ein Geschenk. Rendel, die ihr folgte, hörte, wie sie schlicht sagte: »Willst du meinen Speer durch Herun tragen, Trika, und ihn für mich dann der Morgol übergeben? Ich scheide aus der Wache aus, sobald ich Kronstadt erreiche.«

»Das kann ich nicht.«

Lyra sah sie schweigend an, blickte auf die reglosen Gesichter der vierzehn jungen Frauen hinter Trika.

»Warum nicht? Hat die Morgol dir andere Weisung gegeben? Was will sie von mir?«

Trika hob die Hand, berührte flüchtig den Speer und ließ ihre Hand wieder niederfallen. Die fünf Wachen hinter Lyra standen in unbewegter Reihe und hörten zu.

»Lyra!« Sie schwieg, wählte mit Bedacht ihre Worte. »Du hast zwanzig Zeugen dafür, daß du um der Ehre der Wachen willen bereit warst, unbewaffnet nach Herun zu reisen. Doch ich halte es für besser, wenn du deinen Speer noch eine Weile behältst. Die Morgol hält sich nicht in Herun auf.«

»Wo ist sie? Sie ist doch gewiß nicht noch in Caithnard?«

»Nein. Sie kehrte vor über einem Monat aus Caithnard zurück, nahm sechs von uns mit sich nach Kronstadt und befahl uns anderen, hier auf Euch zu warten. Gestern traf Feya mit der Nachricht wieder ein, daß sie – daß sie nicht mehr in

Herun ist.«

»Ja, gut, aber wenn sie nicht in Herun ist, wo ist sie dann?«

»Keiner weiß es. Sie ist einfach fortgegangen.«

Mit leichtem Aufschlag ließ Lyra ihren Speer zu Boden fallen. Sie hob den Kopf und suchte mit den Augen ein gertenschlankes, rothaariges Mädchen.

»Feya, was soll das heißen, sie ist fortgegangen?«

»Sie ist fortgegangen, Lyra. Am Abend nahm sie noch das Nachtmahl mit uns ein, und am nächsten Morgen war sie fort.«

»Sie muß doch jemandem Bescheid gegeben haben, wohin sie wollte. Das ist nicht ihre Art. Hat sie Bedienstete mitgenommen, Gepäck, Wachen?«

»Sie hat ihr Pferd mitgenommen.«

»Ihr Pferd? Und das ist alles?«

»Wir haben einen Tag damit zugebracht, alle zu befragen, die im Hause waren. Das ist alles, was sie mit sich nahm. Nicht einmal ein Packpferd.«

»Wie kommt es, daß niemand sie fortgehen sah? Was habt ihr alle eigentlich bewacht?«

»Aber Lyra«, bemerkte jemand ruhig, »sie kennt die Zeiten des Wachwechsels so gut wie jede von uns, und keinem käme es in den Sinn, ihr Tun und Lassen in ihrem eigenen Haus in Frage zu stellen.«

Lyra schwieg. Sie schritt den Laufsteg hinunter, gab den neugierigen Seeleuten den Weg frei, die sich nun daranmachten, das Gepäck auszuladen. Rendel, die ihr nachblickte, dachte an das ruhige, schöne Gesicht der Morgol, während sie den Hügel zur Schule hinaufgeritten war, sah die goldgefleckten Augen vor sich, die wachsam und vorsichtig geworden waren, als die Großmeister sich versammelt hatten. Eine Frage schob sich in ihre Gedanken; und Lyra stellte sie: »Hat Morgon von Hed mit ihr gesprochen?«

Feya nickte. »Er kam so heimlich, daß niemand ihn sah, außer der Morgol; und ebenso heimlich ging er wieder, nur – nur war nach seinem Fortgehen der Frieden von Herun gestört.«

»Sie hat Weisungen gegeben?«

Lyras Stimme war ruhig. Neben Rendel hockte sich Tristan plötzlich schwerfällig am Fuß des Laufstegs nieder und schlug die Hände vor ihr Gesicht.

Feya nickte wieder. »Sie gab Weisung, daß die nördlichen und westlichen Grenzen dem Harfner des Erhabenen verschlossen werden sollten, daß niemand in Herun ihm Unterkunft oder sonst Unterstützung gewähren sollte, und daß jeder, der ihn in Herun sähe, entweder den Wachen oder der Morgol selbst Bescheid geben sollte. Und sie erklärte uns, warum. Sie entsandte Boten in alle Gebiete von Herun, um ihre Befehle verbreiten zu lassen. Und dann ging sie fort.«

Lyras Blick wanderte von ihr fort, über das graue Gedränge der Lagerhäuser hinweg, zu den fernen Grenzhügeln, die in der späten Frühlingssonne in einem hinfälligen, zartgrünen Licht lagen.

»Thod«, flüsterte sie.

Trika räusperte sich. »Wir dachten, daß sie vielleicht ausgezogen ist, ihn zu suchen. Lyra, ich – keine von uns kann begreifen, wie er das Entsetzliche getan haben kann, dessen der Sternenträger ihn beschuldigt hat. Wie er das fertiggebracht haben soll, die Morgol zu belügen. Es ist undenkbar. Wie ist es möglich – wie ist es möglich, daß er die Morgol nicht liebt?«

»Vielleicht liebt er sie doch«, antwortete Lyra langsam. Sie fing Rendels flüchtigen Blick auf und fügte verteidigend hinzu: »Sie richtete ihn wie Danan, wie Har – ohne ihn auch nur anzuhören, ohne ihm das Recht auf Verteidigung zu geben, das sie dem einfachsten Mann aus den Moordörfern Heruns zugebilligt hätte.«

»Auch ich verstehe ihn nicht«, sagte Rendel. »Aber er bekannte seine Schuld, als ich mit ihm sprach. Und er bot keine Verteidigung an. Er hatte keine.«

»Keinem, nicht einmal Morgon, scheint der Gedanke gekommen zu sein, daß vielleicht Ghisteslohm Thod unter seiner Macht hatte, wie er die Zauberer unter seiner Macht hatte, und ihn zwang, Morgon zu ihm zu bringen statt zum Erhabenen.«

»Lyra, Ghisteslohm ist –« Sie brach ab. Sie hatte das Gefühl, als erhöbe sich das Rauschen des Meerwindes wie eine unüberwindliche Mauer zwischen ihnen. Sie spürte, daß sie warteten, und endete müde: »Ihr sagt, daß der Gründer mächtiger ist als der Erhabene, daß er den Harfner gegen seinen Willen gezwungen hat. Und wenn ich in bezug auf Thod eines glaube, so ist es das, daß keiner, vielleicht nicht einmal der Erhabene, ihn zwingen könnte, etwas zu tun, das er nicht selbst tun will.«

»Dann habt auch Ihr ihn verurteilt«, stellte Lyra fest.

»Er hat sich selbst verurteilt! Meint Ihr denn, daß ich es glauben will? Er hat alle belogen, er hat den Sternenträger, die Morgol und den Erhabenen verraten. Und in jener Nacht im Wald legte er seinen Umhang über mich, damit ich nicht fröre, während ich schlief. Das ist alles, was ich weiß.« Hilflos begegnete sie Lyras dunklem, grüblerischem Blick. »Fragt ihn. Das ist es doch, was Ihr wollt, nicht wahr? Ihn finden und ihn fragen. Ihr wißt, wo er ist; in den Einöden, auf dem Weg nach Lungold. Und Ihr wißt auch, daß dies das Ziel der Morgol sein muß.«

Lyra sagte nichts. Neben Tristan setzte sie sich nieder und gab ihrer inneren Ungewißheit nach.

»Wir haben keine Anweisungen von der Morgol, in Herun zu bleiben«, bemerkte Goh nach einem kurzen Schweigen. »Niemand sollte in den Einöden allein reisen.«

»Ich möchte wissen, ob sie über Herun hinausgesehen und ihn allein erblickt hat –« Lyra schien drauf und dran, einen Befehl zu geben, dann aber schloß sie ihren Mund.

»Lyra«, sagte Trika ernst, »keine von uns weiß, was zu tun ist. Wir haben keine Befehle. Es wäre für uns alle eine Erleichterung, wenn du dein Ausscheiden aus der Wache noch eine Weile verschieben würdest.«

»Gut. Sattelt eure Pferde. Wir reiten nach Kronstadt. Und mag sie noch so heimlich aus Herun hinausgeritten sein, selbst die Morgol muß eine Spur hinterlassen haben.«

Die Wachen eilten auseinander. Rendel setzte sich neben Lyra nieder. Stumm blickten sie auf einen Seemann, der mit Lyras Pferd die Rampe herunterkam und leise vor sich hin pfiff.

Lyra hielt den Kopf auf die Knie gedrückt und sagte plötzlich zu Rendel: »Meint Ihr, ich tue recht daran, ihr zu folgen?«

Rendel nickte. Sie erinnerte sich des todmüden, vertrauten Gesichts des Harfners, über dem im Feuerschein ein fremder Zug von Spott gelegen hatte, während er trank. Sie erinnerte sich der feinen Ironie in seiner Stimme, die sie nie zuvor gehört hatte.

»Ja«, flüsterte sie. »Sie wird Euch brauchen.«

»Und was werdet Ihr tun? Kommt Ihr mit?«

»Nein. Ich segle mit Bri zurück nach Caithnard. Wenn Morgon südwärts zieht, dann geht er vielleicht dorthin.«

Lyra warf ihr einen Blick zu.

»Er wird nach An reiten.«

»Vielleicht.«

»Und dann? Wohin wird er dann ziehen? Nach Lungold?«

»Ich weiß es nicht. Ich vermute, es kommt darauf an, wo Thod sich aufhält.«

Auf der anderen Seite von Lyra hob Tristan den Kopf.

»Glaubt Ihr«, fragte sie mit unerwarteter Bitterkeit, »daß er vorher nach Hed kommen wird? Oder beabsichtigt er, Thod zu töten und dann nach Hause zurückzukehren und allen davon zu berichten?« Sie sahen sie an. Ihre Augen waren trübe von unvergossenen Tränen; ihr Mund war zusammengepreßt. Sie hielt den Kopf gesenkt und starrte auf die Bolzen in den Planken.

»Wenn er nur nicht so schnell reiten wollte, wenn ich ihn nur einholen könnte, vielleicht könnte ich ihn dann überreden, nach Hause zu kommen. Wie aber kann ich das tun, wenn er niemals irgendwo für längere Zeit haltmacht?«

»Früher oder später wird er nach Hause zurückkehren«, sagte Rendel. »Ich kann nicht glauben, daß er sich so sehr verändert hat, daß ihm Hed nicht mehr am Herzen liegt.«

»Aber er hat sich verändert. Früher einmal war er der Landherrscher von Hed und hätte sich lieber selbst den Tod gegeben als einem anderen. Jetzt aber –«

»Tristan, man hat ihm schwere Wunden beigebracht, Wunden, die wahrscheinlich tiefer sind, als einer von uns ahnen kann.«

Tristan nickte ein wenig unsicher.

»Vom Verstand her kann ich das verstehen. Auch in Hed ist es vorgekommen, daß einer aus Zorn oder aus Eifersucht einen anderen getötet hat, aber nicht – nicht so. Nicht indem er dem anderen wie ein Jäger auf der Fährte blieb und ihn einem bestimmten Ort zutrieb, um ihn dort zu töten. Das – ein anderer würde das vielleicht tun. Aber nicht Morgon. Und wenn – und wenn es geschieht und er danach nach Hed zurückkehrt, wie sollen wir dann einander wiedererkennen?«

Sie schwiegen. Ein Seemann mit einem Faß Wein auf dem Rücken erschütterte den Laufsteg mit seinem schweren, langsamen Schritt. Hinter ihnen brüllte Bri Corvett irgend etwas, das sich im Wind verlor wie das Kreischen einer Möwe.

»Er wird es wissen«, sagte Rendel leise. »Tief in seinem Inneren. Daß er alle Berechtigung hat, dies zu tun, außer einer. Daß der einzige Mensch, der ihn vielleicht dafür verdammen wird, er selbst ist. Vielleicht solltest du ihm ein wenig mehr vertrauen. Fahr nach Hause und warte und vertraue ihm.«

Wieder klangen Schritte hinter ihnen auf. Auf sie hinunterblickend, sagte Bri Corvett: »Das ist das Vernünftigste, was ich auf der ganzen Reise gehört habe. Wer möchte nach Hause?«

»Caithnard«, entgegnete Rendel und er seufzte.

»Nun, das ist nahe genug für den Anfang. Vielleicht kann ich mir dort Arbeit suchen, wenn Euer Vater nach diesem Zwischenfall mein Gesicht in An nicht mehr sehen möchte. Aber wenn ich es nur schaffe, Euch und das Schiff heil und gesund in den Hafen von Anuin zurückzubringen, dann kann er mich in Grund und Boden verwünschen, und ich werde dennoch glücklich und zufrieden sein.«

Lyra stand auf. Sie umarmte Bri plötzlich und hätte ihm mit ihrer Speerspitze beinahe die Mütze vom Kopf geschoben.

»Ich danke Euch. Sagt Mathom, daß es meine Schuld war.«

Er zog seine Mütze wieder gerade und lächelte errötend.

»Ich bezweifle, daß ihn das beeindrucken würde.«

»Habt Ihr hier irgend etwas von ihm gehört?« fragte Rendel. »Ist er wieder daheim?«

»Keiner scheint etwas zu wissen. Aber –« Er brach ab, die Brauen zusammengezogen, und sie nickte.

»Es sind beinahe zwei Monate vergangen. Das Gelöbnis, das er getan hat, ist hinfällig, da Morgon am Leben ist, und wenn er nicht nach An zurückkehrt, ehe es sich erhebt, wird er kein Haus mehr haben, in das er heimkehren kann.«

In zwei gerade ausgerichteten Reihen nahmen die Wachen am Pier Aufstellung. Kia brachte Lyra ihr Pferd. Rendel und Tristan standen auf, und Lyra umschlang sie beide kurz und heftig.

»Lebt wohl. Fahrt nach Hause.« Einen Moment lang hielt sie Rendels Augen fest, ehe sie die Arme sinken ließ, und wiederholte leise: »Fahrt nach Hause.«

Sie wandte sich ab, stieg auf ihr Pferd und grüßte sie ein letztes Mal mit ihrem Speer, der wie eine silberne Fackel aufblitzte. Dann zog sie ihr Pferd herum, nahm an der Spitze der beiden Reihen ihren Platz neben Trika ein und führte die Wachen, ohne noch einmal zurückzublicken, aus dem Hafen von Hlurle. Rendel blickte dem Zug nach, bis die letzte Reiterin hinter den Lagerhäusern verschwand. Dann drehte sie sich beinahe ziellos um und sah vor sich den leeren Laufsteg. Langsam ging sie hinauf, traf oben Bri und Tristan an, deren Blicke auf die blitzenden Speere in der Ferne gerichtet waren. Bri seufzte.

»Das wird eine stille Reise, wenn plötzlich keine Pfeile mehr über das Deck sausen. Wir nehmen hier noch Vorräte auf und segeln dann direkt an Ymris vorbei nach Caithnard. Wobei wir«, fügte er grimmig hinzu, »einen möglichst weiten Bogen um Ymris schlagen. Lieber möchte ich dem König von Aum persönlich in die Augen sehen, als Astrin Ymris.«

Sie sahen weder den einen noch den anderen auf der langen Fahrt nach Caithnard, nur hin und wieder ein Handelsschiff, das so vorsichtig wie sie selbst die unruhigen Gewässer vor Ymris mied. Manchmal kamen die Schiffe dicht an sie heran, um Nachrichten auszutauschen, denn das Gerücht von dem umherschweifenden Königsschiff aus An hatte sich von einem Ende des Reichs zum anderen verbreitet. Die Nachrichten waren immer die gleichen: Der Krieg in Ymris hatte sich bis nach Tor hinauf und in den Osten von Umber ausgedehnt; keiner wußte, wo Morgon war; keiner hatte irgend etwas von Mathom von An gehört; und dann noch eine bestürzende Neuigkeit aus Caithnard – die alte Schule der Rätselmeister hatte ihre Schüler fortgeschickt und ihre Tore geschlossen.

Die lange Reise fand schließlich ihr Ende, als das müde Schiff von der trägen Nachmittagsflut in den Hafen von Caithnard hineingetragen wurde. Von den Docks flogen Rufe und Bemerkungen herüber, als die dunklen Segel schlaff wurden und in sich zusammenfielen, und Bri das Schiff zu seinem Anlegeplatz manövrierte.

Bri überhörte geflissentlich die lauten Stimmen und sagte zu Rendel: »Wir haben ein kleines Leck; das muß geflickt werden, und wir müssen Vorräte aufnehmen, ehe wir nach Anuin weiterfahren. Das wird einen Tag oder vielleicht auch zwei dauern. Soll ich Euch Unterkunft in der Stadt suchen?«

»Es spielt keine Rolle.« Mit einer Anstrenung sammelte sie ihre Gedanken. »Ja, bitte. Und ich brauche mein Pferd.«

»Gut.« Tristan räusperte sich. »Ich brauche meines auch.«

»Ach?« Er musterte sie. »Wozu? Willst du über das Wasser nach Hed reiten?«

»Ich habe beschlossen, nicht nach Hed zu reisen.« Sie widerstand ruhig seinem skeptischen Blick. »Ich reite in diese Stadt – die Stadt der Zauberer. Lungold. Ich weiß, wo sie ist; ich habe auf Euren Karten nachgesehen. Die Straße führt direkt aus –«

»Bei den Hauern von Hegdis-Tag, Kind, hast du auch nur einen Funken Vernunft im Leib?« explodierte Bri. »Das ist eine Reise von sechs Wochen, die durch Niemandsland führt. Nur dem Leck im Laderaum kannst du es danken, daß ich dich nicht direkt nach Tol gebracht habe. Lungold! Wenn Thod und Morgon dort zusammentreffen und der Gründer und weiß der Himmel wieviel Zauberer, die wie die Geister aus den Grabhügeln von Hel aus der Vergangenheit emporgetaucht sind, wird diese Stadt in Trümmer gehen wie ein wurmzerfressener Schiffsbauch.«

»Das ist mir gleich. Ich –«

»Du –«

Sie brachen beide ab, als Tristans Blick plötzlich an Bri vorbeiglitt und sie einen Schritt nach rückwärts trat. Rendel drehte sich um. Ein junger Mann mit einem dunklen, müden, irgendwie bekannten Gesicht kam die Rampe herauf. Seine schlichte Kleidung, sein zaghaftes Näherkommen weckten eine Erinnerung in ihr. Seine Augen wanderten zu ihrem Gesicht, dann an ihr vorbei zu Tristan.

Er blieb stehen, schloß die Augen und seufzte.

»Tristan«, sagte er dann, »willst du nicht heimkommen, ehe Eliard aus Hed fortzieht, um dich zu suchen.«

Der rebellische, trotzige Blick ihrer Augen trübte sich ein wenig.

»Das würde er nie tun.«

»Doch, er würde es tun. Er wird es tun. Ein Händler, der von Kraal herunterkam, sichtete dieses Schiff in Hlurle und sagte, du wärst auf der Fahrt nach Süden. Schon da war Eliard drauf und dran auszuziehen, aber – ich siegte in einem Ringkampf mit ihm, und er sagte, wenn ich ohne dich zurückkäme, würde er aus Hed fortreisen. Die Sorge sitzt ihm Tag und Nacht in den Knochen, und er ist so giftig wie ein gereizter Puter. Er ist ungenießbar, gleich ob er betrunken oder nüchtern ist.«

»Ich wollte ja nach Hause kommen, aber –«

Meister Cannon stellte sich breitbeinig aufs Deck.

»Ich habe dich sehr höflich gebeten, und ich werde dich nochmals bitten. Aber das dritte Mal werd' ich nicht mehr bitten.«

Tristan hob herausfordernd den Kopf und starrte ihn an. Bri Corvett gestattete sich ein Lächeln höchster Befriedigung. Tristan öffnete den Mund, um etwas zu erwidern; doch unter Meister Cannons unerbittlichem, hartem Blick änderte sie die Taktik.

»Hör zu, ich weiß, wo Morgon ist, und wo er hin will. Wenn du wartest, wenn du Eliard nur sagst, daß er warten soll –«

»Dem etwas sagen! Ich hab' ihm einmal gesagt, es wäre ein schöner Morgen, und da hat er einen ganzen Kübel Abfälle über mir ausgeleert. Über eines sei dir im klaren, Tristan: Wenn Morgon nach Hause kommen will, dann kommt er. Ohne daß wir nachhelfen. Er hat auch überlebt, ohne daß wir ihm halfen. Ich bin sicher, er weiß es zu schätzen, daß dir sein Schicksal so sehr am Herzen lag, daß du versuchtest herauszufinden, was ihm zugestoßen war.«

»Du könntest mit mir kommen –«

»Ich brauche schon meinen ganzen Mut dazu, nur hier zu stehen, durch diese bodenlosen Gewässer von Hed getrennt. Wenn du willst, daß er nach Hause kommt, dann kehre selbst nach Hause zurück. Im Namen des Erhabenen, sorge dafür, daß ihn zu Hause Menschen erwarten, die er liebt.«

Tristan schwieg, während das Wasser plätschernd gegen den Schiffsbauch schlug. Der schmale, schwarze Schatten des Masts lag wie eine Gitterstange zu ihren Füßen.

»Gut«, sagte sie schließlich und trat einen Schritt vor. »Ich fahre nach Hause und sage Eliard, daß ich wohlauf bin. Aber ich verspreche nicht, daß ich bleiben werde. Nein, das verspreche ich nicht.« Sie machte noch einen Schritt, wandte sich dann Rendel zu und umarmte sie fest. »Seid vorsichtig«, sagte sie leise. »Und wenn Ihr Morgon seht, dann sagt ihm ... Sagt ihm nur das, sagt ihm, daß er vorsichtig sein soll. Und daß er nach Hause kommen soll.«

Sie ließ Rendel los und ging langsam auf Meister Cannon zu. Er legte eine Hand auf ihr Haar, zog sie an sich und ließ dann seinen Arm zu ihrer Taille hinuntergleiten. Rendel sah ihnen nach, als sie den Laufsteg hinunterschritten und sich durch das geschäftige Treiben an den Docks einen Weg bahnten. Sehnsucht nach Anuin riß an ihr, Sehnsucht nach Duac und Elieu von Hel, nach Rood mit seinen krähenscharfen Augen, nach den Geräuschen und Gerüchen von An, nach sonnengebeizter Eiche, nach dem sanften Murmeln des endlosen Stroms der Geschichte, das aus den Tiefen der Erde klang.

Hinter ihr sagte Bri Corvett behutsam: »Seid nicht traurig. In einer Woche werdet ihr den Wind Eurer eigenen Heimat riechen.«

»Meint Ihr?« Sie senkte den Blick und sah das weiße Mal auf ihrer Handfläche, das mit An nichts zu tun hatte. Doch als sie seine Sorge spürte, fügte sie ein wenig heiterer hinzu: »Ich glaube, ich muß von diesem Schiff herunter. Würdet Ihr die Leute bitten, mein Pferd heraufzubringen?«

»Wenn Ihr wartet, begleite ich Euch.«

Sie legte eine Hand auf seine Schulter.

»Das ist nicht notwendig. Ich möchte ein Weilchen allein sein.«

Sie ritt durch das Hafenviertel und dann durch die belebten Geschäftsstraßen der Stadt, und wenn jemand versuchte, ihr zu nahe zu treten, so merkte sie es nicht. Im versinkenden Nachmittag breitete sich ein Netz von Schatten über ihren Weg, als sie in die stille Straße einbog, die zur Schule hinaufführte. Sie wurde sich plötzlich bewußt, daß sie an diesem Tag nirgends in Caithnard die Schüler mit ihren leuchtenden Gewändern gesehen hatte. Auch auf der Straße waren keine. Sie umrundete die letzte Biegung vor der Anhöhe und sah, daß der Park der Schule wie leergefegt war.

Sie hielt an. Die dunklen, alten Mauern mit den leeren Fenstern schienen Falschheit zu bergen, Verrat an der Wahrheit, der so bitter und schrecklich war wie der Verrat, der im Erlenstern-Berg geschehen war. Der Berg hatte seinen Schatten über das ganze Reich in die Herzen der Großmeister geworfen, bis diese fanden, daß der größte Trug innerhalb ihrer eigenen Mauern war. Die Schüler konnten sie fortschikken, doch sie wußte, daß sie, wenn sie auch sich selbst vielleicht Fragen stellen würden, niemals Struktur und Wesen der Rätselkunst in Frage stellen würden.

Am Tor stieg sie vom Pferd und klopfte. Als niemand kam, öffnete sie selbst. Der schmale Flur war leer und dunkel. Langsam ging sie vorwärts, während sie durch offene Türen in kleine Kammern blickte, wo einst Schüler umgeben von ihren Büchern und im flackernden Schein einer Kerze endlose Rätselkämpfe ausgetragen hatten. Im Erdgeschoß war niemand. Sie stieg die breite Steintreppe zum ersten Stockwerk hinauf. Dort warteten weitere offene Türen, hinter denen leere Zimmer gähnten. Schließlich kam sie zur Tür der Bibliothek der Großmeister. Sie war geschlossen.

Sie öffnete sie. Acht Großmeister und ein König unterbrachen ihr ruhiges Gespräch, drehten sich verblüfft nach ihr um. Die eisblauen Augen des Königs brannten, als er sie mit plötzlicher Neugier anblickte.

Einer der Meister stand auf.

»Rendel von An«, sagte er freundlich. »Können wir Euch helfen?«

»Ich hoffe es«, flüsterte sie, »denn ich weiß nicht, wohin ich mich sonst wenden soll.«

8

Eingehüllt von ihrem sanften, leidenschaftslosen Schweigen berichtete sie ihnen von dem Gestaltwandler, der in Danans Haus zu ihr gekommen war, und von ihrer Flucht aus dem Berg Isig. Sie erzählte ihnen von dem Stein, den Astrin in der Ebene von Königsmund gefunden hatte, und zeigte ihnen das Mal auf ihrer Handfläche. Sie schilderte ihnen, wie sie in der leeren, öden Nacht in der Einöde das Feuer in ihrer Hand gehalten hatte, während der Weinbecher des Harfners des Erhabenen in seinem Licht geblitzt hatte. Sie erzählte ihnen, obwohl sie wußte, daß sie die Geschichte kannten, von Ylon, der aus An und der körperlosen See geboren worden war.

Als sie endete, hatte sich der Abend leise in den Raum geschlichen, verwischte die schweigenden, dunkelgewandeten Gestalten, altes Pergament und kostbare, mit Gold verschlossene Manuskripte. Einer der Meister zündete eine Kerze an. Die Flamme zeigte ihr sein müdes, geduldiges Gesicht und hinter ihm die hageren, gar nicht sanften Züge des Königs von Osterland.

Der Meister sagte schlicht: »Wir alle hier stellen uns dieser Tage ernste Fragen.«

»Ich weiß. Ich weiß, mit welchem Nachdruck. Ihr habt Eure Tore nicht einfach deshalb geschlossen, weil Ihr den Gründer von Lungold hier als Großmeister aufgenommen habt. Ich weiß, wer da war, Morgon zu empfangen, als Thod ihn zum Erlenstern-Berg brachte.«

Die schlanke Kerze, die der Meister hielt, neigte sich zu einem Docht und blieb ruhig.

»Auch das wißt Ihr!«

»Ich habe es erraten. Und später, später sagte mir Thod, daß es so war.«

»Er scheint Euch sehr wenig erspart zu haben«, bemerkte Har.

Seine Stimme klang trocken und unpersönlich, doch sie sah in seinem Gesicht einen Abglanz des Zorns und der Verwirrung, die der Harfner im ganzen Reich ausgelöst hatte.

»Ich bat ihn nicht darum, mich zu schonen. Ich wollte die Wahrheit. Ich will sie auch jetzt, deshalb bin ich hergekommen. Hier ist ein Ausgangspunkt. So kann ich nicht nach An zurück. Wenn mein Vater dort wäre, könnte ich es vielleicht. Aber ich kann nicht heimkehren und Duac und Rood und den Rittern von An gegenüber vorgeben, daß ich so sicher nach An gehöre wie die Wurzeln der Bäume und die alten Königsgräber. Ich habe eine Gabe und ich habe Angst vor ihr. Ich weiß nicht – ich weiß nicht, was ich vielleicht in mir selbst freisetze, ohne es zu wollen. Ich weiß nicht mehr, wohin ich gehöre. Ich weiß nicht, was ich tun soll.«

»Unwissenheit«, murmelte der Wolfskönig, »ist tödlich.«

Das abgetragene Gewand von Großmeister Tel raschelte in der Stille.

»Ihr seid beide hergekommen, Euch Antworten zu holen; wir können Euch nur wenige geben. Manchmal jedoch braucht man eine Frage nur zu drehen, und sie wird zur Antwort; und wir haben viele Fragen. Vor allem eine, die die Gestaltwandler betrifft. Sie tauchten beinahe ohne jede Vorwarnung in dem Augenblick auf, als dem Sternenträger seine Bestimmung bewußt wurde. Sie wußten seinen Namen vor ihm; sie wußten von dem Schwert mit den Sternen, das tief im Grab der Kinder der Erdherren in Isig auf ihn wartete. Sie sind alt, älter als die Geschichte und die Rätselkunst, ohne Ursprung, ohne Namen. Sie müssen benannt werden. Erst dann werdet Ihr die Ursprünge Eurer eigenen Gaben kennenlernen.«

»Reicht es nicht zu wissen, daß sie die Königsfamilien in An und Ymris zu vernichten suchten, daß sie Astrin Ymris blendeten, daß sie Morgon beinahe töteten, daß sie kein Erbarmen kennen, keine Barmherzigkeit, keine Liebe. Sie gaben Ylon sein Leben und trieben ihn dann in den Tod. Sie kennen kein Mitleid, nicht einmal mit ihren eigenen –«

Unvermittelt brach sie ab bei der Erinnerung an die Stimme des Gestaltwandlers.

Einer der Großmeister bemerkte leise: »Ihr seid auf eine Ungereimtheit gestoßen?«

»Nicht Mitleid, sondern Leidenschaft . . .«, flüsterte sie. »Das gab mir der Gestaltwandler zur Antwort. Und sie verwob ihr Feuer zu solcher Schönheit, daß mich ein heftiges Verlangen packte, ihre Gabe zu besitzen. Und sie fragte mich, was denn Ylon zu ihnen zurückgetrieben hätte, wenn sie gar so schrecklich wären. Sie machte, daß ich das Harfenspiel hörte, das Ylon vernahm, sie ließ mich seine Sehnsucht begreifen. Dann sagte sie mir, daß Morgon den Harfenspieler getötet hatte.«

Sie verstummte in das Schweigen der Großmeister hinein, das geübte Schweigen alter Männer, das Herzstück der Geduld.

»Sie ließ mir dieses Rätsel zurück.« Ihre Stimme war tonlos. »Diese Ungereimtheit. Wie Thods Güte, die vielleicht nur Gewohnheit war, und – vielleicht auch nicht. Ich weiß es nicht. Nicht – nicht der Erhabene, nicht diese Schule, nicht Gut noch Böse – scheint mehr seine Gestalt zu behalten. Das ist der Grund, weshalb ich in jenem Augenblick so sehr nach Morgon verlangte. Er weiß wenigstens seinen eigenen Namen. Und einer, der sich selbst benennen kann, kann sehen und andere Dinge benennen.«

Die Gesichter im unruhigen Kerzenschein schienen aus Schatten und Erinnerung geformt, so still saßen sie da, als ihre Stimme verklang.

Schließlich sagte Meister Tel sanft: »Die Dinge sind sie selbst. Wir verzerren ihre Gestalt. Euer eigener Name ist noch immer in Euch geborgen, ein Rätsel. Der Erhabene, gleich, wer er ist, ist noch immer der Erhabene, wenn auch Ghisteslohm seinen Namen wie eine Maske getragen hat.«

»Und was ist der Harfner des Erhabenen?« fragte Har.

Großmeister Tel schwieg einen Moment, während er sich in eine Erinnerung zurückzog.

»Auch er hat hier studiert, vor Jahrhunderten . . . Ich hätte nicht geglaubt, daß ein Mann, der sich das schwarze Gewand erworben hat, die Grundsätze der Rätselmeisterschaft auf solche Weise verraten könnte.«

»Morgon hat vor, ihn zu töten«, sagte Har brüsk, und bestürzt hoben sich die Augen des Großmeisters.

»Ich hatte nicht gehört –«

»Ist das ein Verrat an der Rätselkunst? Der Weise verfolgt nicht seinen eigenen Schatten. Nichts von seinem Instinkt für das Landrecht ist ihm geblieben, ihn zurückzuhalten; nicht einen Landherrscher im ganzen Reich gibt es, die Morgol eingeschlossen, der seinen Wünschen nicht willfährt. Wir schenken ihm Verständnis; wir verriegeln die Tore zu unseren Königreichen, wie er es wünscht. Und wir warten auf seinen letzten Verrat – den Verrat an sich selbst.« Sein harter Blick wanderte wie eine Herausforderung von Gesicht zu Gesicht. »Der Meister ist Herr seiner selbst. Morgon ist völlig frei von diesem Reich. Er trägt nicht mehr die Zügel des Landrechts. Der Erhabene ist nirgends sichtbar, es sei denn im Zeugnis seiner Existenz. Bisher hat sich Morgon durch die Grundsätze und Lehren der Rätselkunst an seine Bestimmung gebunden. Er besitzt außerdem ungeheuere, unerprobte Macht. Gibt es auf den Listen der Meister ein Rätsel, das den Weisen gestattet, zu rächen?«

»Durch Richtspruch«, murmelte einer der Großmeister, doch seine Augen blickten beunruhigt. »Wem sonst ist es gestattet, diesen Mann zu richten und zu verdammen, der seit Jahrhunderten das ganze Reich verraten hat?«

»Dem Erhabenen.«

»Und an Stelle des Erhabenen –«

»Dem Sternenträger?« Er spielte auf ihrem Schweigen wie auf einer Harfensaite und brach es dann. »Der Mann, der seine Macht dem Geiste Ghisteslohms entrang, weil keiner, nicht einmal der Erhabene, ihm half? Er ist verbittert, überheblich, und nach seinen Taten zu urteilen, stellt er selbst die stillschweigenden Regeln in Frage, an die sich jeder Rätselmeister gebunden fühlt. Aber ich bezweifle, daß er das in sich selbst sieht; denn wohin auch immer er blickt, stets sieht er Thod. Seine Bestimmung ist es, Rätsel zu lösen. Nicht, sie zu zerstören.«

Eine Spannung löste sich in Rendel. Sie fragte leise: »Habt Ihr ihm das gesagt?«

»Ich versuchte es.«

»Ihr seid auf seine Wünsche eingegangen. Thod sagte, er wäre von Euren Wölfen aus Osterland vertrieben worden.«

»Mich verlangte nicht danach, auch nur einen Fußabdruck von Thod in meinem Land zu finden.« Er schwieg einen Moment. Seine Stimme verlor ihre Barschheit. »Als ich den Sternenträger sah, hätte ich mir die Narben von meinen Händen reißen mögen, um sie ihm zu geben. Er sagte sehr wenig über Thod und auch über Ghisteslohm, aber er sagte – genug. Später, als mir langsam klar wurde, was er tat, wie weit fort von sich selbst er sich entwickelt zu haben schien, ließen mich die Gedanken daran, was sein Handeln bedeutete und ausdrückte, nicht mehr los. Er war immer so starrsinnig ...«

»Kommt er nach Caithnard?«

»Nein. Er bat mich, seine Geschichte und seine Rätsel den Meistern zu bringen, die in ihrer Weisheit darüber befinden würden, ob das Reich die Wahrheit über den, den wir so lange den Erhabenen nannten, ertragen kann.«

»Deshalb habt Ihr Eure Tore geschlossen«, sagte sie plötzlich zu Meister Tel, und der nickte.

»Wie können wir uns selbst Meister nennen?« fragte er schlicht. »Wir haben uns in uns selbst zurückgezogen, nicht aus Entsetzen, sondern aus einem Bedürfnis heraus, die Muster neuzuordnen, die wir Wahrheit genannt haben. In der Substanz des Reiches selbst, seiner Gründung und seiner Geschichte, in seinen Sagen und Kriegen, in seiner Dichtung und seinen Rätseln – wenn es dort eine Antwort gibt, eine Gestalt der Wahrheit, die unwandelbar ist, dann werden wir sie finden. Wenn die Grundsätze der Rätselmeisterschaft selbst ungültig sind, so werden wir auch das finden. Der Meister von Hed wird es uns durch sein Handeln sagen.«

»Er fand seinen Weg aus dem dunklen Turm in Aum heraus . . .«, murmelte sie.

»Glaubt Ihr«, fragte Har, »daß er auch diesmal wieder aus einem Turm herausfinden kann, aus einem weiteren tödlichen Kampf? Diesmal hat er das, was er immer haben wollte: die Wahl. Die Macht, für den Kampf seine eigenen Regeln festzusetzen.«

Sie dachte an den klammen, langsam verfallenden Turm in Aum, der selbst wie ein einsames Rätsel inmitten der goldgrünen Eichen stand, und sah einen jungen Mann, der, schlicht gekleidet, lange Zeit im Sonnenlicht vor der wurmstichigen Tür stand, ehe er sich bewegte. Dann hob er eine Hand, stieß die Tür auf und verschwand, die milde Luft und das Sonnenlicht hinter sich zurücklassend. Sie sah Har an. Ihr war, als hätte er ihr ein Rätsel gestellt und als hinge von ihrer Antwort etwas von lebenswichtiger Bedeutung ab.

»Ja, antwortete sie und wußte, daß die Antwort aus einem Bereich gekommen war, der jenseits aller Ungewißheit und Verwirrung lag, jenseits logischer Überlegung.

Einen Moment lang musterte er sie stumm. Als er dann sprach, war seine Stimme sanft wie das Fallen des Schnees durch die dunstverhangene stille Luft seines Landes.

»Morgon erzählte mir einmal, daß er allein in einem alten Gasthaus in Hlurle saß, den halben Weg seiner Reise zum Erlenstern-Berg hinter sich, und auf ein Schiff wartete, das ihn nach Hed zurückbringen sollte. Dies war ein Zeitpunkt, als er in der Sache seines Schicksals eine Wahl zu haben glaubte. Eines aber hinderte ihn daran, nach Hause zurückzukehren – das Wissen, daß er Euch niemals würde bitten können, nach Hed zu ziehen, wenn er Euch nicht seinen wahren Namen, sein wahres Selbst gäbe. Deshalb vollendete er seine Reise. Als ich ihn vor gar nicht langer Zeit in mein Haus kommen sah, schlicht und einfach wie jeder Reisende, der in meinem Hause Unterkunft für die Nacht sucht, sah ich zuerst nicht den Sternenträger. Ich sah nur die schreckliche, erbarmungslose Geduld in den Augen eines Mannes, die Geduld, die aus absoluter Einsamkeit geboren ist. Für Euch wagte er sich in einen finsteren Turm der Wahrheit. Habt Ihr den Mut, ihm Euren eigenen Namen zu geben?«

Ihre Hände krampften sich zusammen, und sie spürte, wie etwas in ihr, das fest zusammengeballt war wie eine Faust, sich sachte öffnete. Sie nickte, ihrer Stimme nicht trauend, und ihre Hand tat sich auf. Das Kerzenlicht lag schimmernd auf dem geheimen Wissen in dieser Hand.

»Ja«, sagte sie. »Was immer ich von Ylons Gaben mitbekommen habe, ich schwöre bei meinem Namen, daß ich etwas Gutes daraus machen werde, und sollte es noch so unmöglich scheinen. Wo ist er?«

»Zweifellos zieht er in diesem Moment auf seinem Wege nach Anuin durch Ymris, um dann nach Lungold weiterzuwandern, denn dort, scheint es, will er Thod stellen.«

»Und wohin dann? Wohin danach? Er wird nicht nach Hed zurückkehren können.«

»Nein. Nicht, wenn er den Harfner tötet. Dann gäbe es für ihn in Hed keinen Frieden. Ich weiß es nicht. Wohin wendet sich ein Mann, der vor sich selbst fliehen will? Ich werde ihm die Frage stellen, wenn ich ihn in Lungold sehe.«

»Ihr wollt dorthin –«

Er nickte. »Ich könnte mir denken, daß er in Lungold einen Freund braucht.«

»Bitte, ich möchte mit Euch kommen.«

Sie sah den stummen Protest in den Gesichtern der Rätselmeister. Der Wolfskönig zog eine schmale Braue hoch.

»Wie weit wollt Ihr laufen, um vor Euch selbst zu fliehen? Bis nach Lungold? Und dann wohin? Wie weit kann ein Baum vor seinen Wurzeln fliehen?«

»Ich will ja gar nicht –« Sie brach ab, ohne ihn anzusehen.

»Geht heim«, sagte er leise.

»Har«, bemerkte Großmeister Tel trocken, »das ist ein Rat, den Ihr Euch selbst geben solltet. Diese Stadt ist nicht einmal für Euch der rechte Ort. Die Zauberer werden Ghisteslohm dort suchen; der Sternenträger wird Thod suchen; und wenn auch die Gestaltwandler sich dort versammeln, wird kein lebendes Wesen in dieser Stadt sicher sein.«

»Das weiß ich.« Das Lächeln in den eisblauen Augen vertiefte sich ein wenig. »Auf meinem Wege durch Kraal traf ich mit Händlern zusammen, die mich fragten, wohin ich glaubte, daß die Zauberer sich zurückgezogen hätten, als sie verschwanden. Das waren Männer, die ihre beiden Augen benützen, und ihr Blick reichte weit genug, sich zu fragen, ob sie ihr Leben aufs Spiel setzen wollten, indem sie ihrem Gewerbe in einer Stadt nachgingen, die dem Untergang geweiht ist. Händler besitzen wie Tiere einen Instinkt für die Gefahr.«

»Den besitzt auch Ihr«, erwiderte Großmeister Tel mit einiger Strenge, »doch Euch fehlt der Instinkt, sie zu meiden.«

»Könnt Ihr einen Vorschlag machen, wohin wir uns wenden sollen, um in einem Reiche Sicherheit zu finden, das dem Untergang geweiht ist? Und wann hat es in dem Niemandsland zwischen einem Rätsel und seiner Lösung je etwas anderes als Gefahr gegeben?«

Großmeister Tel schüttelte den Kopf. Er streckte die Waffen in diesem Streit, als er sah, daß er sinnlos geworden war.

Danach begaben sie sich zum Nachtmahl, das einige Schüler für sie bereitet hatten, denen die Rätselmeister einzige Familie waren, die Schule einziges Heim. Den Rest des Abends brachten sie in der Bibliothek zu und erörterten, während Rendel und der Wolfskönig schweigend zuhörten, die möglichen Ursprünge der Gestaltwandler, die geheime Bedeutung des Steines von der Ebene von Königsmund und des fremden Gesichts, das darin eingeschlossen war.

»Der Erhabene?« mutmaßte Großmeister Tel einmal, und Rendels Kehle zog sich in einer namenlosen Angst zusammen. »Ist es möglich, daß ihnen so sehr daran liegt, ihn zu finden?«

»Weshalb sollten sie am Erhabenen größeres Interesse haben als er an ihnen?«

»Vielleicht hält sich der Erhabene vor ihnen versteckt«, meinte ein anderer.

Har, der so still in den Schatten saß, daß Rendel seine Anwesenheit beinahe vergessen hatte, hob plötzlich den Kopf, doch er sagte nichts. Einer der anderen Meister nahm den Gedankenfaden auf.

»Wenn der Erhabene in Angst vor ihnen lebt, warum dann nicht auch Ghisteslohm? Das Gesetz des Erhabenen im

Reich ist unangetastet geblieben. Mir scheint, es ist weniger so, daß er sich fürchtet, als vielmehr so, daß er ihrer nicht achtet. Und doch – er ist ein Erdherr; Morgons Sterne sind unlösbar an den früheren Untergang der Erdherren und ihre Kinder gebunden; es scheint unglaublich, daß er auf diese Bedrohung seines Reiches nicht reagiert hat.«

»Worin genau besteht diese Bedrohung? Wie weit reicht ihre Macht? Welches ist ihr Ursprung. Wer sind sie? Was wollen sie? Was will Ghisteslohm? Wo ist der Erhabene?«

Die Fragen verwoben sich zu Schleiern der Unklarheit, die wie der Qualm von Fackeln im Raume hingen; man zog schwere Folianten aus den Regalen, saß eine Weile brütend über ihnen, ließ sie dann aufgeschlagen liegen, so daß das von den Kerzen tropfende Wachs sich auf ihren Seiten sammelte. Rendel sah zu, wie die alten Bücher der Zauberer aufgesperrt wurden, hörte die Namen oder die Schlüsselworte, bei deren Klang die nahtlosen Einbände aus Eisen, Messing oder Gold aufsprangen; sie sah die schwarzen, eilig hingeworfenen Worte, die niemals verblichen, die leeren Seiten, die, wie ein Auge, das sich langsam öffnet, das auf ihnen Geschriebene erst unter der Berührung von Wasser oder Feuer preisgaben oder unter der Melodie eines belanglosen Verses. Die behäbigen Tische verschwanden schließlich unter Büchern, verstaubten Pergamentrollen und tropfenden Kerzen; ungelöste Rätsel schienen an den Dochten zu brennen, in den Schatten hinter Stuhllehnen und Bücherregalen zu kauern. Die Rätselmeister verstummten. Rendel, die gegen ihre Müdigkeit kämpfte, meinte über das Schweigen hinweg noch immer ihre Stimmen oder ihre Gedanken zu hören, die sich miteinander verflochten und sich wieder trennten, die Fragen stellten und Antworten verwarfen.

Ein wenig steifgliedrig stand Har schließlich auf, ging zu einem der Bücher, das aufgeschlagen dalag, und blätterte eine Seite um.

»Mir geht da eine alte Geschichte durch den Kopf, die es vielleicht gar nicht wert ist, daß man sich mit ihr befaßt. Sie kommt aus Ymris und findet sich, glaube ich, in Aloils Sagensammlung. Sie enthält eine Andeutung von Gestaltwandlung . . .«

Rendel stand auf. Sie hatte das Gefühl, als umwallten Gedankenfetzen sie wie Nebelschwaden. Die Gesichter der Meister schienen fern, leicht verwundert, als sie sich erhob.

»Ich schlafe schon halb«, murmelte sie entschuldigend.

»Verzeiht«, sagte Großmeister Tel. Mit sanfter Hand nahm er ihren Arm und geleitete sie zur Tür. »Einer der Schüler war gescheit genug, zum Hafen hinunterzugehen und Eurem Kapitän zu sagen, daß Ihr hier seid; er hat Euer Bündel mitgebracht. Irgendwo im Haus hat man Euch ein Zimmer bereitet; ich bin nicht sicher –«

Er öffnete die Tür, und ein junger Schüler, der lesend an der Wand lehnte, richtete sich ruckartig auf und klappte sein Buch zu. Er hatte ein schmales, dunkles Gesicht mit einer Hakennase und begrüßte Rendel mit einem scheuen Lächeln. Er trug noch das rote Gewand. Die langen weiten Ärmel waren an den Säumen befleckt, als hätte er in seinem Gewand bei der Zubereitung des Nachtmahls geholfen. Nachdem er sie mit diesem kurzen scheuen Lächeln angeblickt hatte, senkte er den Kopf und sagte zaghaft zum Boden: »Wir haben Euch nicht weit von den Gemächern der Großmeister eine Kammer bereitet. Ich habe Eure Sachen gebracht.«

»Ich danke Euch.«

Sie wünschte Großmeister Tel gute Nacht und folgte dem Schüler durch die stillen Gänge. Er sprach nichts. Den Kopf noch immer gesenkt, eine scheue Röte in den Wangen, führte er sie zu einer der kleinen, kahlen Kammern. Ihr Bündel lag auf dem Bett; Krüge mit Wasser und Wein standen auf einem kleinen Tisch unter einem Leuchter mit brennenden Kerzen. Die Fenster, die tief in den rauhen Stein eingelassen waren, standen der salzigen Nachtluft offen, die vom Meer her emporstieg.

»Ich danke Euch«, sagte sie nochmals und trat zum Fenster, um hinauszublicken, obwohl sie nichts sehen konnte als den alten Mond, vor dessen schmaler Sichel ein verlorener Stern hertrieb. Sie hörte, wie der Schüler hinter ihr einen unsicheren Schritt machte.

»Die Laken sind grob . . .« Dann schloß er die Tür und

sagte: »Rendel.«

Das Blut gefror ihr in den Adern.

Im weichen, flackernden Licht der Kerzen war sein Gesicht ein verschwommenes Oval harter Linien und Schatten. Er war größer, als sie ihn in Erinnerung hatte; das befleckte rote Gewand, das sich mit seinem Gestaltwandel nicht verändert hatte, spannte über seinen Schultern. Ein Luftzug streifte das Kerzenlicht, zog die Flammen zu ihm hin, und sie sah seine Augen. Sie drückte die Hände auf ihren Mund.

»Morgon?« Ihre Stimme schwankte.

Keiner von beiden bewegte sich; es war, als türmte sich eine Mauer zwischen ihnen. Aus Augen, die endlos in die schwarzen Grotten des Erlenstern-Bergs, in die Klüfte und Abgründe im Geiste eines Zauberers geblickt hatten, sah er sie an. Da ging sie auf ihn zu, ging durch die Mauer hindurch, berührte etwas, das ewig schien wie der Wind oder die Nacht, das die Gestalt aller Dinge hatte und zugleich keine, das so abgeschliffen war wie ein Kiesel vom unaufhörlichen Fluß des Wassers. Er machte eine Bewegung, das Wissen um seine eigene Gestalt kehrte in ihre Hände zurück. Sie spürte, wie seine Hand, leicht wie ein Hauch, über ihr Haar strich. Dann waren sie wieder getrennt, wenn sie auch nicht wußte, welcher von ihnen sich entfernt hatte.

»Ich wäre zu dir nach Anuin gekommen, aber du warst hier.« Seine Stimme klang tief, rauh, abgenützt. Er ging zum Bett und setzte sich.

Wortlos starrte sie ihn an. Er hob seine Augen zu den ihren, und seine Züge, die eines Fremden, mager, knochig, reglos, nahmen plötzlich einen Zug ergreifender Sanftheit an.

»Ich wollte dich nicht erschrecken.«

»Du hast mich nicht erschreckt.« Ihre Stimme schien aus weiter Ferne zu kommen, so als wäre es der Wind neben ihr, der sprach. Sie setzte sich zu ihm. »Ich habe dich gesucht.«

»Ich weiß. Ich habe es gehört.«

»Ich glaubte nicht – Har sagte, du würdest nicht hierherkommen.«

»Ich sah das Schiff deines Vaters vor der Küste von Ymris. Da dachte ich mir, daß ihr vielleicht hier anlegen würdet, da ja Tristan bei euch war. Deshalb bin ich gekommen.«

»Es kann sein, daß sie noch hier ist; Meister Cannon kam, sie zu holen, aber –«

»Sie sind nach Hed abgesegelt.«

In seiner Stimme lag etwas so Endgültiges, daß sie ihn einen Moment lang forschend anblickte.

»Du möchtest sie nicht sehen.«

»Noch nicht.«

»Sie bat mich, dir, wenn ich dich sehen sollte, dieses zu sagen: Sei vorsichtig.«

Er schwieg, seinen Blick noch immer in den ihren gesenkt. Sie gewahrte, daß er eine besondere Gabe besaß, still zu sein. Wenn er es wollte, schien die Stille aus ihm herauszuströmen, die gelassene Stille von alten Bäumen oder Steinen, die jahrelang reglos dagelegen haben. Sie pulsierte in seinem Atem, in seinen unbewegten, von Narben gezeichneten Händen. Abrupt, lautlos stand er auf, und die Stille schwang mit ihm, als er sich umdrehte und dort hintrat, wo sie gestanden hatte, um zum Fenster hinauszublicken. Flüchtig schoß ihr die Frage durch den Kopf, ob er draußen in der Nacht Hed sehen könnte.

»Ich habe Berichte von eurer Reise gehört«, sagte er. »Ich habe gehört, daß ihr, Tristan, Lyra und du, euch gemeinsam auf Mathoms Schiff bei Nacht und Nebel aus Caithnard hinausgestohlen habt; daß ihr sieben Kriegsschiffe von Ymris mit einem Licht geblendet habt, das wie eine kleine Sonne funkelte, und dann den vom Schmelzwasser angeschwollenen Winter hinaufgefahren seid zur Schwelle des Hauses des Erhabenen, um ihm eine Frage zu stellen ... Und du sagst mir, daß ich vorsichtig sein soll. Was war das für ein Licht, das selbst Astrin blendete? Die Händler stellten die tollsten Mutmaßungen darüber an. Selbst ich wurde neugierig.«

Sie setzte zu einer Antwort an, unterbrach sich jedoch.

»Und zu welchen Schlußfolgerungen bist du gekommen?«

Er wandte sich um und kam wieder zu ihr.

»Daß es wahrscheinlich etwas war, was du getan hast. Mir fiel ein, daß du gewisse Gaben besitzt ...«

»Morgon –«

»Warte. Ich will dir etwas sagen und ich will es dir jetzt sagen. Ganz gleich, was sonst noch geschehen ist oder geschehen wird, für mich war es wichtig, daß ihr, während ich von Isig herunterzog, diese Reise machtet. Ich hörte hier und dort auf meinem Weg euren Namen, deinen, Lyras, Tristans. Sie blitzten unerwartet auf wie kleine, ferne, anheimelnde Lichter.«

»Sie verlangte so sehr danach, dich zu sehen. Hättest du nicht –«

»Noch nicht.«

»Wann dann?« fragte sie ratlos. »Nachdem du Thod getötet hast? Morgon, noch ein Harfenspieler!«

Sein Gesicht veränderte sich nicht, doch seine Augen glitten von ihr fort, zu einer Erinnerung.

»Corrig? Ich hatte ihn vergessen.«

Sie hatte das Gefühl, als hätte sich mit den einfachen Worten die Mauer wieder zwischen sie geschoben. Er zog sich in seine Stille zurück wie hinter einen Schild, der unangreifbar und unzerstörbar war; sie fragte sich, ob sich dahinter ein Wildfremder verbarg oder jemand, der ihr so vertraut war wie sein Name. Er schien ihre Gedanken zu lesen. Mit einer Bewegung überwand er die Entfernung zwischen ihnen und berührte sie flüchtig. Doch da stieg aus der Stille eine andere Erinnerung in seine Augen, eine Erinnerung, die keine Gestalt hatte und schrecklich war; er wandte leicht den Kopf, bis sie verblaßte. »Auch dich zu sehen, hätte ich aufschieben sollen«, sagte er leise. »Aber ich – ich sehnte mich einfach nach dem Anblick von Schönheit. Ich wollte die Legende von An sehen; den kostbaren Schatz der Drei Teile. Ich wollte wissen, daß es dich noch gibt. Ich brauchte das.«

Seine Finger streichelten sie wieder, als wäre sie etwas so Zartes und leicht Verletzliches wie der Flügel eines Schmetterlings. Sie machte die Augen zu und drückte ihre Hände auf die geschlossenen Lider.

»Ach, Morgon«, flüsterte sie. »Was, in Hels Namen, glaubst du wohl, daß ich hier in dieser Schule tue?« Sie ließ die Hände sinken; vielleicht war es ihr gelungen, den Panzer seiner Einsamkeit zu durchdringen, endlich seine Aufmerksamkeit zu gewinnen. »All das wäre ich für dich, wenn ich könnte«, stieß sie hervor. »Für dich wäre ich stumm, schön, unwandelbar wie die Erde von An. Ich wäre das Bild deiner Erinnerung, das ewig gleich und stets unschuldig im weißen Haus des Königs in Anuin auf dich wartet – für dich und für keinen anderen Mann im Reich würde ich das tun. Aber es wäre eine Lüge, und niemals werde ich dich belügen – das schwöre ich. Ein Rätsel ist eine Sage, die einem so vertraut ist, daß man das Rätsel in ihr gar nicht mehr sieht; sie ist einfach da, wie die Luft, die man atmet, wie die uralten Namen einstiger Könige, deren Echo flüsternd aus den Mauern zu einem dringt, wie das Sonnenlicht, das sich im eigenen Auge spiegelt; bis man sich eines Tages eben diese Sage ansieht, und etwas in einem selbst, das keine Gestalt und keine Stimme hat, einem ein drittes Auge öffnet, so daß man die Sage auf eine Weise sieht, wie man sie nie zuvor gesehen hat. Dann steht man plötzlich vor dem Wissen um die namenlose Frage in einem selbst, und die Sage ist nicht mehr bedeutungslos, sondern sie ist das einzige auf der Welt, das nun noch Bedeutung hat.«

Sie brach ab, um Atem zu holen. Seine Hand schloß sich ohne Sanftheit um ihren Arm. Sein Gesicht war endlich vertraut, fragend, unsicher.

»Was ist das für ein Rätsel? Du bist mit einem Rätsel hierhergekommen, in diese Schule?«

»Wohin sonst hätte ich mich wenden können? Mein Vater war fort; ich versuchte, dich zu finden, und es gelang mir nicht. Du hättest wissen müssen, daß es nichts auf der Welt gibt, das sich nicht verändert –«

»Was ist das für ein Rätsel?«

»Du bist hier der Rätselmeister; muß ich es selbst dir sagen?«

Seine Hand umschloß ihren Arm fester. »Nein«, sagte er und kämpfte schweigend ein letztes Mal im Inneren dieser Mauern um eine Lösung.

Sie wartete, und ihr eigener Geist wälzte das Rätsel mit ihm, während er ihren Namen vor den Hintergrund ihres Lebens stellte, vor den Hintergrund der Geschichte von An, und immer neuen Denkwegen folgte, die nirgendwo hinführten, bis er endlich auf eine Denkbarkeit stieß, auf der sich aufbauen ließ. Sie spürte, wie seine Finger unruhig wurden. Dann hob er langsam den Kopf, bis ihre Blicke sich wieder trafen, und sie wünschte, die alte Schule der Rätselmeister würde im Meer versinken.

»Ylon.« Er ließ das Wort fortschwimmen in neuerlicher Stille. »Ich habe es nie gesehen. Es war immer da . . .«

Abrupt ließ er sie los, stand auf und schleuderte eine uralte Verwünschung in die Schatten der Nacht. Sie sprengte das Glas des Fensters in einem Spinnennetz von Sprüngen.

»Selbst dich haben sie erreicht.«

Sie starrte wie betäubt auf die Stelle, wo seine Hand gelegen hatte. Sie stand auf, um zu gehen, ohne zu wissen, wohin sie gehen könnte. Mit einem Schritt war er bei ihr, faßte sie, drehte sie herum, so daß sie ihm ins Gesicht sehen mußte.

»Glaubst du, daß mich das abstößt?« fragte er ungläubig. »Glaubst du das? Wer bin ich schon, über dich zu richten? Ich bin so blind vor Haß, daß ich nicht einmal mein eigenes Land oder die Menschen sehen kann, die ich einmal liebte. Ich jage einen Mann, der sein Leben lang die Waffen getragen hat, um ihn, gegen den Rat aller Landherrscher, mit denen ich gesprochen habe, zu töten. Was hast du je in deinem Leben getan, das in mir andere Empfindungen wecken könnte als Achtung vor dir?«

»Ich habe in meinem Leben überhaupt nichts getan.«

»Du hast mir Wahrheit gegeben.«

Sie schwieg, während seine Hände sie immer noch fest umfaßt hielten. Durch die Maske von Stille hindurch sah sie sein Gesicht – bitter, verletzlich, gesetzlos –, das Mal der Sterne auf seiner Stirn unter dem zerzausten Haar. Sie hob die Hände und legte sie auf seine Arme.

»Morgon«, flüsterte sie, »sei vorsichtig.«

»Wovor? Wozu? Weißt du, wer an jenem Tag, als Thod mich zum Erlenstern-Berg brachte, dort auf mich wartete?«

»Ja. Ich ahnte es.«

»Der Gründer von Lungold sitzt seit Jahrhunderten auf dem Gipfel der Welt und spricht Recht im Namen des Erhabenen. Wohin kann ich mich wenden, um Gerechtigkeit zu verlangen? Dieser Harfner ist heimatlos, an keines Königs Gesetz gebunden. Der Erhabene scheint kein Auge zu haben für unser beider Schicksal. Wird es jemanden kümmern, wenn ich ihn töte? In Ymris, in An selbst würde es keiner in Frage stellen –«

»Kein Mensch wird je irgend etwas, das du tust, in Frage stellen! Du bist dein eigenes Gesetz, deine eigene Gerechtigkeit! Danan, Har, Heureu, die Morgol – sie alle werden dir in deines Namens willen und um der Wahrheit willen, die du allein ertragen hast, alles geben, was du verlangst; aber Morgon, wenn du dein eigenes Gesetz schaffst, wohin sollen dann wir uns wenden, wenn es je nötig sein sollte, um ausgleichende Gerechtigkeit zu verlangen?«

Er blickte auf sie hinunter; sie sah das Flackern der Unsicherheit in seinen Augen. Dann schüttelte er den Kopf, langsam und starrsinnig.

»Nur eines. Nur dies eine. Irgendeiner wird ihn früher oder später töten – ein Zauberer, Ghisteslohm selbst vielleicht. Und ich habe das Recht dazu.«

»Morgon –«

Seine Hände umklammerten schmerzhaft ihre Arme. Nicht mehr sie sah er, sondern ein schwarzes, geheimes Grauen in seiner Erinnerung. Sie sah die Schweißperlen an seinem Haaransatz, sah das Zucken der Muskeln in seinem starren Gesicht.

»Solange Ghisteslohm in meinem Geist war«, flüsterte er, »existierte nichts anderes. Aber manchmal, wenn er – wenn er mich allein ließ und ich mich noch lebend in den finsteren, öden Grotten des Erlenstern-Bergs wiederfand, konnte ich Thods Spiel hören. Manchmal spielte er Lieder aus Hed. Er gab mir etwas, wofür es wert war, zu leben.«

Sie schloß die Augen. Das Gesicht des Harfners stieg vor ihr auf, verwischte sich; sie empfand den erbarmungslosen, blinden Zorn Morgons und den Verrat des Harfners wie ein unlösbares Rätsel, das kein Lehrsatz rechtfertigen konnte, und das kein Rätselmeister in der Stille der Bibliothek entwirren konnte. Seine Qual machte ihr Schmerzen; seine Einsamkeit schien ein riesiger, bodenloser Schacht zu sein, in dem Worte versanken und sich verloren wie Kieselsteine. Sie begriff, wie es hatte geschehen können, daß auf sein Wort sich Hof um Hof geschlossen hatte, Königreich um Königreich, während er sich seinen schwierigen, geheimen Weg durch das Reich gebahnt hatte. Sie flüsterte Hars Worte: »Ich würde mir die Narben von meinen Händen reißen, um sie dir zu geben.«

Endlich lockerte sich die Umklammerung seiner Hände. Lange blickte er stumm auf sie hinunter, ehe er sprach.

»Aber dieses eine Recht willst du mir nicht gestatten.«

Sie schüttelte den Kopf. Es kostete sie Anstrengung, zu sprechen.

»Du wirst ihn töten, doch selbst tot wird er an deinem Herzen nagen, bis du ihn verstehst.«

Seine Hände sanken herunter. Er wandte sich von ihr ab und ging wieder zum Fenster. Er berührte das von Sprüngen durchzogene Glas, drehte sich dann abrupt wieder um. Sie konnte sein Gesicht in den Schatten kaum erkennen; seine Stimme klang rauh.

»Ich muß fort. Ich weiß nicht, wann ich dich wiedersehen werde.«

»Wohin gehst du?«

»Nach Anuin. Um mit Duac zu sprechen. Ich werde schon fort sein, lange ehe du es erreichst. So ist es am besten für uns beide. Wenn Ghistleslohm je gewahr würde, wie er dich gebrauchen könnte, wäre ich machtlos; ich würde ihm mein Herz mit beiden Händen überreichen, wenn er es forderte.«

»Und dann wohin?«

»Thod finden. Und dann – ich –« Unvermittelt brach er ab. Wieder umspülte ihn die Stille, während er lauschend dastand; seine Gestalt am Rande des Kerzenlichts schien sich zu verwischen. Sie lauschte und hörte nichts als den Nachtwind in den flackernden Flammen, das wortlose Murmeln des Meeres. Sie trat einen Schritt auf ihn zu.

»Ist es Ghistleslohm?«

Ihre Stimme war gedämpft, in seiner Stillheit gefangen. Er antwortete nicht, und sie konnte nicht erkennen, ob er sie gehört hatte. Angst stieg plötzlich in ihr auf.

»Morgon«, flüsterte sie.

Erst da wandte er ihr sein Gesicht zu. Sie hörte sein plötzliches, unterdrücktes Aufseufzen. Doch er regte sich nicht, bis sie zu ihm ging. Da zog er sie langsam und müde in sein Schweigen hinein, und sein Gesicht senkte sich auf ihr Haar.

»Ich muß fort. Ich komme zu dir nach Anuin. Zum Gericht.«

»Nein –«

Er schüttelte sachte den Kopf. Ihre Hände glitten von ihm ab. Er sagte etwas, das sie nicht hören konnte, da seine Stimme so leise war wie das Murmeln des Windes. Sie sah einen von Flammen durchzogenen Schatten und dann eine Erinnerung.

Sie kleidete sich aus und lag noch lange wach, ehe sie schließlich in einen unruhigen Schlaf fiel. Stunden später erwachte sie und spähte aufgewühlt in die Finsternis. Gedanken bedrängten sie, ein brodelndes Wirrwarr von Namen, von Sehnsüchten, Erinnerungen und Zorn, ein sprudelnder Geysir von Ereignissen, Impulsen, unartikulierten Stimmen. Sie setzte sich auf und fragte sich, in welches Gestaltwandlers Geist sie hineingezogen worden war, doch in ihr war eine merkwürdige Hellsicht, die nichts mit den Gestaltwandlern zu tun hatte, die ihre Augen unbeirrbar nach An zog, als könnte sie es durch die nackten Steinmauern und die Nacht hindurch sehen. Sie spürte, wie ihr Herz heftig zu hämmern begann. Ihre Wurzeln zerrten an ihr; das ihr mitgegebene Erbe von grasüberwachsenen Grabhügeln, verfallenen Türmen, alten Königsnamen, Kriegen und Sagen trieb sie zu einem Chaos hin, das die Erde, der zu lange die zügelnde Hand gefehlt hatte, langsam freisetzte. Sie stand auf, und zwei Dinge zugleich wurden ihr klar. Ganz An erhob sich endlich. Und ohne Umschweife würde den Sternenträger sein Pfad nach Hel führen.

9

Bei Morgengrauen ritt sie aus Caithnard fort, stand anderthalb Tage später in den riesigen Eichenwäldern an der Grenze von Hel und bemühte sich angestrengt wie nie zuvor darum, alle Kraft und alle Empfindsamkeit ihres Geistes zu entfesseln. Schon während sie durch den Wald geritten war, hatte sie den kaum wahrnehmbaren Schritt von jemandem gespürt, der vor ihr war, hatte sein Bestreben gewittert, rasch und unbemerkt das Land zu durcheilen. Und des Nachts, während sie schlaflos und offenen Geistes dagelegen hatte, hatte sie einen beängstigenden Augenblick lang etwas wie die Gestalt eines riesigen Untiers, das sich zum Mondlicht erhob, eines erbarmungslosen, mächtigen, blindwütigen Geistes gesehen, dessen ganzes, einziges Trachten auf Vernichtung gerichtet war.

Während sie dastand und über die Ländereien Hallard Schwarzes hinwegsah, fragte sie sich, in welcher Gestalt wohl Morgon sie durchwandelte. Die Weidewiesen, die sich sachte zum Fluß hinunterneigten, der am Hause des Ritters vorbeiplätscherte, sahen friedlich aus, doch nicht ein Tier war auf ihnen zu sehen. In der Ferne konnte sie Hundegebell hören, ein wildes, heiseres Klagen, das nicht aufzuhören schien. Auf den Feldern hinter dem Haus arbeiteten keine Leute, und sie war nicht überrascht. Dieser Winkel von Hel war das letzte Schlachtfeld in den halbvergessenen Kriegen zwischen Hel und An gewesen; eisern hatte er sich in einer endlosen Folge grimmiger, grausamer Schlachten behauptet, bis Oen von An sechs Jahrhunderte zuvor, als er wie ein Wirbelsturm durch

Aum stob, beinahe verächtlich die letzte Feste des Widerstands zerschlagen und den letzten der Könige von Hel enthauptet hatte, der sich dorthin geflüchtet hatte. Geschichte und Sage, die das Land durchwoben, hatten ihm keine Ruhe gegeben; noch immer konnte die Pflugschar, die sich in die Erde hineinfraß, ein altes Schwert zum Vorschein bringen, das vom Alter zerfressen war, oder den Schaft eines gebrochenen Speers, der mit Ringen aus Gold geschmückt war. In all den Jahrhunderten hatte König Farr von Hel, seines Hauptes beraubt, viel Muße gehabt, über seinem Groll zu brüten, und hatte, endlich von der Erde freigegeben, gewiß keine Zeit verloren, sich aus Hallards Feldern zu erheben. Das Stimmengewirr, das Rendel zwei Nächte früher gehört hatte, war zu einem beängstigenden Schweigen verklungen; die Toten waren ihrer Fesseln ledig, sie waren wach und sie schmiedeten Pläne.

Als sie über das höhergelegene Weideland ritt, sah sie eine Gruppe von Reitern, die aus dem Wald in eine Wiese einschwenkte, die auf ihrem Weg lag. Sie zügelte ihr Pferd mit hämmerndem Herzen, erkannte dann die breitschulterige, schwarzhaarige Gestalt Hallard Schwarzes, der seine Leute um Haupteslänge überragte. Sie waren alle bewaffnet, aber nur leicht; die ungeschützten Köpfe und die kurzen Schwerter hatten etwas Furchtloses. Sie spürte unerwartet ihre Erbitterung und Unsicherheit. Hallard drehte den Kopf, während sie noch dasaß und die Männer beobachtete; sie konnte seine Augen nicht sehen, aber sie fühlte seine Bestürzung, als ihr Name ihm in den Sinn schoß.

Zögernd hob sie die Zügel in ihren Händen, als er zu ihr hingaloppierte. Sie hatte kein Verlangen danach, sich mit ihm zu streiten, aber sie brauchte Auskünfte. Darum rührte sie sich nicht von der Stelle, und er hielt vor ihr an, ein grobknochiger, dunkler Mann, der im heißen, stillen Nachmittag schwitzte.

Er suchte einen Moment lang nach Worten, dann stieß er unbeherrscht hervor: »Diesem Kapitän sollte man das Fell über die Ohren ziehen. Erst segelt er mit Euch nach Isig und zurück, und dann läßt er Euch ohne Begleitung von

Caithnard in diese Geschichte hier hineinreiten! Habt Ihr Nachricht von Eurem Vater?«

Sie schüttelte den Kopf.

»Nein. Ist es schlimm?«

»Schlimm.« Er schloß die Augen. »Seit zwei Tagen heulen diese Hunde ununterbrochen. Die Hälfte meines Viehs ist verloren; meine Weizenfelder sehen aus, als wären Mühlräder über sie hinweggewalzt, und die alten Grathügel auf den Südfeldern sind plattgedrückt, und das gewiß nicht von Menschenhand.«

Er öffnete die Augen wieder. Sie waren blutunterlaufen von mangelndem Schlaf. »Ich weiß nicht, wie es in den anderen Teilen von An aussieht. Ich schickte gestern einen Boten nach Ost-Aum, zu Cyn Croeg. Er kam nicht einmal über die Grenze. Er kehrte zurück und babbelte zusammenhangloses Zeug von flüsternden Bäumen. Ich schickte einen anderen nach Anuin; ich weiß nicht, ob er sein Ziel erreichen wird. Und wenn ja, was kann Duac schon tun? Was kann man gegen die Toten tun?« Er wartete, um eine Antwort flehend, dann schüttelte er den Kopf. »Euer Vater sei verwünscht«, stieß er unverblümt hervor. »Er wird Oens Kriege noch einmal führen müssen, wenn er nicht vorsichtig ist. Ich würde selbst dem Land die Königsmacht entreißen, wenn ich wüßte, wie.«

»Nun«, versetzte sie, »vielleicht ist es das, was sie wollen. Die toten Könige. Habt Ihr welche von ihnen gesehen?«

»Nein. Aber ich weiß, daß sie da draußen sind. Und Pläne machen.« Mit düsterer Miene blickte er zu dem Streifen Waldes hinüber, der die Weiden begrenzte. »Was, in Hels Namen, können sie mit meinem Vieh wollen? Die Zähne dieser Könige liegen über sämtliche Felder verstreut. König Farrs Schädel grinst seit Jahrhunderten von der Mauer über dem Kamin in den großen Saal hinunter; wie will er essen?«

Ihre Augen glitten von den reglosen Wäldern zurück zu seinem Gesicht.

»Sein Schädel?« Ein Gedanke regte sich in ihr. Hallard nickte müde.

»Angeblich. Irgendein unerschrockener Rebell, heißt es,

stahl Oen den Schädel, nachdem Oen ihn gekrönt und ihn auf einer Lanzenspitze in einen Misthaufen gesteckt hatte. Jahre später fand er seinen Weg hierher zurück. Die Krone war aufgeschnitten und wieder zusammengeschweißt worden, damit sie auf den blanken Knochenschädel paßte. Mag Schwarze, dessen Vater in jenem Krieg den Tod gefunden hatte, war noch immer zornig genug, den Schädel wie eine Schlachttrophäe samt der Krone über seinen Kamin an die Mauer zu nageln. Nach so langer Zeit hat sich das Gold in den Knochen hineingefressen; die Krone und der Schädel sind untrennbar miteinander verschmolzen. Das ist es ja, was ich nicht verstehe«, fügte er abschweifend hinzu, »weshalb sie mein Land unsicher machen; sie sind doch meine Vorfahren.«

»Es wurden auch Ritter von An hier getötet«, meinte sie. »Vielleicht waren sie es, die Eure Weizenfelder zerstörten. Hallard, ich möchte den Schädel haben.«

»Ihr wollt was?«

»Ich möchte Farrs Schädel haben.«

Sprachlos starrte er sie an. Sie spürte die Anstrengung in ihm, als er sich bemühte, sie an den ihr gebührenden Platz in einer ihm bekannten Welt zurückzuversetzen.

»Wozu?«

»Fragt nicht. Gebt ihn mir.«

»In Hels Namen, wozu?« brüllte er und brach ab. Wieder drückte er die Augen zu. »Verzeiht. Ihr hört Euch an wie Euer Vater; er hat eine Gabe dafür, mich zum Brüllen zu bringen. Also. Wir wollen doch beide versuchen, vernünftig zu sein –«

»Nie in meinem Leben lag mir weniger daran, vernünftig zu sein. Ich möchte diesen Schädel haben. Ich möchte, daß Ihr in Euren großen Saal geht und ihn, ohne ihn zu beschädigen, von der Mauer nehmt. Dann wickelt Ihr ihn in Samt ein und gebt ihn mir –«

»Samt?« explodierte er erneut. »Seid Ihr verrückt geworden?«

Flüchtig ließ sie sich diesen Gedanken durch den Kopf gehen, dann schrie sie zurück: »Kann sein! Aber es kümmert mich nicht. Ja, Samt! Möchtet Ihr Euren eigenen Schädel auf einem Fetzen Sackleinwand sehen?«

Sein Pferd bäumte sich auf, als hätte er es unwillkürlich vor ihr zurückgerissen. Seine Lippen öffneten sich; sie hörte seinen raschen Atem, als er um Worte rang. Dann streckte er langsam seinen Arm aus, legte seine Hand auf ihren Unterarm.

»Rendel.« Er sprach ihren Namen wie eine Ermahnung für sie beide. »Was wollt Ihr damit anfangen?«

Sie schluckte. Der Mund wurde ihr trocken, als sie ihre Absichten in Augenschein nahm.

»Hallard, der Sternenträger durchwandert Euer Land –«

»Jetzt?« rief er ungläubig, und wieder wurde seine Stimme laut.

Sie nickte. »Und in seinem Gefolge – in meinem Gefolge ist etwas ... vielleicht der Gründer von Lungold. Ich kann Morgon nicht vor ihm beschützen, aber vielleicht kann ich die Toten von An daran hindern, seine Anwesenheit zu verraten –«

»Mit einem Totenschädel?«

»Wollt Ihr wohl leise sprechen!«

Er rieb sich das Gesicht mit beiden Händen.

»Bei Madir! Der Sternenträger kann für sich selbst sorgen.«

»Selbst er könnte ein wenig in Bedrängnis geraten, wenn der Gründer und die entfesselten Kräfte von An sich zu gleicher Zeit gegen ihn wenden.« Ihre Stimme wurde wieder ruhig. »Er ist auf dem Weg nach Anuin; ich will dafür sorgen, daß er dort ankommt. Wenn –«

»Nein!«

»Wenn Ihr mir nicht –«

»Nein!« Mit langsamer Bewegung schüttelte er immer wieder den Kopf. »Nein.«

»Hallard!« Sie fixierte ihn. »Wenn Ihr mir diesen Schädel nicht auf der Stelle gebt, werde ich einen Fluch über die Schwelle Eures Hauses verhängen, so daß kein Freund sie je wieder überschreitet; über die Tore und Gatter und Stalltüren, so daß sie sich nie wieder schließen werden; über die

Fackeln in Eurem Hause, so daß sie nie wieder brennen werden; über die Feuerstelle Eures großen Saales, so daß keiner, der unter Farrs leeren Augenhöhlen steht, je wieder Wärme spüren wird. Das schwör' ich bei meinem Namen. Wenn Ihr mir diesen Schädel nicht gebt, werde ich selbst auf Eurem Land im Namen des Königs von An die Toten von An wachrütteln und mit ihnen auf Euren Feldern gegen die alten Könige von Hel in den Krieg ziehen. Das schwöre ich bei meinem Namen. Wenn Ihr mir nicht –«

»Schon gut!«

Wütend und verzweifelt schallte sein Schrei über das Land. Sein Gesicht war weißgefleckt unter der Sonnenbräune; schwer atmend starrte er sie an, während aus den Bäumen hinter ihnen erschreckte Amseln emporflatterten, und in der Ferne die Pferde unter seinen Leuten unruhig tänzelten.

»Schon gut«, flüsterte er nochmals. »Warum nicht? Ganz An ist ein einziges Chaos, warum solltet Ihr nicht mit dem Schädel eines toten Königs in den Händen durchs Land reiten? Aber ich hoffe, Ihr wißt, war Ihr tut. Denn wenn Euch etwas geschieht, dann werdet Ihr Schuld über mein Haus bringen, und bis zu meinem Tod wird kein Feuer in meinem Kamin je wieder stark genug brennen, mich zu wärmen.«

Ohne auf eine Antwort von ihr zu warten, riß er sein Pferd herum; sie folgte ihm durch die Felder, über den Fluß zum Tor seines Hauses, während das Pulsen ihres geängstigten Bluts wie schwerer Schritt in ihren Ohren hallte.

Sie wartete, noch immer zu Pferd, während er hineinging. Durch das offene Tor konnte sie den leeren Hof sehen. Nicht einmal das Feuer in der Schmiede brannte; keine Tiere waren da, keine lärmenden Kinder, nur das unaufhörliche jammervolle Bellen der Hunde war zu hören.

Es dauerte nicht lange, da kehrte Hallard zurück. In warmen, roten Samt gehüllt, hielt er einen runden Gegenstand. Wortlos reichte er ihn ihr; sie schlug das Samttuch auseinander, warf einen Blick auf weißes Gebein, das mit Gold verschmolzen war, und sagte: »Noch eines möchte ich.«

»Und was ist, wenn es gar nicht sein Kopf ist?« Er beobachtete sie scharf. »Wie oft ist der Kern einer Sage eine Lüge –«

»Er muß es sein«, flüsterte sie. »Ich brauche eine Kette mit Glasperlen. Könnt Ihr mir eine besorgen?«

»Glasperlen.«

Er drückte die Hände auf seine Augen und stöhnte. Dann warf er die Hände in die Luft und drehte sich wieder um. Diesmal blieb er länger fort; der Ausdruck seines Gesichts, als er zurückkehrte, war noch gequälter als zuvor. Er ließ eine kleine, blitzende Kette runder, klarer Perlen vor ihr hin und her baumeln; eine einfache Halskette, die vielleicht ein Händler einem jungen Mädchen oder einer abgearbeiteten Bauersfrau geschenkt hatte.

»Das wird sich gut anhören, wenn die in Farrs knöchernem Schädel scheppern.«

Als sie sich herabbeugte, die Kette entgegenzunehmen, umfaßte er ihren Arm.

»Bitte«, flüsterte er. »Ich habe Euch den Schädel gegeben. Jetzt kommt in mein Haus, entflieht der Gefahr. Ich kann Euch nicht durch Hel reiten lassen. Jetzt ist es ruhig, aber wenn die Nacht kommt, wagt kein Mensch sich hinter seinen verriegelten Türen hervor; Ihr werdet ganz allein da draußen in der Finsternis sein, allein mit dem Namen, den Ihr tragt, und dem brennenden Haß der alten Ritter von Hel. All die kleinen Gaben, die Euch mitgegeben sind, werden nicht ausreichen, Euch zu helfen. Bitte –«

Sie riß sich von ihm los und wendete ihr Pferd.

»Dann muß ich jene Gaben auf die Probe stellen, die mir von anderer Seite mitgegeben wurden. Wenn ich nicht zurückkomme, wird das nicht von Bedeutung sein.«

»Rendel!«

Sie spürte, wie der Klang ihres eigenen Namens sich in Wellen über sein Land fortpflanzte, in den tiefen Wäldern und an den Orten geheimer Zusammenkünfte widerhallte. Eilig ritt sie von seinem Haus fort, ehe er ihr folgen konnte. Sie galoppierte flußabwärts zu seinen südlich liegenden Feldern, wo der junge Weizen niedergepeitscht lag und die alten Gräber von Hallards Vorfahren, einst glatte grüne Hügel, aufgebrochen waren wie zerschlagene Eier. Vor ihnen zügelte sie ihr Pferd. Durch abgebröckeltes dunkles Erdreich und durch die Spalten der zertrümmerten Grundsteine hindurch konnte sie den schwachen Schimmer kostbarer Waffen erkennen, die kein Lebender zu berühren wagte. Sie hob den Kopf. Reglos standen die Wälder; der Sommerhimmel dehnte sich endlos über An, wolkenlos und friedlich; nur im Westen verdichtete sich das lichte Blau zu einer dunklen Linie über den Eichen. Sie wendete ihr Pferd wieder und blickte über die leeren, wispernden Felder hinweg.

Leise sagte sie in den Wind hinein: »Farr, ich habe Euren Kopf. Wenn Ihr ihn haben wollt, damit er mit Euren Gebeinen unter der Erde von Hel liegen kann, dann kommt und holt ihn Euch.«

Den Rest des Nachmittags brachte sie damit zu, am Rand des Waldes oberhalb der Grabhügel Holz zu sammeln. Als die Sonne unterging, zündete sie ein Feuer an und nahm den Schädel aus seiner samtenen Hülle. Er war verfärbt von Alter und Ruß; das Gold, das ihn umspannte, war wie in den Knochen hineingeschweißt. Die Zähne, hart aufeinandergebissen, waren unversehrt; die tiefen Augenhöhlen und die breiten, hervorspringenden Backenknochen vermittelten ihr eine Ahnung von dem König, dessen Kopf zornig und unbeugsam über Oens Misthaufen hinweggeblickt hatte. Der Feuerschein kräuselte die Schatten in den Augenhöhlen, und der Mund wurde ihr trocken. Sie breitete das leuchtende Stück Samt aus, legte den Schädel darauf. Dann zog sie die Kette aus Glasperlen aus ihrer Tasche, senkte ein Gedankenbild in sie hinein und bannte es mit ihrem Namen. Dann ließ sie die Perlen ins Feuer fallen. Rund um sie herum erhob sich eine leuchtende Glocke aus riesigen, feurigen Monden, die den Schädel, das Feuerholz und ihr unruhiges Pferd einschloß.

Bei Mondaufgang hörte sie, wie das Vieh in Hallards Ställen zu brüllen begann. Hunde auf den kleinen Bauernhöfen jenseits der Bäume stimmten ein schrilles, geängstigtes Gebell an, das nicht aufhören wollte. Etwas, das nicht der Wind war, strich seufzend durch die Eichen, und Rendel zog die Schultern zusammen, als es über ihren Kopf hinwegglitt. Ihr

Pferd, das neben ihr lag, sprang zitternd auf. Sie wollte ihm Beruhigung zusprechen, doch die Worte blieben ihr in der Kehle stecken. Aus den fernen Bäumen kam ein gewaltiges Krachen; Tiere, die bis dahin ruhig dagelegen hatten, sprangen taumelnd auf die Beine und flohen davor. Ein Hirsch, der blindlings über das Feld jagte, bäumte sich auf und röhrte laut, als er plötzlich vor sich die Feuerglocke sah, wirbelte herum und flog in Richtung auf die offenen Felder davon. Rehe, Füchse, Wiesel jagten lautlos und in panischer Angst an ihr vorüber, verfolgt vom Krachen brechender Äste und Büsche und einem unheimlichen, zitternden Brüllen, das wieder und wieder durch die Bäume dröhnte. Zitternd kauerte Rendel am Feuer. Ihre Hände waren eiskalt, ihre Gedanken flogen auseinander wie vom Wind verwehte Spreu. Zweig um Zweig schob sie ins Feuer, bis die Glasperlen in rotglühenden Flammen schwammen. Sie mußte ihre ganze Willenskraft aufbringen, um sich daran zu hindern, das ganze Holz auf einmal zu verbrennen. Die Hände auf den Mund gepreßt, hockte sie da und wartete auf den Alptraum, der gleich aus der Finsternis auftauchen mußte.

Er kam schließlich in Gestalt des mächtigen Weißen Stiers von Aum. Das massige Tier, das Cyn Croeg so liebte, wie Raith von Hel seine Schweineherden liebte, brach aus der Nacht hervor und stürmte ihrem Feuer entgegen. Eine Horde von Reitern auf gelben, rostroten, schwarzen Rössern mit mageren, knochigen Leibern und bösen Augen jagte das Tier. Die Pferde streckten ihre Hälse immer wieder seitwärts und schnappten im Laufen nach dem Stier. Der massige Körper des Stiers war mit Blut und Schweiß gefleckt, die Augen glommen in wahnwitziger Angst. Das Tier raste so nahe an Rendels Feuerkreis vorbei, daß sie seine rollenden Augen sehen und die Ausdünstung seiner Angst riechen konnte. Die Reiter umscharten den Stier, als er wendete, und achteten ihrer nicht. Nur der letzte wandte ihr die grinsende Grimasse seines Gesichts zu und zeigte ihr die Naht der Narbe, die quer über sein Gesicht lief und in einem weißen, verdorrten Auge endete.

Alle Geräusche um sie herum schienen sich zu einem

Punkt in ihrem Kopf zu bündeln; verschwommen fragte sie sich, ob sie ohnmächtig werden würde. Das Brüllen des Stiers in der Ferne ließ sie ihre Augen wieder öffnen. Sie sah ihn, wie er gigantisch und bleich im Mondlicht mit gesenkten Hörnern taumelnd über Hallards Felder raste. Die Reiter, deren Waffen bläulich-silbern glänzten wie nächtliche Blitze, schienen es darauf abgesehen zu haben, ihn durch Hallards geschlossene Tore in den Hof zu treiben. Und dort, erkannte sie in einem plötzlichen, schrecklichen Aufblitzen des Begreifens, würden sie ihn zurücklassen wie ein böses Geschenk; einen zu Tode gehetzten Stier, dessen Anwesenheit auf der Schwelle seines Hauses er dem Ritter von Aum irgendwie würde erklären müssen. Sie fragte sich, wie es wohl den Schweinen Raiths ergehen mochte. Dann wieherte ihr Pferd hinter ihr laut und verängstigt, und sie fuhr mit einem Aufschrei herum, um dem Geist des Königs Farr von Hel ins Gesicht zu blicken.

Er war, wie sie sich ihn vorgestellt hatte, ein großer, mächtiger Mann mit einem breiten, flachen Gesicht, das so unerbittlich war wie ein zugeschlagenes eisernes Tor. Sein Bart und sein langes Haar waren kupferfarben; auf jedem seiner Knöchel saßen eiserne Ringe, und sein Schwert, das sich über einen der gläsernen Monde erhob, war unten so breit wie seine Hand lang war. Er vertat keine Zeit mit Worten; das Schwert, das in die dünne Luft von Trug und Täuschung hineinhieb, riß ihn beinahe von seinem Pferd. Er richtete sich auf, versuchte, sein Pferd durch den Wahn hindurchzutreiben, doch das Tier scheute mit einem Aufschrei des Schmerzes und warf den Kopf zurück, um ihn aus wutfunkelnden Augen anzublicken. Er gebot ihm Ruhe, versuchte einen Sprung. Rendel griff nach dem Schädel und hielt ihn hoch über die Flammen.

»Ich lasse ihn fallen«, warnte sie atemlos. »Und dann bringe ich ihn aschegeschwärzt nach Anuin und werfe ihn wieder auf den Misthaufen.«

»Ihr werdet nicht leben«, sagte er.

Die Stimme war in ihrem Geist; sie sah die zackige, scharlachrote Narbe an seinem Hals. Er verfluchte sie mit seiner heiseren, hohlklingenden Stimme, gründlich und planvoll, von Kopf bis Fuß, in einer Sprache, die sie nie von irgendeinem Menschen gehört hatte.

Ihr Gesicht brannte, als er endete; einen Finger in einer Augenhöhle, ließ sie den Totenschädel über den Flammen baumeln und sagte scharf: »Wollt ihr ihn haben oder nicht? Soll ich ihn als Zunder verwenden?«

»Bis zur Morgendämmerung werdet Ihr all Euer Holz verbrannt haben«, versetzte die unerbittliche Stimme. »Dann nehme ich ihn mir.«

»Ihr werdet ihn nie nehmen.« In ihrer eigenen Stimme, die von Zorn gefärbt war, klang eine tödliche Sicherheit, die sie beinahe selbst empfand. »Glaubt mir das. Eure Gebeine liegen verfaulend in den Feldern eines Mannes, der An die Treue geschworen hat, und nur Ihr wißt, welche Schienbeine und welches gebrochene Genick Euch gehören. Wenn Ihr diese Krone hättet, würde sie Euch vielleicht die Würde zuteil werden lassen, daß man sich Eurer erinnert. Niemals aber werdet Ihr sie mir entreißen. Wenn ich es will, dann werde ich sie Euch geben. Für einen Preis.«

»Ich feilsche mit keinem. Ich unterwerfe mich keinem. Am wenigsten einer Frau, die aus dem Geblüt der Könige von An hervorgegangen ist.«

»Das Blut der Könige von An ist nicht das Schrecklichste, das in meinen Adern fließt. Ich bin bereit, Euch Euren Schädel zu geben, aber nur um einen einzigen Preis. Wenn Ihr mein Anerbieten auch nur ein einziges Mal ablehnt, werde ich ihn vernichten. Ich verlange einen Begleitzug von Königen für einen Mann, der auf dem Weg von Hel nach Anuin ist –«

»Anuin!« Das Wort klang schmerzhaft in ihrem eigenen Schädel nach, und sie zuckte zusammen. »Niemals werde ich –«

»Ich frage nur einmal. Der Mann ist ein Fremder in An, ein Gestaltwandler. Er muß um sein Leben fürchten, während er An durchwandert, und ich möchte, daß er versteckt bleibt und geschützt ist. Ihm folgt der größte Zauberer des Reiches; er wird versuchen, Euch aufzuhalten, aber Ihr werdet

Euch ihm nicht beugen. Wenn dem Mann auf dem Wege nach Anuin von diesem Zauberer Böses widerfährt, habt Ihr das Recht auf Euren gekrönten Schädel verwirkt.« Sie machte eine Pause und fügte gemäßigter hinzu: »Was immer sonst Ihr auf Eurer Reise durch An tut, soll Eure eigene Sache sein, solange er nur geschützt ist. Ich werde Euch den Schädel im Hause der Könige von An geben.«

Er schwieg. Sie merkte plötzlich, daß die Nacht sehr still geworden war; selbst die Hunde Hallard Schwarzes waren verstummt. Sie fragte sich, ob sie wohl alle tot waren. Dann schoß ihr die Frage durch den Kopf, was Duac sagen würde, wenn er die Geister der Könige von Hel in seinem Hause fand.

Farrs Stimme sickerte in ihre Gedanken.

»Und danach?«

»Danach?«

»Nach unserer Ankunft in Anuin? Was für Forderungen werdet Ihr uns in Eurem eigenen Haus stellen, was für Fesseln werdet Ihr uns anlegen?«

Sie holte Atem und fand, daß in ihr kein Mut mehr war, Forderungen zu stellen.

»Wenn der Mann sicher und wohlbehalten ist, keine. Wenn Ihr für seine Sicherheit gesorgt habt. Aber allein die Könige von Hel sollen ihm Begleitschutz geben, nicht die Heere der Toten.«

Wieder folgte ein langes Schweigen auf ihre Worte. Sie legte einen Zweig ins Feuer, sah das Aufblitzen von Berechnung in seinen Augen.

Dann sagte er unerwartet: »Wer ist dieser Mann?«

»Wenn Ihr seinen Namen nicht wißt, kann niemand ihn Euch entreißen. Ihr kennt die Gestalten von Hel: Bäume, Tiere, die Erde; Ihr seid einer von ihnen, mit ihnen verwurzelt. Findet den Fremden, dessen äußere Gestalt eine von An ist, dessen Kern keiner von An ist.«

»Wenn er nicht von An ist, was bedeutet er Euch dann?«

»Was glaubt Ihr?« fragte sie müde. »Wenn ich um seinetwillen allein hier sitze, in der wilden Nacht von Hel, und mit einem toten König um seinen Schädel feilsche?«

»Ihr seid eine Närrin.«

»Vielleicht. Aber Ihr feilscht auch.«

»Ich feilsche nicht. An raubte mir meine Krone, und An wird sie mir zurückgeben. So oder so. Ich werde Euch meine Antwort beim Morgengrauen geben. Wenn Euer Feuer vorher erlischt, dann hütet Euch. Ich werde Euch nicht mehr Erbarmen zeigen als Oen von An mir zeigte.«

Darauf hüllte er sich in das Schweigen des Wartens. Sein Gesicht hob sich boshaft und starr aus der Dunkelheit über den feurigen Perlen. Sie verspürte ein plötzliches Verlangen, ihm ins Gesicht zu schreien, daß sie mit seinen Fehden oder mit seinem Tod nichts zu tun hatte, daß er seit Jahrhunderten tot war und daß seine Rache im Tumult der Ereignisse, die über An hinausreichten, keine Bedeutung besaß. Doch sein Hirn lebte nur in der Vergangenheit, und die langen Jahrhunderte mußten ihm wie eine einzige Nacht erschienen sein, die über Hel hinweggegangen war. Sie hockte sich am Feuer nieder, und ihr Mund war wie ausgedörrt. Sie überlegte, ob er die Absicht hatte, sie zu töten, wenn der Morgen kam, oder ob er vorhatte, mit Duac um sie zu feilschen, wie sie mit ihm um seinen Schädel gefeilscht hatte. Hallard Schwarzes Haus, dessen Fenster um diese Stunde alle erleuchtet waren, schien so fern wie ein Traum. Noch während sie hilflos zu ihm hinüberblickte, hob auf den Feldern neues Getöse an, das diesmal einen anderen Klang hatte: Es war das beängstigende Klirren von Waffen in einer nächtlichen Schlacht auf Hallards Kuhweide. Wie der durchdringende Klang von Hörnern, die zur Schlacht bliesen, war das heisere Bellen der Hunde, das die Gefahr meldete. Hart, selbstsicher trafen die Augen des Königs die ihren über dem Feuerschein, der nur Trug war. Sie blickte von ihm weg zum Feuer hinunter und sah den kleinen, flammenden Kreis, den Ursprung des Trugbilds, die Glasperlen, die unter der Hitze des Feuers langsam in Brüche gingen.

Das Geschrei verklang in einem fernen Wind ihres Geistes. Sie hörte das Knacken des Holzes, die zischende Sprache der Flammen. Sie öffnete ihre Hand, berührte den Leib einer Flamme und betrachtete ihren Widerschein in ihrem Geist.

Das Feuer suchte ihre Gestalt, während sie es in ihrem Geist und in ihrer Hand festhielt; sie brachte ihre eigenen Gedanken zum Schweigen, zapfte eine Quelle der Stille tief in ihrem Geist an, und langsam entfaltete sich die Stille und wuchs. Lange Zeit ließ sie sie wachsen, während sie so reglos blieb wie die alten Bäume, die sie umstanden, ihre Hand der Flamme geöffnet, die unaufhörlich den zwölfseitigen Körper auf ihrer Handfläche nachzeichnete. Dann fiel ein Schatten in ihren Geist ein und erstickte das Feuer darin; der Geist eines anderen, der durch die Nacht schwebte und das Wesen der Lebenden und Toten von An in sich einsog. Wie schwere, dunkle Schwingen, die den Mond verfinstern, strich er über sie hinweg und holte sie in die kühle Nacht zurück. Hastig schloß sie ihre Hand um die kleine Flamme und blickte auf, um in Farrs Augen zum erstenmal den Hauch einer Regung zu sehen.

»Was war das?« Schmerzhaft schnarrte seine Stimme in ihrem Kopf.

Unversehens spürte sie seinen Geist und erkannte, daß auch sie ihn zu verwundern begann.

»Davor«, sagte sie, »werdet Ihr den Stern – den Fremden schützen.«

»Davor?«

»Davor.« Nach einer kurzen Pause fügte sie hinzu: »Er wird Euren Geist auslöschen wie eine Kerze, wenn er gewahr wird, was Ihr tut, und nichts wird von Euch übrig sein als Eure Gebeine und eine Erinnerung. Wollt Ihr Euren Schädel noch immer so unbedingt haben?«

»Ich will ihn haben«, erwiderte er grimmig. »Entweder hier oder in Anuin, Hexe. Trefft Eure Wahl.«

»Ich bin keine Hexe.«

»Was seid Ihr dann, mit Euren feuersprühenden Augen?«

Sie dachte darüber nach. Dann sagte sie schlicht: »Ich bin namenlos«, während etwas, das bitterer war als Schmerz, in ihr aufstieg. Sie wandte sich wieder dem Feuer zu, legte mehr Holz auf, folgte mit den Augen dem Flug jedes einzelnen Funkens, bis er erlosch. Sie umschloß das Feuer wieder, mit beiden Händen diesmal, und machte sich daran, ihm Gestalten zu geben.

Viele Male während der endlosen Nacht wurde sie gestört: vom rasenden Galopp des gestohlenen Viehs, das brüllend vor Angst über die Weizenfelder Hallard Schwarzes stürmte; vom Anrücken Bewaffneter, die sich um Farr scharten, während er wartete, und von seinem wütenden Gebrüll, das sie in ihrem Geist hörte, als sie ihn auslachten; vom Klirren sich kreuzender Schwertklingen, das folgte. Einmal hob sie den Kopf und sah nur seine nackten Gebeine auf seinem Pferd, wabernd im Feuerschein; ein andermal sah sie seinen Kopf, den er wie einen Helm in der Beuge seines Arms trug, unwandelbar sein Ausdruck, während ihre Augen über dem Stumpf seines Halses nach einer Form suchten. Als der Morgen sich näherte und der Mond unterging, hatte sie ihn vergessen, hatte alles vergessen. In hundert verschiedene Gestalten hatte sie die Flammen geformt, in Blumen, die sich öffneten und dann verschmolzen, in feurige Vögel, die sich von ihrer Hand in die Lüfte hoben. Selbst ihre eigene Gestalt hatte sie vergessen; ihre Hände, die mit dem Feuer spielten, schienen selbst eine der Gestalten des Feuers. Etwas Unbestimmtes, Unerwartetes geschah in ihrem Geist. Ahnungen von Macht und von Wissen, so flüchtig wie das Feuer, zogen durch ihren Geist, als hätte sie in sich Erinnerungen ihres Erbes geweckt. Gesichter und Schatten, die sich ihrem Wissen entzogen, bildeten sich und lösten sich wieder auf; Meereszungen wisperten Unhörbares. Eine öde Leere in der Tiefe des Meeres oder im Herzen der Welt riß ein gähnendes Loch in ihren Geist; furchtlos und wißbegierig blickte sie hinein, zu gefangen in ihrem Tun, um darüber nachzudenken, wessen schwarzer Gedanke es war. Sie entzündete selbst in dieser kahlen Einöde einen fernen Stern von Feuer. Und da spürte sie, daß es nicht Leere war, sondern ein Gewirr von Erinnerung und Macht am Rande der Bestimmung.

Dieses Wissen trieb sie, eilends das einfachere Chaos von An zu suchen. Wie ein müder Reisender kam sie schließlich in sich selbst zur Ruhe. Die Frühnebel lagen über Hallards Feldern; der weißgraue Morgen hing in den Bäumen, und nirgends war ein Laut, ihn zu begrüßen. Alles, was von ihrem nächtlichen Feuer geblieben war, waren Asche und verkohlte Zweige. Steifgliedrig, schläfrig richtete sie sich auf und sah aus dem Augenwinkel die Hand, die nach dem Schädel griff.

Sie ließ ihn in einem Trug von Feuer aus ihrem Geist aufflammen; Farr schreckte zurück. Sie nahm den Schädel und stand auf, stellte sich vor ihn.

»Ihr seid aus Feuer gemacht«, flüsterte er.

Sie spürte es in ihren Fingern, unter ihrer Haut, in den Wurzeln ihres Haares.

»Habt Ihr Euren Entschluß gefaßt?« fragte sie mit einer Stimme, die rauh war vor Müdigkeit. »Hier werdet Ihr Oen niemals finden; seine Gebeine liegen auf dem Feld der Könige außerhalb von Anuin. Wenn Ihr die Reise überleben könnt, könnt Ihr dort Eure Rache üben.«

»Verratet Ihr Eure eigene Familie?«

»Wollt Ihr mir eine Antwort geben?« rief sie betroffen; und er schwieg, im Widerstreit mit sich selbst. Sie spürte sein Nachgeben, noch ehe er sprach, und flüsterte: »Schwört es bei Eurem Namen. Schwört es bei der Krone der Könige von Hel. Daß weder Ihr noch sonst einer mich oder diesen Schädel anrühren wird, bevor Ihr die Schwelle des Hauses der Könige in Anuin überschritten habt.«

»Ich schwöre es.«

»Daß Ihr auf Eurer Reise durch Hel die Könige versammeln werdet, um die Gestalten des Fremden, der sich auf dem Weg nach Anuin befindet, zu finden und gegen alle Lebenden und gegen alle Toten zu schützen.«

»Ich schwöre es.«

»Daß Ihr keinem außer den Königen von Hel sagen werdet, worauf Ihr Euch verschworen habt.«

»Ich schwöre es. In meinem Namen, im Namen der Könige von Hel und bei dieser Krone.«

Wie er da im Licht der Morgendämmerung stand, den Geschmack der Unterwerfung in seinem Munde, sah er beinahe lebendig aus. Lautlos sog sie die Luft ein und stieß sie wieder aus.

»Gut. Ich schwöre im Namen meines Vaters und im Namen des Mannes, den Ihr begleiten werdet, daß ich Euch Euren Schädel geben und keine weiteren Forderungen an Euch stellen werde, sobald ich den Mann im Hause der Könige in Anuin sehe. Alle Bindungen zwischen uns sind dann zerrissen. Nur eines verlange ich noch – daß Ihr es mich wissen laßt, wenn Ihr ihn gefunden habt.«

Er nickte kurz. Seine Augen trafen den schwarzen, hohlen, spöttischen Blick des Schädels. Dann wandte er sich um und stieg auf sein Pferd. Einen Moment noch blickte er auf sie hinunter, ehe er sich in Bewegung setzte, und sie sah die Ungläubigkeit in seinen Augen. Dann ritt er fort, lautlos wie der Morgenwind.

Als sie selbst aus dem Wald herausritt, begegnete sie Hallard Schwarze und seinen Leuten, die sich herausgewagt hatten, das tote Vieh in den unteren Feldern zu zählen. Er starrte sie entgeistert an; seine Stimme war ohne Kraft, als er sprach.

»Seid Ihr es selbst oder ist es ein Geist?«

»Ich weiß es nicht. Ist Cyn Croegs Stier tot?«

»Sie haben ihn zu Tode gehetzt – kommt zum Haus.« In seinen Augen, aus denen die Bestürzung gewichen war, stand jetzt ein merkwürdiger Ausdruck: halb besorgt, halb ehrfürchtig. Zögernd hob er die Hand und berührte sie. »Kommt ins Haus. Ihr seht – Ihr seht –«

»Ich weiß. Aber ich kann nicht. Ich reite nach Anuin.«

»Jetzt? Wartet! Ich gebe Euch Begleitschutz mit.«

»Den habe ich schon.«

Sie sah, wie seine Augen zu dem Schädel glitten, der vor ihr auf dem Sattel lag. Er schluckte.

»Ist er gekommen, ihn sich zu holen?«

Sie lächelte schwach. »Ja, er kam. Wir haben ein wenig gefeilscht –«

»Bei Oen!« Er versuchte gar nicht, das Schaudern zu verbergen, das ihn überfiel. »Keine hat je mit Farr gefeilscht. Worum? Die Sicherheit von Anuin?«

Sie holte Atem. »Nein. Nicht direkt.« Sie zog die Perlenkette aus ihrer Tasche und reichte sie ihm. »Danke Euch. Ohne sie hätte ich nicht überleben können.«

Als sie sich vom Pferd neigte, um ein Gatter zu öffnen,

blickte sie noch einmal zurück und sah ihn reglos neben einem toten Ochsen stehen, wie er noch immer auf die Handvoll wertloser, vom Feuer geschwärzter und gesprungener Perlen starrte.

Begleitet von einem wachsenden, unsichtbaren Zug von Königen ritt sie durch Hel. Sie spürte ihre Anwesenheit, ertastete den Geist jedes einzelnen, bis sie alle ihre Namen wußte: Acor, der mit Gewalt und Überredungskunst die letzten der zänkischen Ritter unter seiner Hand geeint hatte; Ohro, der Verfluchte, der zugesehen hatte, wie sieben seiner neun Söhne nacheinander in sieben aufeinanderfolgenden Schlachten zwischen Hel und An gefallen waren; Nemir von den Schweinen, der sowohl die Sprache der Schweine als auch der Menschen gesprochen hatte, der den Eber Hegdis-Tag aufgezogen und die Zauberin Madir als seine Schweinehirtin gehabt hatte; Evern, den Falkner, der Falken zur Schlacht gegen die Menschen geschult hatte; und andere, lauter Könige, wie Farr geschworen hatte, die ihn, den letzten der Könige, auf seiner Reise zur Hochburg der Könige von An begleiteten. Sie sah sie selten; doch sie spürte sie um sich herum, spürte ihre Gedanken, die sich in einem Netzwerk von Sagen, Legenden, Verschwörungen, Erinnerungen an Hel zu ihren Lebzeiten und nach ihrem Tode verflochten. Sie waren noch immer an die Erde von An gebunden, stärker als selbst sie es gewahr waren; ihr Geist wandelte leicht zwischen den verschiedenen Gestalten, mit denen ihre Gebeine sich verwoben hatten: Wurzeln, Blätter, Insekten, die kleinen Körper toter Tiere. Durch dieses tiefe, wortlose Wissen um An würden sie den Sternenträger erkennen, den Mann, dessen Gestalt nichts vom Wesen Ans barg.

Sie hatten ihn schnell gefunden. Farr brach sein Schweigen, um es sie wissen zu lassen; sie fragte nicht, welche Gestalt er angenommen hätte. Die Könige umgaben ihn in lokkerer Runde, während er das Land durcheilte: als Hirsch vielleicht, der erschreckt von ihrer Anwesenheit über ein mondbeschienenes Feld sprang; als Vogel, der auf- und davonflatterte; als Feldmaus, die durch das Getreidefeld huschte. Sie vermutete, daß er es nicht wagte, allzulange eine

Gestalt zu behalten, doch es überraschte sie, daß die Könige nicht ein einziges Mal seine Spur verloren. Sie waren dem mächtigen Geist, von dem sie hin und wieder eine Ahnung streifte, während er suchend über das Land glitt, Lockvögel, die ihn in die Irre führten. Kein Mann aus An und gewiß kein Fremder hätte unbemerkt an ihnen vorüberziehen können; der Zauberer, vermutete sie, mußte jeden Mann, dem sie begegneten, durchforschen. Sie war auch überrascht darüber, daß er sie nicht bedrohte, während sie allein durch das aufgewühlte Land ritt; vielleicht glaubte er angesichts des Schädels auf ihrem Sattel, angesichts ihres ruhigen Schlafs, den der Tumult rundum nicht stören konnte, sie wäre verrückt.

Sie ging den Menschen aus dem Weg, und so wußte sie nichts von dem Ausmaß der Unruhen; doch wieder und wieder sah sie leere Felder und Weiden, Scheunen und Ställe, die verschlossen und bewacht waren, Ritter, die mit bewaffnetem Gefolge gen Anuin ritten. Sie wußte, daß sie schwer gereizt sein mußten durch die ständigen Überfälle und Angriffe; bald würden sie ihre Häuser in kleine, stark bewehrte Festungen verwandeln, in die sie sich zurückzogen, um keinem Menschen, ob er nun lebendig oder tot war, mehr zu trauen. Das Mißtrauen und der Zorn gegen den abwesenden König von An würden sich bis zum Ausbruch eines offenen Krieges erhitzen, und das Land würde ein riesiges Schlachtfeld Lebender und Toter werden, über die selbst Mathom keine Macht mehr hatte. Und sie trieb vielleicht diese Ereignisse noch voran, indem sie die Könige von Hel nach Anuin führte.

Sie dachte viel darüber nach, während sie nachts schlaflos dalag, den Schädel an ihrer Seite. Sie versuchte, sich darauf vorzubereiten, versuchte, die Kraft ihrer Gaben zu erforschen, doch sie hatte kaum Erfahrung, die sie hätte leiten können. Nur verschwommen ahnte sie, was sie vielleicht würde tun können, nur düster war sie sich der Kräfte bewußt, die flüchtig wie Schatten in ihr geisterten; Kräfte, die sie noch nicht bezwingen und gebrauchen konnte. Sie würde in Anuin tun, was sie konnte; und Morgon, wenn er es wagen konnte, würde ihr helfen. Vielleicht würde Mathom zurückkehren; vielleicht würden die Könige sich ohne ein Heer hinter ihnen aus Anuin zurückziehen. Vielleicht konnte sie noch etwas anderes entdecken, mit dem sich handeln ließ. Sie hoffte, Duac würde wenigstens ein kleines Maß an Verständnis zeigen. Doch sie bezweifelte es.

Neun Tage nachdem sie Hallard Schwarzes Land verlassen hatte, erreichte sie Anuin. Die Könige hatten Gestalt angenommen, ehe sie durch die Tore der Stadt ritten, bildeten einen finsteren Ring um den Mann, den sie beschützten. Die Straßen in der Stadt schienen kaum von der allgemeinen Unruhe betroffen; sie waren bevölkert von Menschen, die mit Unbehagen und Staunen auf die Schar der Reiter blickten, die mit Kronen, Armspangen und Ketten aus Gold geschmückt auf ihren nervösen, tänzelnden Rössern durch die Stadt zog. Die Vielfältigkeit ihrer Waffen und ihrer kostbaren Gewänder schloß beinahe die ganze Geschichte des Landes ein. Unter ihnen ritt, trotz des warmen Tages in eine Kapuzenkutte vermummt, der Mann, den sie beschützt hatten. Er schien sich mit seiner geisterhaften Eskorte abgefunden zu haben; ohne auch nur einen Blick auf seine Begleiter zu werfen, ritt er langsam und ohne Zaudern durch die Straßen von Anuin, den sanften Hang zum Hause des Königs hinauf. Die Tore waren offen; ungehindert ritten sie in den Hof ein. Dort stiegen sie aus dem Sattel, zur Verwirrung der Knechte, die selbst unter dem Druck von Farrs brennendem Blick keine Absicht zeigten, ihnen ihre Pferde abzunehmen. Rendel, die hinter ihnen allein durch das Tor ritt, sah, wie sie der Gestalt in der Kutte die Treppe hinauf folgten, die zum Saal führte. An den verwirrten Gesichtern der Knechte, die sie unschlüssig umstanden, erkannte sie, daß diese fürchteten, auch sie könnte ein Geist sein. Dann aber trat einer unsicher vor, um ihr die Zügel abzunehmen und den Steigbügel zu halten, während sie vom Rücken des Pferdes glitt. Sie nahm den Schädel vom Sattel und trug ihn in den Saal hinein.

Duac war allein im Saal und blickte sprachlos auf die Schar der Könige. Der Mund stand ihm offen; als sie eintrat, flogen seine Augen zu ihr, und sie hörte, wie er seinen Mund zuklappte. Alles Blut wich aus seinem Gesicht, so daß es die

Farbe von Farrs Totenschädel bekam. Während sie auf den Mann in der Kutte zuging, fragte sie sich verwundert, warum er sich nicht umdrehte und sie ansprach. Gerade da, als hätte er ihre Gedanken gespürt, wandte er sich endlich um, und ihr stockte der Atem. Der Mann, dem die Könige auf seinem Weg durch Hel Schutz und Begleitung gegeben hatten, war nicht Morgon, sondern Thod.

10

Wie angewurzelt blieb sie stehen und starrte ihn ungläubig an. Die Haut spannte sich straff und weiß über den Knochen seines Gesichts. Er schien in den neun Tagen, da ihn die Geister von Hel verfolgt hatten, kaum geschlafen zu haben.

»Ihr!« hauchte sie.

Sie sah zu Farr hinüber, der mit berechnendem Auge die Balken und Mauern des Hauses musterte. Duac, der sich endlich aus seiner Erstarrung gelöst hatte, schritt durch die Versammlung der Könige langsam und vorsichtig zu ihr hin. Schweigend und abwartend standen die Könige da. Auf ihren Schilden, die mit den Bildern namenloser Fabeltiere geschmückt waren, spiegelte sich funkelndes Licht, das durch die Fenster fiel. Ihr Herz begann plötzlich wie wild zu schlagen. Farr drehte mit einer heftigen Bewegung den Kopf, als sie zu sprechen begann.

»Was tut ihr hier? Ich verließ Euch in der Einöde, als Ihr auf dem Weg nach Lungold wart.«

Die vertraute, ruhige Stimme klang brüchig, mühsam.

»Ich hatte kein Verlangen danach, in der Einöde der Morgol oder ihren Wachen zu begegnen. Ich segelte den Cwill hinunter nach Hlurle und nahm ein Schiff nach Caithnard. Es gibt nicht viele Orte im Reich, die mir noch offen stehen.«

»Und da seid Ihr hierhergekommen?«

»Es ist ein letzter Ort.«

»Hier!« Sie holte tief Atem und schrie in plötzlicher, wütender Verzweiflung, die Duac innehalten ließ: »Ihr seid hierhergekommen, und Euretwegen habe ich alle Könige von Hel in dieses Haus geführt!« Sie hörte das hohltönende Schnarren von Farrs Frage in ihrem Geist und brüllte ihn wie eine Rasende an: »Ihr habt den falschen Mann hergeführt! Er ist ja nicht einmal ein Gestaltwandler!«

»Wir fanden ihn in dieser Gestalt, und ihm gefiel es, sie beizubehalten«, antwortete Farr, in seiner Überraschung einen Moment lang beinahe Verzeihung heischend. »Er war der einzige Fremde, der im geheimen durch Hel wanderte.«

»Das kann gar nicht sein! Ein feiner Handel ist das, den Ihr mir da aufgedrängt habt! Die Hinterhöfe und die finstersten Gassen des Reiches hättet Ihr absuchen können, einen Mann zu finden, den zu sehen ich weniger wünschte.«

»Ich habe mich an den Schwur gehalten, den ich geleistet habe.« Duacs Gesicht verriet ihr, daß die harte, geisterhafte Stimme auch in seinem Geist widerhallte. »Der Schädel gehört mir. Die Bande sind gelöst.«

»Nein!« Sie wich einen Schritt vor ihm zurück, die Finger fest auf den lidlosen Augenhöhlen und dem grinsenden Mund des Totenschädels. »Ihr habt den Mann, den zu beschützen Ihr geschworen habt, irgendwo in Hel zurückgelassen, den Qualen und Folterungen durch die Toten ausgesetzt, der Entdeckung durch –«

»Es war kein anderer da!« Sie sah, wie selbst Thod bei seinem wütenden Gebrüll leicht zusammenfuhr. Das Feuer des Zorns brannte in seinen dunklen Augen, als er auf sie zutrat. »Frau, durch Euren Namen seid Ihr an Euer Versprechen gebunden, an die Absprache, die mich über die Schwelle dieses Hauses geführt hat, in das Oen diesen Schädel trug und mit ihm meinen letzten Fluch, um mich zum König seines Misthaufens zu krönen. Wenn Ihr mir diesen Schädel nicht gebt, dann schwöre ich bei –«

»Nichts werdet Ihr schwören!« Sie sammelte das Licht von den Schilden, entzündete es in ihrem Geist und legte es wie eine gelbe Schranke vor ihn. »Und Ihr werdet mich nicht anrühren.«

»Könnt Ihr uns alle bezwingen, Hexe?« fragte er finster. »Versucht es.«

»Wartet!« rief Duac abrupt. Er hob eine Hand hoch in die Luft, als Farrs grimmige Augen sich ihm zuwandten. »Wartet!«

Die Autorität der Verzweiflung, die in seiner Stimme lag, hielt Farr für einen Augenblick in Schach. Vorsichtig stieg Duac über das Licht auf dem Boden, trat zu Rendel und legte seine Hände auf ihre Schulter. Als sie zu ihm aufblickte, sah sie flüchtig Ylons Gesicht, die bleichen, giebelspitzen Brauen, die unstet schillernden Augen. Ihre Schultern zuckten leicht unter der plötzlichen menschlichen Berührung, da sie ja seit neun Tagen mit keinem menschlichen Wesen mehr gesprochen hatte, und sie sah, wie Schrecken und Entsetzen in seine Augen traten.

»Was hast du dir selbst angetan?« flüsterte er. »Und was hast du diesem Hause angetan?«

Es verlangte sie danach, die ganze verworrene Geschichte vor ihm auszubreiten, ihm begreiflich zu machen, warum ihr Haar in schmutzigen Strähnen über den Rücken fiel, warum sie mit einem toten König um seinen Schädel stritt und wie es kam, daß sie der Luft die Gestalt von Feuer geben konnte. Doch angesichts von Farrs Zorn wagte sie nichts preiszugeben.

»Wir haben einen Handel gemacht«, sagte sie steif, »Farr und ich –«

»Farr!« Seine Lippen formten das Wort beinahe lautlos, und sie nickte.

»Ich zwang Hallard Schwarze, mir seinen Schädel zu geben. Während der Erhebung von Hel saß ich die ganze Nacht wach, eingekreist von Feuerschein, mir das Feuer untertan machend, und beim Morgengrauen besaß ich die Macht zu handeln. Der Sternenträger war auf dem Weg durch Hel nach Anuin; Farr schwor, die Könige zu versammeln, um ihn zu schützen, wenn ich ihm dafür den Schädel wiedergeben würde. Er schwor es bei seinem eigenen Namen und bei dem Namen der Könige von Hel. Doch er hat sein Versprechen nicht eingehalten. Er bemühte sich nicht einmal, einen Gestaltwandler zu finden; er gab seinen Schutz ganz einfach dem erstbesten Fremden, den er auf der Wanderung durch Hel entdeckte –«

»Der Fremde erhob keine Einwände.« Die kalte Stimme von Evern dem Falkner schnitt ihr das Wort ab. »Er wurde gejagt. Er machte sich unseren Schutz zunutze.«

»Natürlich wurde er gejagt! Er –« Erst da ging ihr schlagartig das wahre Ausmaß der Gefahr auf, die sie in ihr Haus gebracht hatte. Eisig lagen ihre Finger auf dem Knochenschädel in ihrer Hand, als sie flüsterte: »Duac . . .« Doch seine Augen hatten sich von ihr abgewandt, waren auf den Harfner gerichtet.

»Warum seid Ihr hierhergekommen. Der Sternenträger hat Anuin noch nicht erreicht, aber Ihr müßt gewußt haben, daß die Händler uns seine Geschichte zutragen würden.«

»Ich dachte, Euer Vater wäre vielleicht zurückgekehrt.«

»Was«, fragte Duac mehr verwundert als erzürnt, »in Hels Namen, erwartet Ihr, daß mein Vater Euch sagen würde?«

»Sehr wenig.«

Eine gelassene Ruhe, die ihnen aus der Erinnerung vertraut war, umfloß seine Gestalt, als er dort stand, doch auf seinem Gesicht lag ein angespannter Ausdruck, als lauschte er auf etwas, das jenseits ihrer Wahrnehmung lag.

Rendel berührte Duacs Arm.

»Duac!« Ihre Stimme zitterte. »Duac, ich bringe nicht nur die Könige von Hel nach Anuin.«

Er schloß die Augen und seufzte.

»Was noch? Vor zwei Monaten bist du aus Caithnard verschwunden, entführtest du das Schiff unseres Vaters und ließest Rood allein nach Hause reiten, ohne ihm auch nur eine Andeutung darüber zu machen, wohin du wolltest. Und nun tauchst du ebenso unversehens aus dem Nichts auf, begleitet von den Königen von Hel, einem Harfner, der in Acht und Bann ist, und einem gekrönten Schädel. Ich glaube, es würde mich nicht einmal überraschen, wenn die Mauern dieses Hauses plötzlich über meinem Kopf einstürzen würden.« Er schwieg einen Moment, und die Hände auf ihren Schultern griffen fester zu. »Geht es dir gut?«

Sie schüttelte den Kopf.

»Nein«, flüsterte sie. »O nein. Duac, ich wollte Morgon

vor Ghistleslohm schützen.«

»Ghistleslohm?«

»Er ist – er folgte Thod durch Hel.«

Der Ausdruck der Besorgnis erstarb auf seinem Gesicht. Seine Augen glitten über sie hinweg zu Thod, und dann hob er schwerfällig, als trüge er Steine auf ihnen, seine Hände von ihren Schultern.

»Gut.« In seiner Stimme war keine Hoffnung. »Vielleicht können wir –«

Die Stimme des Harfners unterbrach ihn.

»Der Gründer ist nirgends in An.«

»Ich habe ihn gespürt!« rief Rendel. »An den Toren von Anuin war er hinter Euch. Ich spürte, wie sein Geist alle Winkel und Ecken von Hel durchforschte; wie ein schwarzer Wind blickte er durch meinen Geist, und ich konnte seinen Haß spüren, seine Erbitterung –«

»Das ist nicht der Gründer.«

»Wer dann –« Sie brach ab.

Die Männer im Saal, lebende wie tote, schienen unbewegt wie die Figuren auf einem Schachbrett um sie herum zu stehen. Langsam schüttelte sie den Kopf, stumm wieder, während ihre Hände verkrampft den Knochenschädel umspannten.

Mit unerwarteter Eindringlichkeit sagte der Harfner: »Ich hätte niemals diesen Ort gewählt. Aber Ihr habt mir keine Wahl gelassen.«

»Morgon?« flüsterte sie. Sie erinnerte sich plötzlich seines raschen, lautlosen Verschwindens aus Caithnard, erinnerte sich des gesetzlosen Geistes, der sie gefunden, doch niemals bedroht hatte. »Habe ich Euch hierhergebracht, damit er Euch töten kann?«

Sein hoffnungsloses, erschöpftes Gesicht gab ihr die Antwort. Etwas, das wie ein Schrei und ein Schluchzen von Schmerz und Verwirrung zugleich war, durchschoß sie. Mit keuchendem Atem starrte sie Thod an und spürte das heiße Brennen von Tränen hinter ihren Augen.

»Es gibt Wesen, die es nicht wert sind, daß man sie tötet. Verflucht sollen wir alle sein! Ihr dafür, daß Ihr das aus ihm gemacht habt, was er geworden ist; er dafür, daß er nicht sieht, was er geworden ist; und ich dafür, daß ich euch beinahe von Angesicht zu Angesicht gegenübergestellt habe. Selbst mit Eurem Tod noch werdet Ihr ihn vernichten. Dort ist das Tor. Es ist offen. Sucht Euch ein Schiff, das aus Anuin ausläuft –«

»Wohin?«

»Irgendwohin! Auf den Grund des Meeres, wenn sonst nirgends. Geht, tut Euch mit Ylons Gebeinen zusammen und spielt auf Eurer Harfe, es ist mir gleich. Nur geht so weit fort, daß er Eure Namen und Euer Bild vergißt –«

»Es ist zu spät.« Seine Stimme war beinahe sanft. »Ihr habt mich in Euer Haus gebracht.«

Sie hörte einen Schritt hinter sich und fuhr herum. Doch es war Rood, der in den Saal stürzte, das Gesicht gerötet und das Haar zerzaust von langem Ritt. Mit dem scharfen Blick einer Krähe musterte er die Versammlung von Geistern, die ein Traum von Rache aus ihren Gräbern gelockt hatte, die so schwer bewaffnet waren, wie kein König von An sich seit Jahrhunderten bewaffnet hatte. Ruckartig blieb er stehen, und Rendel sah, während sein Gesicht erbleichte, das Aufblitzen des Erkennens in seinen Augen. Da packte Ohro der Verfluchte, der neben ihm stand, und dessen Gesicht von der Schläfe bis zum Kinn von blutigen Streifen seiner Todeswunde durchzogen war, Rood am Kragen seines Kittels und riß ihn nach hinten. Sein Arm, schwer von den eisernen Gliedern seines Kettenhemds, schloß sich fest um Roods Hals; in seiner anderen Hand blitzte ein Messer auf; seine Spitze berührte Roods Schläfe.

»So!« sagte er scharf. »Nun wollen wir handeln.«

Weißglühend tanzte der gebündelte Strahl von Rendels Entsetzen und Wut über die Messerklinge und sprang in Ohros Augen. Er schrie auf und ließ das Messer fallen. Roods Ellbogen, der ihn in die gepanzerten Rippen schlug, schien keine Wirkung zu haben, doch die Umklammerung des Armes um Roods Kehle lockerte sich, als Ohro seine Hand zum Kopf hob. Rood befreite sich und rannte durch den Saal, hielt nur einmal kurz inne, um ein altes Schwert von der

Mauer zu reißen, das seit Hagis' Tod dort gehangen hatte.

Er lief zu Duac, der zornig sagte: »Willst du wohl dieses Schwert weglegen? Eine Schlacht ist das letzte, was ich in diesem Hause haben möchte.«

Die Könige schienen lautlos zusammenzurücken. Der Harfner, der mit leicht gesenktem Kopf dastand, als gelte seine Aufmerksamkeit anderem als der Bewegung um ihn herum, fiel durch seine starre Ruhe auf, und Rood stieß einen Laut aus.

Er umfaßte das Heft des Schwertes fester und rief: »Sag ihnen das: Wenigstens können wir, wenn wir selbst Geister sind, zu unseren eigenen Bedingungen kämpfen. Wer hat sie hierhergebracht? Thod?«

»Rendel.«

Mit einer scharfen Bewegung drehte Rood den Kopf. Erst da sah er Rendel, die ein wenig hinter Duac stand. Seine Augen wanderten von ihrem hageren, müden Gesicht zu dem Schädel in ihren Händen, und klirrend schlug die Schwertspitze auf den Boden.

»Rendel? Ich habe dich gesehen und habe dich nicht erkannt . . .«

Er schleuderte das Schwert auf den Steinboden und ging zu ihr. Er streckte die Arme nach ihr aus, wie es Duac getan hatte, doch seine Hände sanken herab, noch ehe sie sie berührten. Er blickte sie an, und sie sah, daß tief in ihm etwas, das ihm selbst fremd war, mit einer Ahnung ihrer unmenschlichen Kräfte kämpfte.

»Was ist mit dir geschehen?« flüsterte er. »Was geschieht mit Menschen, die versuchen, die Reise zum Erlenstern-Berg zu machen?«

Sie schluckte und hob eine Hand von dem Schädel, um ihn zu berühren.

»Rood –«

»Woher hast du solche Kräfte? Sie gehen weit über jene hinaus, die du früher besaßt.«

»Ich besaß sie immer –«

»Woher? Ich sehe dich an und ich kenne dich nicht mehr.«

»Doch, du kennst mich«, flüsterte sie mit brennender

Kehle. »Ich bin ein Stück von An . . .«

»Rood«, sagte Duac. In seiner Stimme lag ein seltsamer, dumpfer Unterton von Furcht, der Rood veranlaßte, seinen Blick von Rendels Gesicht zu wenden. Duac starrte auf das geöffnete Tor; die Hand hinter sich ausgestreckt, tastete er suchend nach Rood. »Rood! Das da! Wer ist das? Sag mir, daß es nicht der ist, der ich glaube.«

Rood fuhr herum. Lautlos, schattenlos, auf einem gewaltigen schwarzen Roß sitzend, dessen Augen so dunkel waren wie die Augenhöhlen in Farrs Schädel, ritt ein Mann über die Schwelle, auf dem Kopf einen goldenen Reif, in dem ein einziger blutroter Edelstein funkelte. Er war dunkel, von sehniger, kraftvoller Gestalt; das Heft seines Messers und seines Schwerts waren aus gesponnenem Gold; der kostbare Umhang über seinem Kettenhemd war mit dem alten Zeichen Ans bestickt - eine Eiche, durch deren grüne Zweige ein schwarzer Blitz zuckte. Ein Gefolge, das aus den Feldern und Obstpflanzungen rund um Anuin auferstanden sein mußte, ließ er vor dem geöffneten Tor zurück. Dahinter konnte Rendel Duacs eigene Wachen und unbewaffnete Bedienstete sehen, die sich mühten, sich einen Weg durch die Schar der Krieger zu bahnen. Ebensogut hätten sie gegen eine Steinmauer anrennen können.

Blitzartig reagierten die im Saal versammelten Geister auf das Erscheinen des gekrönten Mannes; jedes Schwert im Saal war gezogen. Farr trat vor. Sein flaches, ausdrucksloses Gesicht leuchtete zornrot über der Wunde an seinem Hals, das gewaltige Schwert in seiner Hand war erhoben. Die Augen des toten Königs achteten Farrs nicht. Langsam glitten sie über die Schar der Versammelten hinweg und blieben an Duac hängen. Der gewaltige Rappe blieb stehen.

»Oen!«

Roods Stimme zog flüchtig die Aufmerksamkeit des Königs auf sich, dann aber kehrte sein Blick zu Duac zurück. Er neigte leicht den Kopf, und als er sprach, war seine Stimme ruhig und doch hart.

»Friede denen, die in diesem Hause leben. Möge keine Unehre über dieses Haus kommen. Über jene, die Ehre besitzen.« Er schwieg, die Augen noch immer auf Duacs Gesicht gerichtet, während er in sich den zeitlosen Instinkt, das Recht des Landes erfühlte und dazu noch etwas anderes. Ein kurzes Auflachen kam aus seinem Mund, in dem kaum Erheiterung lag. »Ihr habt ein Gesicht, das aus dem Meer geboren ist. Aber Euer eigener Vater ist glücklicher. Ihr tragt in Euch wenig mehr von meinem Landerben als sein Gedächtnis . . .«

Duac fand endlich seine Stimme wieder.

»Frieden –« Das Wort kam zitternd aus seinem Mund, und er schluckte. »Wollt Ihr Friede in dieses Haus bringen und ihn zurücklassen, wenn Ihr geht?«

»Das kann ich nicht. Ich habe ein Gelöbnis getan. Über den Tod hinaus.«

Duacs Augen schlossen sich, während seine Lippen einen unhörbaren Fluch murmelten. Endlich wandte sich Oens Gesicht Farr zu; ihre Augen trafen sich zum erstenmal seit sechs Jahrhunderten jenseits ihrer Träume. »Solange die Könige Anuin regieren, so lange soll Farr von Hel den Misthaufen des Königs regieren. Das habe ich geschworen.«

»Und ich habe geschworen«, schnarrte Farr, »daß ich niemals meine Augen in meinem Grab schließen werde, solange jene, die in Anuin herrschen, nicht selbst im Grab liegen.«

Oen schüttelte den Kopf.

»Einmal schon habt Ihr Euren Kopf verloren. Ich hörte, daß eine Frau von Anuin Euren Schädel aus Hel heraustrug und ihn in dieses Haus zurückbrachte und daß sie zu ihrer Schande die Tore dieses Hauses den Toten von Hel öffnete. Ich bin gekommen, dieses Haus vom Gestank des Misthaufens zu reinigen.« Er blickte Rendel an. »Gebt mir den Schädel.«

Sie stand wie erstarrt bei der Verachtung in seiner Stimme, in seinen Augen, jenen dunklen, berechnenden Augen, die zugesehen hatten, wie am Meer ein Turm mit vergitterten Fenstern für seinen Landerben gebaut worden war.

»Ihr«, flüsterte sie, »Ihr, die Ihr leere Worte in dieses Haus bringt, was wußtet Ihr je von Frieden? Ihr, ein Mann mit einer kleinen Seele, der seine ganze Befriedigung in seinen

Schlachten fand, Ihr hinterließt bei Eurem Tode ein Rätsel in Anuin, das weit mehr war als nur ein meerfarbenes Gesicht. Ihr wollt mit Farr um diesen Schädel streiten, wie Hunde sich um einen Knochen streiten. Ihr glaubt, ich hätte mein Haus verraten. Was wißt Ihr schon von Verrat? Ihr seid aufgestanden, um Rache zu nehmen; was wißt Ihr schon von Rache? Ihr glaubt, Ihr hättet Ylons wundersame Kräfte für immer vernichtet, als Ihr ihn so ohne jedes Verständnis, so ohne jedes Mitleid in seinem Turm einsperrtet. Ihr hättet wissen müssen, daß man einen Schmerz oder einen Zorn nicht bannen kann. Sechs Jahrhunderte habt Ihr auf eine Schlacht mit Farr gewartet. Aber ehe Ihr Euer Schwert in diesem Saal erhebt, werdet Ihr mit mir kämpfen müssen.«

Sie streifte Licht von den Schilden, von den Armspangen und funkelnden Kronen, von den Fliesen des Bodens und legte einen Feuerkreis um Oen. Sie hielt nach einer einzigen Feuerquelle im großen Saal Ausschau, doch nirgends brannte auch nur eine Kerze. Darum begnügte sie sich damit, das unruhige, ständig die Gestalt wechselnde Element, das sie unter Farrs unheildrohendem Blick gemeistert hatte, ihrem Gedächtnis zu entlocken. Mit einem Trug von Feuerschein umgab sie dann die Trugbilder der Toten. Sie öffnete ihre Hand und zeigte ihnen, wie sie ihm seinen Willen aufzwingen konnte, wie sie es hoch in die Luft aufsteigen lassen konnte, um es dann versprühen zu lassen wie Wellen, die sich an ihrem Willen brachen. Sie zog mit dem Feuer einen Kreis um die Könige, so wie sie von ihnen gezwungen worden war, um sich selbst einen Kreis zu ziehen, und sah zu, wie sie sich, vom Feuer abrückend, zusammendrängten. Sie hüllte die Schilde in lodernde Flammen und sah, wie sie lautlos wie Blumen zu Boden fielen. Sie umgrenzte die Kronen mit dem Feuer, und die Könige schleuderten sie wie brennende Reifen durch die Luft. Undeutlich, aus weiter Ferne, hörte sie die Stimmen, Vogelstimmen, die brüchige Stimme des Meeres. Dann hörte sie das Meer selbst.

Sein Rauschen verwob sich mit dem Züngeln der Flammen, die sie formte. Sie hörte das Seufzen des Wassers, das sich am Felsen brach und wieder zurückwich; sie hörte den wimmernden Wind, der klagend zwischen zertrümmerten Gitterstäben hindurchstrich. Das Harfenspiel war verklungen; der Turm war leer. Sie richtete ihre Aufmerksamkeit wieder auf Oen; halbblind von dem Feuer in ihrem Geist, sah sie ihn nur als einen Schatten, der ein wenig gekrümmt auf seinem Pferd saß. Und eine Wut, die nicht die ihre war, sondern die seines wiedererwachten Landerben, sammelte sich in ihr wie eine ungeheure Flutwelle, die den Turm mit seinen Grundfesten hätte aus dem Felsen reißen und ins Meer schleudern können.

Die Wut verlieh ihr eine düstere Erkenntnis befremdlicher Kräfte. Sie sagte ihr flüsternd, wie sie die Bodenplatte aus massivem Stein in zwei Teile spalten konnte, wie sie den schmalen, schwarzen Spalt in ein Trugbild gähnender Leere wandeln konnte, das den Geist Oens, namenlos, gedächtnislos, in sich einsaugen würde. Sie zeigte ihr, wie sie die Fenster und Türen ihres eigenen Hauses mit unsichtbarem Zauber verschließen und die Lebenden und Toten in ihm einschließen konnte; wie sie das Trugbild einer Tür schaffen konnte, die einem Wahn von Freiheit offenstand. Sie zeigte ihr, wie sie den trostlosen Schmerz, den ihr das Meer, der Wind und die vergangenen Klänge der Harfe mitteilten, teilen konnte, um ihn in die Steine und Schatten des Hauses zu bannen, so daß keiner darin je lachen würde. Sie spürte ihren eigenen Schmerz und Zorn angefacht, so wie sie das Licht angefacht hatte, und beides vermischte sich mit einer Qual und einer Erbitterung gegen Oen, die weit älter waren, bis sie kaum noch das eine vom anderen unterscheiden konnte; sie wußte kaum noch, daß Oen für sie nicht mehr war als eine Erinnerung Ans, daß er für sie nicht die lebende, schreckliche, erbarmungslose Gestalt aus Ylons Gedächtnis war.

Sie fühlte, wie sie sich selbst verlor, in der Raserei eines fremden Hasses unterzugehen drohte. Blind, entsetzt kämpfte sie dagegen an, ohne zu wissen, wie sie sich aus diesem unerbittlichen Willen zur Zerstörung, der gegen Oen gerichtet war, befreien sollte. Ihr Entsetzen wich hilflosem Zorn; so wie Oen Ylon gefangengehalten hatte, so war sie jetzt in Haß, Mitleidlosigkeit und Mißverständnis gefangen.

Doch eines erkannte sie: Ehe sie Oen vernichtete, ehe sie im Hause der Könige von An Mächte freisetzte, die mit dem Landrecht von An nichts gemein hatten, mußte sie den Geist von Ylon, der sich in ihr erhoben hatte, zwingen, das Erbe, das sie beide teilten, und den König, den Menschen, der nur in dieses Erbe eingebunden gewesen war, zum erstenmal klar zu sehen.

Mit übermenschlicher Anstrengung zog sie die Gesichter der Könige eines nach dem anderen aus dem Feuerschein. Sie entriß dem finsteren Abgrund von Zorn und Schmerz ihren Namen, ihre Geschichte und sprach ihren Namen aus, während sie ihr ohne Waffen und ohne Kronen stumm auf der anderen Seite des Saales gegenüberstanden: Acor, Ohro der Verfluchte, voll Schmerz um seine Söhne, Nemir, der die Sprache der Schweine gesprochen hatte, Farr, der sich um eines sechshundert Jahre alten Schädels willen ihrem Gebot gebeugt hatte, Evern, der bei der Verteidigung seines Hauses mit seinen Falken gestorben war. Das Feuer um sie herum verlosch flackernd, wurde zu Sonnenschein auf den Fliesen. Sie sah wieder den Harfner des Erhabenen unter den Königen. Sie sah Oen. Er saß nicht mehr auf seinem Pferd, sondern stand neben ihm. Sein Gesicht hielt er auf den Rücken des Pferdes gedrückt. Erst da sah sie den schwarzen, zackigen Riß, der die Steinplatte zu seinen Füßen von einem Ende zum anderen durchzog.

Sie sprach seinen Namen. Indem sie ihm seinen Namen gab, schien sie ihn in klares Licht zu rücken; er war der beängstigende Geist eines Toten, der einst, vor Jahrhunderten, ein König von An gewesen war. Der Haß in ihr schwoll nur schwach gegen ihn, gegen ihre Gabe, klar zu sehen. Noch einmal brandete er auf, versickerte dann wie Wasser im Sand. Sie war frei danach, und während sie auf den zersprungenen Stein blickte, fragte sie sich, welchen Namen sie für den Rest ihres Lebens in diesem Saal tragen würde.

Sie merkte plötzlich, daß sie stark zitterte, daß sie kaum noch stehen konnte. Rood, der neben ihr war, hob seine Hand, um sie zu stützen, doch auch er schien keine Kraft zu haben; er konnte sie nicht berühren. Sie sah Duac auf den gespaltenen Stein starren. Langsam wandte er den Kopf und sah sie an. Ein Schluchzen stieg in ihrer Kehle auf, denn auch er hatte keinen Namen für sie. Durch die Kraft ihrer Gabe war sie heimatlos geworden, war ihr nichts geblieben. Ihre Augen glitten von ihm weg zu einem Streifen Dunkelheit, der zwischen ihnen zu ihren Füßen lag. Langsam dämmerte ihr, daß das Dunkle ein Schatten war, der in einem Saal voll von schattenlosen Toten auf dem Boden lag.

Sie drehte sich um. Der Sternenträger stand auf der Schwelle. Er war allein; Oens Gefolge war verschwunden. Er beobachtete sie; am Ausdruck seiner Augen erkannte sie, wieviel er gesehen hatte. Während sie ihn hilflos anblickte, sagte er leise: »Rendel.« Es war keine Warnung, kein Richtspruch, es war einfach ihr Name, und sie hätte weinen mögen bei seiner Bestätigung.

Endlich trat er über die Schwelle. Einfach gekleidet, allem Anschein nach unbewaffnet, trat er still und zurückhaltend unter die schweigenden Könige, und doch zog er, während er so dahinschritt, ihrer aller Aufmerksamkeit auf sich. Die dunklen Schleier von Schmerz, Haß und magischer Kraft, die auf dem ganzen Weg nach Anuin über ihnen allen gehangen hatten, waren nicht mehr die furchterregenden Schatten von Zauberei, sondern etwas, das sie alle erkannten. Morgons Augen, die von Antlitz zu Antlitz wanderten, fanden Thod. Er blieb stehen. Rendel, deren Geist geöffnet war und empfänglich, spürte, wie die Erinnerungen ihn bis ins Mark erschütterten. Langsam ging er weiter. Die Könige rückten lautlos von dem Harfner ab. Thod, der den Kopf gesenkt hielt, schien den letzten Schritten einer langen Wanderung zu lauschen, die für sie beide am Erlenstern-Berg begonnen hatte. Als Morgon ihn erreichte, hob er den Kopf. Erbarmungslos lag das Sonnenlicht auf den Linien, die in sein Gesicht eingegraben waren.

Ruhig, ohne ein Schwanken in der Stimme, sagte er: »Welche Lehrsätze der Gerechtigkeit habt ihr am Erlenstern-Berg dem Gehirn des Erhabenen entnommen?«

Morgon hob die Hand und zog sie dem Harfner in einem wütenden Schlag mit dem Handrücken über das Gesicht, bei dem selbst Farr die Augen aufriß. Mit Mühe fand der Harfner sein Gleichgewicht wieder.

Mit einer Stimme, die von Schmerz verzerrt war, erwiderte Morgon: »Ich habe genug gelernt. Von euch beiden. Mir liegt nichts an einer Auseinandersetzung über Gerechtigkeit. Mir liegt daran, Euch zu töten. Doch weil wir uns im Saal eines Königs befinden und Euer Blut seinen Boden beflecken wird, scheint es mir nur angemessen zu erklären, warum ich es vergießen werde. Ich wurde Eures Harfenspiels müde.«

»Es brach das Schweigen.«

»Gibt es denn nichts auf dieser Welt, das Euer Schweigen brechen wird?« Seine Worte sprangen formlos in den hochgelegenen Ecken des Saales hin und her. »Ich muß dort in jenem Berg genug geschrien haben, um alles Schweigen zum Bersten zu bringen, nur das Eure nicht. Ihr wurdet vom Gründer gut geschult. Es gibt keinen Teil von Euch, den ich erreichen kann. Nur Eurem Leben kann ich etwas anhaben. Und selbst da frage ich mich, ob Ihr es überhaupt schätzt.«

»Ja. Ich schätze es.«

»Ihr würdet niemals um Euer Leben bitten. Ich bat Ghisteslohm um den Tod; er hatte nur Nichtachtung für mich. Das war sein Fehler. Aber er war klug genug zu fliehen. Ihr hättet schon an dem Tag fliehen sollen, als Ihr mich in jenen Berg führtet. Ihr seid kein Narr. Ihr hättet wissen können, daß der Sternenträger das würde überleben können, was der Fürst von Hed nicht überleben konnte. Und doch bliebt Ihr und spieltet mir Lieder aus Hed, bis ich in meinen Träumen weinte. Mit einem Gedanken hätte ich die Saiten Eurer Harfe zerreißen können.«

»Das habt Ihr getan. Mehrmals.«

»Und Ihr ward nicht klug genug zu fliehen.«

In der tiefen Stille des Saales war es, als wären sie allein. Die Könige mit den kampfesmüden, von Bitterkeit gezeichneten Gesichtern sahen so versunken aus, als ließen sie einen Abschnitt ihres eigenen Lebens an sich vorüberziehen. Duac, sie sah es ihm an, hatte noch immer Mühe, sich mit der Vorstellung abzufinden, daß der Gründer im Erlenstern-Berg hofhielt; Rood hatte sich schon damit abgefunden. Sein Gesicht war ausdrucksleer. Er beobachtete die Szene, während er hin und wieder den Schrei oder die Tränen hinunterschluckte, die in ihm aufstiegen.

Der Harfner, der eine kleine Pause eintreten ließ, ehe er sprach, sagte: »Nein. Ich bin ein Narr. Vielleicht setzte ich darauf, daß Ihr der Sache nachgehen und des Knechtes nicht achten würdet. Oder daß Ihr selbst in jenen Augenblicken, da Ihr die Landherrschaft nicht festhalten konntet, an den Lehren der Rätselschule festhalten würdet.«

Morgons Hände ballten sich zu Fäusten, doch er hielt sie reglos an seinen Seiten.

»Was haben die fruchtlosen Lehren einer Schule ohne Schüler mit meinem Leben oder Eurem Tod zu tun?«

»Vielleicht nichts. Es war nur ein flüchtiger Gedanke. So wie mein Harfenspiel. Eine abstrakte Frage, mit der sich zu beschäftigen ein Mann mit einem Schwert an seiner Seite selten Zeit nimmt.«

»Worte!«

»Vielleicht.«

»Ihr seid selbst ein Rätselmeister – welcher Lehrsatz besaß genug Kraft, Euch zu bewegen, an den Lehren der Rätselschule festzuhalten? Der erste Lehrsatz des Gründers von Lungold: Die Sprache der Wahrheit ist die Sprache der Macht – wahrer Name, wahres Wesen. Ihr fandet das Wesen des Verrats mehr nach Eurem Geschmack. Wer seid Ihr, daß Ihr mich richten dürft, wenn ich die Namen von Rache, Mord, Gerechtigkeit – oder was immer sonst für einen Namen Ihr dem geben wollt – mehr nach meinem Geschmack finde.«

»Wer überhaupt dürfte Euch richten? Ihr seid der Sternenträger. Während Ihr mich quer durch Hel jagtet, verwechselte Rendel Euch mit Ghisteslohm.«

Sie sah, wie er zusammenzuckte.

Rood, dem keuchend der Atem aus dem Munde kam, flüsterte: »Morgon, ich schwöre es, Lehren oder nicht, wenn du ihn nicht tötest, werde ich es tun.«

»Es ist, wie ich schon sagte, eine abstrakte Frage. Roods Vorstellung von Gerechtigkeit ist viel vernünftiger.«

Thods Stimme klang trocken, müde, so als wäre er am Ende.

Tödliche Qual im Gesicht, schrie Morgon ihn mit einer Stimme an, die dröhnend durch die finsteren Höhlen und Grotten des Erlenstern-Bergs gejagt sein mußte.

»Was wollt Ihr von mir?«

Seine Hand griff in den leeren Raum zu seiner Seite, und plötzlich lag das mächtige, gestirnte Schwert in ihr. In blitzendem Schwung sauste es aufwärts. Rendel wußte, daß sie alle um sich herum für immer so sehen würde: den Harfner, waffenlos und unbewegt, der den Kopf hob, als das Schwert im Aufwärtsschwung das Sonnenlicht durchschnitt, und Morgon, in dessen Armen die Muskeln schwollen, als er die Klinge mit beiden Händen emporriß und sie im Gipfelpunkt ihrer Kreisbahn stillstehen ließ. Da erst richteten sich die Augen des Harfners auf Morgons Gesicht.

»Ihnen wurde ein Mann des Friedens verheißen«, flüsterte er.

In der Klinge des Schwerts, die sachte bebend in der Luft stand, verwoben sich Fäden von Licht. Der Harfner stand unter der scharfen Linie seines Schattens, umflossen von jener vertrauten unerschütterlichen Ruhe, die Rendel in dem, was sie in sich barg, plötzlich schrecklicher schien als alles, was sie in sich oder in Morgon erblickt hatte. Ein Laut kam über ihre Lippen, ein Schrei des Protests gegen das Gewahrwerden dieser unendlichen Langmut, und sie spürte, wie Duacs Hand an ihr riß. Doch sie war keiner Bewegung fähig.

Das Licht auf der Klinge begann plötzlich zu flirren. Das Schwert fiel herab, traf klirrend, unter einem Sprühregen bläulicher Funken, den Steinboden. Das Heft prallte noch einmal ab und blieb dann, die Sterne dem Boden zugewandt, liegen.

Außer Morgons Atem war kein Laut im Saal. Die Hände an seinen Seiten zu Fäusten geballt, stand er dem Harfner gegenüber und sah ihn an. Er machte keine Bewegung und sprach nicht. Thod, der seinen Blick erwiderte, rührte sich. Das Blut stieg langsam wieder in sein Gesicht. Seine Lippen bewegten sich, als wollte er sprechen, doch vor dem erbarmungslosen Schweigen Morgons schreckten die Worte zurück. Er trat einen Schritt zurück, wie fragend. Dann senkte er wieder den Kopf. Er drehte sich um und schritt schnell und leise zwischen den erstarrten Königen hindurch aus dem Saal. Den Kopf, der unbedeckt war, hielt er unter der Last der Sonne gesenkt.

Morgon starrte aus blinden Augen auf die Versammlung von Lebenden und Toten. Der gärende Aufruhr in ihm, der sich nicht entladen hatte, hing wie ein gefährlicher Zauber über dem Raum. Rendel, die neben Rood und Duac stand, unfähig, sich unter dieser Bedrohung zu rühren, fragte sich, was wohl Morgons Geist aus den schwarzen, unentrinnbaren Steinhöhlen und aus der Sackgasse der Wahrheit herausführen würde, in die der Harfner ihn gelotst hatte. Er schien, da er keinen von ihnen erkannte, ein Fremder, ausgestattet mit gefährlicher Macht. Doch während sie darauf wartete, daß diese Macht Gestalt annahm, gleich, welcher Art, erkannte sie langsam, daß sie sich soeben selbst Gestalt gegeben und daß er ihnen seinen Namen genannt hatte. Sie sagte ihn leise, beinahe zaudernd, da sie den Mann, dem er gehörte, kannte und nicht kannte.

»Sternenträger.«

Seine Augen schweiften zu ihr; die Stille strömte von ihm fort, als er seine Hände öffnete. Der Ausdruck, der sein Gesicht wiederbelebte, zog sie zu ihm hin. Sie hörte, wie Rood hinter ihr sprechen wollte und seine Stimme in einem trockenen Schluchzen brach. Von Duac kam ein undeutliches Murmeln. Sie trat vor den Sternenträger hin und löste ihn mit einer Berührung aus der Umklammerung seiner Erinnerungen.

»Wem wurde ein Mann des Friedens verheißen?« flüsterte sie.

Da schauderte er und streckte ihr seine Arme entgegen. Sie umschlang ihn, ließ den Totenschädel auf seiner Schulter ruhen wie eine Warnung vor Störung.

»Die Kinder . . .«

Ein Frösteln der Furcht durchrann sie.

»Die Kinder der Erdherren?«

»Die steinernen Kinder in jener schwarzen Höhle.« Er

umfaßte sie fester. »Diese Wahl ließ er mir. Und ich glaubte, er wäre wehrlos. Ich hätte – ich hätte bedenken sollen, daß er aus Worten tödliche Waffe schmieden kann.«

»Wer ist er? Dieser Harfner?«

»Ich weiß es nicht. Aber eines weiß ich: Er muß benannt werden.«

Danach schwieg er lange, sein Gesicht an ihrer Schulter verborgen. Schließlich hob er den Kopf, sagte etwas, das sie nicht hören konnte; sie wich ein wenig zurück. Er fühlte den Knochenschädel an seinem Gesicht. Er hob eine Hand und nahm den Schädel. Mit dem Daumen zeichnete er eine leere Augenhöhle nach, dann sah er sie an. Seine Stimme war ruhiger.

»Ich habe in jener Nacht auf Hallard Schwarzes Feldern über dich gewacht. Jede Nacht war ich bei dir, während du durch An rittest. Keiner, ob lebend oder tot, hätte dich angerührt. Doch du hast meine Hilfe nie gebraucht.«

»Ich spürte deine Nähe«, flüsterte sie. »Aber ich glaubte – ich dachte, du wärst –«

»Ich weiß.«

»Und – und was glaubtest du, daß ich vorhätte?« Ihre Stimme schwoll an. »Glaubtest du, ich wollte Thod schützen?«

»Genau das hast du getan.«

Wortlos starrte sie ihn an, während sie daran zurückdachte, was alles sie in jenen unheimlichen, endlos scheinenden Tagen getan hatte.

»Und dennoch bist du bei mir geblieben, um mich zu beschützen?« stieß sie hervor. Er nickte. »Morgon, ich habe dir gesagt, was ich bin; du konntest sehen, welch dunkle Kräfte ich in mir erweckte – du kanntest ihren Ursprung. Du wußtest, daß ich mit jenen Gestaltwandlern verwandt bin, die dich töten wollten; du glaubtest, ich wollte dem Manne helfen, der dich verraten hatte . . . Wie, in Hels Namen, konntest du mir vertrauen?«

Seine Hände, die die goldene Krone auf dem Totenschädel umfaßt hielten, spannten sich mit plötzlicher Kraft um das blinde Metall.

»Ich weiß es nicht. Weil ich es so wollte. Damals und immer. Willst du noch lange diesen Schädel herumtragen?«

Sie schüttelte den Kopf und streckte die Hand nach dem Schädel aus, um ihn Farr zurückzugeben. Das kleine, kantige blaßfarbene Mal auf ihrer Hand trat im Licht deutlich hervor. Morgons Hand griff mit einer heftigen Bewegung zu ihrem Arm.

»Was ist das?«

Sie widerstand dem Impuls, ihre Finger darumzuschließen.

»Es zeigte – es zeigte sich, als ich das erste Mal Feuer in meiner Hand hielt. Ich gebrauchte einen Stein von der Ebene von Königsmund, um den Kriegsschiffen des Königs von Ymris mit Hilfe eines Blendwerks von Licht zu entkommen. Während ich an ihn gebunden war und in ihn hineinblickte, sah ich einen Mann, der den Stein hielt. Es war, als blickte ich in den Spiegel einer Erinnerung. Beinahe hätte ich – ich war stets ganz nahe daran, ihn zu erkennen. Dann gewahrte ich einen der Gestaltwandler in meinem Geist, der seinen Namen wissen wollte, und das Band wurde zerrissen. Der Stein ist verloren, aber – sein Abdruck brannte sich in meine Hand ein.«

Seine Finger lockerten sich, lagen mit einer sonderbaren Zartheit auf ihrem Arm. Sie blickte zu ihm auf; die Furcht in seinen Zügen ließ ihr Herz erzittern. Mit der gleichen Zartheit legte er seine Arme um sie, als hätte er Angst, sie könnte ihm entschweben wie ein Nebelhauch.

Das Klirren von Metall auf den Steinfliesen ließ sie beide herumfahren. Duac, der das gestirnte Schwert vom Boden aufgehoben hatte, sagte ängstlich zu Morgon: »Was ist das? Das Mal auf ihrer Hand?«

Morgon schüttelte den Kopf.

»Ich weiß es nicht. Ich weiß nur, daß Ghistleslohm ein ganzes Jahr lang meinen Geist nach einem bestimmten Stück Wissen durchforschte, daß er immer wieder und immer wieder jeden Moment meines Lebens durchleuchtete, um ein bestimmtes Gesicht zu finden, einen bestimmten Namen. Vielleicht war es das.«

»Wessen Namen?« fragte Duac.

Entsetzen wallte in Rendel auf, und sie legte ihr Gesicht an Morgons Schulter.

»Das hat er mir nie gesagt.«

»Wenn sie den Stein haben wollen, dann sollen sie ihn selbst suchen«, murmelte Rendel wie betäubt. Er hatte Duacs Frage nicht beantwortet, aber ihr würde er antworten – später. »Keiner – der Gestaltwandler könnte nichts von mir erfahren. Der Stein liegt auf dem Grund des Meeres wie Pevens Krone.« Unvermittelt hob sie den Kopf und sagte zu Duac: »Ich glaube, unser Vater wußte es. Das vom Erhabenen. Und von – wahrscheinlich von mir.«

»Ich könnte es mir vorstellen.« Dann fügte er müde hinzu: »Ich glaube, er wurde allwissend geboren. Nur wie er heimfinden soll, weiß er nicht.«

»Ist er in Bedrängnis?« fragte Morgon.

Duac blickte ihn einen Moment lang verwundert an. Dann schüttelte er den Kopf.

»Ich – nein, das glaube ich nicht. Ich fühle es nicht.«

»Dann weiß ich vielleicht, wohin er gegangen ist. Ich werde ihn suchen.«

Rood eilte durch den Saal, um sich zu ihnen zu gesellen. Sein Gesicht war tränenfeucht; es zeigte den vertrauten strengen Ausdruck, der ihn bei seinen Studien und bei seinen Kämpfen begleitete.

»Ich helfe dir«, sagte er leise zu Morgon.

»Rood –«

»Er ist mein Vater. Du bist der größte Rätselmeister in diesem Reich. Und ich bin ein Lehrling. Möge man mich neben Farr in Hel zu Grabe legen, wenn ich dich so aus diesem Saal hinausgehen lasse, wie du hereingekommen bist – allein.«

»Er wird nicht allein gehen«, warf Rendel ein.

Duac protestierte mit gesenkter Stimme.

»Du kannst mich nicht mit dieser Versammlung von Königen allein lassen, Rood. Von den meisten weiß ich nicht einmal den Namen. Die, die sich hier im Saal befinden, mögen für den Moment gezähmt sein, aber wie lange wird das andauern? Aum wird sich erheben und West-Hel. In ganz An gibt es vielleicht fünf Menschen, die nicht den Kopf verlieren werden, und wir, du und ich, gehören zu ihnen.«

»Ich?«

»Kein Geist«, sagte Morgon kurz, »wird je wieder dieses Haus betreten.«

Er wog den Knochenschädel in seiner Hand und warf ihn dann durch den Saal Farr zu. Der König fing ihn lautlos auf, eine Spur verdutzt, als hätte er vergessen, wem der Schädel gehörte. Morgon musterte die unbewegte geisterhafte Schar.

»Wollt Ihr Krieg?« fragte er sie. »Ich kann ihn Euch geben. Einen Krieg der Verzweiflung um die Erde selbst. Wenn Ihr ihn verliert, dann werdet Ihr vielleicht wie eine Wolke von Schmerz von einem Ende des Reiches zum anderen treiben, ohne Ruhe zu finden. Welche Art von Ehre – wenn den Toten an Ehre liegt – kann es euch bringen, Cyn Croegs Stier zu Tode zu hetzen?«

»Es gibt die Rache«, versetzte Farr mit Nachdruck.

»Richtig. Die gibt es. Aber ich werde dieses Haus Stein um Stein vor euch verschließen, wenn es sein muß. Ich werde tun, was Ihr mich zu tun zwingt. Und auch mir liegt nicht an Ehre.« Er schwieg kurz und fügte dann langsam hinzu: »Und auch der Zauber, der die Toten von An bannt oder erlöst, kümmert mich nicht.«

»Solcherlei Macht besitzt Ihr nicht über die Toten von An«, sagte Oen heftig. Es war eine Frage.

Eine Härte, die so unerbittlich war wie der Grund des Erlenstern-Bergs, blitzte in Morgons Augen auf.

»Ich habe von einem Meister gelernt«, erwiderte er. »Ihr könnt Eure sinnlosen, kleinlichen Schlachten austragen bis zum Ende aller Tage. Oder Ihr könnt gegen jene kämpfen, die Oen seinen Landerben gegeben haben, und die Anuin, Hel, die Erde, in der Ihr verwurzelt seid, zerstören werden, wenn Ihr es zulaßt. Und das«, fügte er hinzu, »sollte Euch beiden zusagen.«

Evern, der Falkner, fragte: »Haben wir eine Wahl?«

»Das weiß ich nicht. Vielleicht nicht.« Seine Hände schlossen sich plötzlich, und er flüsterte: »Ich schwöre es bei meinem Namen – wenn ich kann, werde ich Euch eine Wahl geben.«

Wieder trat Schweigen ein unter den Lebenden und den Toten. Beinahe widerstrebend wandte sich Morgon Duac zu. Eine Frage stand in seinen Augen, die Duac, dessen Instinkte auf den Herzschlag von An gerichtet waren, verstand.

»Tut was Ihr wollt in diesem Land«, sagte Duac abrupt. »Verlangt von mir alles, was Ihr braucht. Ich bin kein Rätselmeister, aber ich kann das Wesentliche dessen, was Ihr in diesem Hause gesprochen und getan habt, verstehen. Wirklich begreifen kann ich es nicht. Ich weiß nicht, wie Ihr Macht haben könnt über das Landrecht von An. Ihr und mein Vater könnt Euch, wenn Ihr ihn findet, später darüber unterhalten. Ich weiß nur, daß ein Instinkt mich treibt, Euch blind zu vertrauen. Ein Instinkt, der über Vernunft und Hoffnung hinausgeht.«

Er hob das Schwert in seinen Händen und hielt es Morgon hin. In funkelnder Pracht strahlte das Sonnenlicht in den Sternen. Morgon, den Blick auf Duac gerichtet, regte sich nicht. Er setzte zum Sprechen an, doch keine Worte kamen über seine Lippen. Plötzlich wandte er sich dem geöffneten Tor zu, dessen Schwelle leer war. Rendel fragte sich, was er wohl jenseits des Hofes, jenseits der Mauern von Anuin sah. Schließlich schloß sich seine Hand um das gestirnte Heft, und er nahm Duac das Schwert aus den Händen.

»Danke.« Sie gewahrten in seinem Gesicht das schwache, flackernde Aufdämmern von Neugier und den Widerschein einer Erinnerung, die keinen Schmerz zu bergen schien. Er hob seine andere Hand, berührte Rendels Gesicht, und sie lächelte. Zögernd sagte er: »Ich habe nichts, was ich dir bieten könnte. Nicht einmal Pevens Krone. Nicht einmal Frieden. Aber kannst du es ertragen, noch ein wenig länger auf mich zu warten? Ich wünschte, ich wüßte, wie lange. Ich muß für eine Weile nach Hed und dann nach Lungold. Ich werde versuchen – ich werde versuchen –«

Ihr Lächeln erlosch. »Morgon von Hed«, sagte sie ruhig, »wenn du auch nur einen Schritt ohne mich über diese Schwelle tust, dann werde ich über deinen nächsten und den nächsten und den nächsten einen Fluch verhängen, bis dein Weg, ganz gleich, wohin du gehst, dich zu mir zurückführen wird.«

»Rendel –«

»Ich kann es. Willst du mir zusehen?«

Er schwieg, im Widerstreit zwischen seinem Verlangen nach ihr und seiner Angst um sie.

»Nein«, erklärte er abrupt. »Gut. Willst du in Hed auf mich warten? Ich glaube, ich kann dafür sorgen, daß wir beide wohlbehalten bis dorthin kommen.«

»Nein!«

»Willst du dann –«

»Nein!«

»Gut. Dann –«

»Nein!«

»Willst du dann mit mir kommen?« flüsterte er. »Denn ich könnte es nicht ertragen, dich zu verlassen.«

Sie legte ihre Arme um ihn, und zugleich schoß ihr die Frage durch den Kopf, auf was für eine ungewöhnliche, gefahrvolle Zukunft sie sich nun wohl eingelassen haben mochte. Doch als seine Arme sie umschlossen, sagte sie nur, nicht sanft diesmal, sondern mit grimmiger Entschlossenheit: »Das ist gut. Denn bei Ylons Namen schwöre ich, daß du das niemals tun wirst.«

Damit schließt der zweite Teil der Erdzauber-Trilogie, die von den Abenteuern Morgons und Rendels berichtet, von der Welt, in der sie leben, und vom Ende der Zeit des Erhabenen.

Der Schluß der Trilogie: ›Harfner im Wind‹ erscheint im Goldmann-Verlag unter der Nummer 24726.

Acor von Hel dritter König von Hel
Aia Frau von Har aus Osterland
Aker, Jarl toter Händler aus Osterland
Akren Sitz der Landherrscher von Hed
Aloil Zauberer, der in den Diensten der Könige von Ymris stand und lebte, noch bevor die Schule der Zauberer von Lungold gegründet war
Amory, Wyndon Bauer aus Hed; seine Tochter ist Arin
An großes Königreich mit der Hauptstadt Anuin und dem Herrscher Mathom
Anoth Ärztin am Hofe Heureus von Ymris
Anuin Hauptstadt von An; Sitz von Mathom
Ash Sohn und Landerbe von Danan Isig
Astrin Landerbe von Ymris, Bruder Heureus
Athol toter Vater von Morgon, Eliard und Tristan; ein Fürst von Hed
Auber von Aum Nachkomme von Peven von Aum
Aum einstiges Königreich, nun einer der drei Teile von An

Bere Enkel von Danan Isig; Sohn von Vert
Borst von An einstiger Landherrscher von An; kam um, weil er absichtlich einen Teil von An zerstörte, um es dem Zugriff der Feinde zu entziehen

Caerweddin Hauptstadt von Ymris; Sitz von Heureu; eine Hafenstadt an der Mündung des Flusses Thul
Caithnard eine freie Hafenstadt zwischen Ymris und An; Sitz der Schule der Rätselmeister
Col einstiger Herr von Hel
Corrig Gestaltwandler; Ylons Vater
Corvett, Bri Kapitän von Mathom von An
Croeg, Cyn Ritter von An, mit Ländereien in Ost-Aum; ein Abkömmling der Könige von Aum
Croeg, Mara Cyn Croegs Frau; die Blume von An
Cron einstiger Morgol (Landherrscher) von Herun; voller

Name Ylcorcron; sein Harfner war Tirunethod
Cyone Frau von Mathom von An; Mutter von Rendel und Rood

Danan Isig Landherrscher und König von Isig
Duac Sohn von Mathom und Landerbe von An

Ebene der Winde Flachland in Ymris, wo der Turm der Winde steht und sich eine der zerstörten Städte der Erdherren befindet
Ebene von Königsmund ein anderes Flachland, wo ebenfalls die Ruinen einer Stadt der Erdherren verstreut liegen; der Name ist neueren Datums
Eichenland, Grim Verwalter im Dienste von Morgon von Hed
Eichenland, Spring tote Mutter von Morgon von Hed; Frau von Athol
El Morgol (Landherrscher) von Herun; voller Name Elrhiarhodan
Eliard Bruder von Morgon und Landerbe von Hed
Eilieu von Hel jüngerer Bruder von Raith von Hel
Erdherren einstige Bewohner des Landes; Erbauer der beiden untergegangenen Städte von Ymris, eine in der Ebene der Winde, eine in der Ebene von Königsmund
Erhabene, der Gesetzgeber und Lebensspender seit dem Untergang der Erdherren
Eriel ein Gestaltwandler; verwandt mit Corrig und Rendel
Eriel Meremont Frau von Heureu, dem Landherrscher von Ymris
Erlenstern-Berg Sitz des Erhabenen
Evern ›der Falkner‹; ein toter König von Hel

Farr der letzte König von Hel

Galil einstiger König von Ymris; Zeitgenosse von Aloil
Ghisteslohm Begründer der Schule der Zauberer in Lungold

Grania tote Frau von Danan Isig, Mutter von Sol
Grimberg dort liegt Yrye, das Heim von Har von Osterland

Hagis toter König von An, Großvater von Mathom
Har Landherrscher und König von Osterland; manchmal auch Wolfskönig genannt
Harte Sitz von Danan Isig auf dem Berg Isig
Hed kleines Inselfürstentum, von Bauern bevölkert
Hel einstiges Königreich, nun Teil von An
Herun Königreich mit der Hauptstadt Kronstadt; unter der Herrschaft der Morgol El
Heureu König und Landherrscher von Ymris
Hlurle Handelshafen in der Nähe von Herun
Hugin Sohn des Zauberers Suth
Hwillion, Map ein junger Ritter mit Besitz im Süden von Aum

Iff mit dem unaussprechlichen Namen Zauberer im Dienste von Herun zur Zeit des Morgol Rhu
Ilon einstiger Harfner von Har von Osterland
Imer eine Wache im Dienste der Morgol
Ingris von Osterland weigerte sich, den in anderer Gestalt auftretenden Har von Osterland aufzunehmen, und mußte dafür sterben
Isig Königreich unter Danans Herrschaft; berühmt für seine kunstvollen Metallarbeiten und Edelsteinschleifereien
Isig-Pass der Weg von Harte zum Erlenstern-Berg

Kale erster König von An, der eine verzweifelte Schlacht mit dem ›Großen Schrei‹ gewann
Kern von Hed einstiger Fürst von Hed; um ihn dreht sich das einzige Rätsel, das je in Hed seinen Ursprung hatte
Kia eine Wache im Dienste der Morgol
Kor, Rustin Händler
Kraal Handelsstadt im hohen Norden am Meer gelegen
Kronstadt Hauptstadt von Herun; umgeben von sieben Rundmauern; Sitz der Morgol El von Herun

Kyrth Handelsstadt in der Nähe von Harte, dem Sitz von Danan Isig; an der Ose gelegen
Laern Rätselmeister in Caithnard; verlor sein Leben bei einem Rätselkampf mit Peven von Aum
Loor Fischerdorf in Ymris
Lungold alte Stadt, von Ghisteslohm gegründet; Sitz der Schule der Zauberer
Lyra Tochter der Morgol El von Herun; Landerbin von Herun; voller Name Lyraluthuin

Madir alte Zauberin von An
Marcher Gebiet im Norden von Ymris; vom Ritter von Marcher im Namen des Königs regiert
Mathom Landherrscher und König von An; Vater von Rendel, Rood und Duac
Meister Cannon Bauer aus Hed
Meremont Küstengebiet von Ymris unter der Herrschaft des Ritters von Meremont
Meroc Tor Ritter und Herrscher von Tor; Untertan Heureus von Ymris
Morgon Landherrscher und Fürst von Hed; der Sternenträger

Nemir von den Schweinen ein toter König von Hel
Nun alter Zauberer von Lungold, im Dienst der Herren von Hel
Nutt, Snog Schweinehirt in Hed

Oen von An Eroberer von Aum; König von An; errichtete einen Turm, um die Zauberin Madir gefangenzusetzen
Ohm ein Rätselmeister von Caithnard
Ohro von Hel ein toter König von Hel; ›der Verfluchte‹ genannt
Osterland Königreich unter der Herrschaft von Har mit der Hauptstadt Yrye

Peven von Aum einstiger Herr von Aum; von den Herrschern von An seit fünfhundert Jahren in einem Turm gefangen; er bewacht die alte Krone von Aum

Raith Herr von Hel, aber Mathom, dem Herrscher von An, unterstellt; Abkömmling der alten Könige von Hel
Re von Aum beleidigte einst den Herrn von Hel und ließ sich aus lauter Angst um die eigene Sicherheit vom Herrn von Hel auf seinem eigenen Herrensitz einkerkern
Rendel Tochter von Cyone und Mathom von An, dem Eroberer der Krone von Aum versprochen
Rhu Vierter Morgol von Herun; baute sieben Mauern um Kronstadt; starb auf der Suche nach der Lösung eines Rätsels; voller Name Dhairrhuwyth
Rogge, Tobak Händler
Rood Landerbe von An; Sohn von Mathom; Freund von Morgon
Rork Ritter von Umber, aber Heureu unterstellt

Schwarze, Hallard ein Ritter von An mit Besitz in Ost-Hel
Seric Wächter des Erhabenen; geschult bei den Zauberern von Lungold
Sol von Isig toter Sohn von Danan Isig; starb vor der Tür zur Höhle der Verlorenen auf dem Grund des Berges Isig; schliff die Steine für die Sterne auf der Harfe, die Yrth baute
Stein, Harl Bauer in Hed
Streifer, Ash Händler aus Kraal
Suth alter Zauberer, Freund von Har von Osterland

Talies alter Zauberer
Tel einer der Rätselmeister an der Schule von Caithnard
Thistin von Aum Herr von Aum, aber Mathom unterstellt
Thod Harfner des Erhabenen
Tir Erdherr; Herr der Erde und des Windes
Tirunethod Harfner des Morgol Cron, des einstigen Herrschers von Herun
Tol kleiner Fischerhafen in Hed
Trika eine Wache im Dienste der Morgol

Tristan Schwester von Morgon von Hed
Turm der Winde einziges intaktes Bauwerk der Ruinenstadt in der Ebene der Winde; die Spitze des Turms ist unerreichbar

Umber Gebiet von Ymris, das von Rork regiert wird, der Heureu unterstellt ist
Uon vor drei Jahrhunderten Harfenbauer in Hel
Ustin von Aum einstiger König von Aum; starb vor Verzweiflung über die Eroberung von Aum durch An

Vert Tochter von Danan Isig

Walt, Lathe Urgroßmutter von Morgon von Hed
Walt, Sil Bauer in Hed

Xel wilde Katze von Astrin Ymris; ein Geschenk von Danan Isig

Ylon einstiger Gestaltwandler; früher König von An; Sohn von Oen von An und dem Gestaltwandler Corrig
Ymris Königreich unter der Herrschaft Heureus; Hauptstadt Caerweddin
Yrth mächtigster Zauberer von Lungold nach dem Gründer selbst; manchmal als Harfner von Lungold bekannt
Yrye Heim von Har von Osterland

Zec von Hicon Handwerker, der die Einlegearbeiten auf der Harfe mit den drei Sternen machte

GOLDMANN

Der phantastische Verlag

Raymond Feists Midkemia-Saga – eine unerreichte Fantasy von Liebe und Krieg, Freundschaft und Verrat, Magie und Erlösung.

Midkemia-Saga 1:
Der Lehrling des Magiers 24616

Midkemia-Saga 2:
Der verwaiste Thron 24617

Midkemia-Saga 3:
Die Gilde des Todes 24618

Midkemia-Saga 4:
Dunkel über Sethanon 24611

Goldmann · Der Taschenbuch-Verlag